DU MÊME AUTEUR

Les Vampires Scanguards

La belle mortelle de Samson (#1)

La provocatrice d'Amaury (#2)

La partenaire de Gabriel (#3)

L'enchantement d'Yvette (#4)

La rédemption de Zane (#5)

L'éternel amour de Quinn (#6)

Les désirs d'Oliver (#7)

Le choix de Thomas (#8)

Discrète morsure (#8 ½)

L'identité de Cain (#9)

Le retour de Luther (#10)

La promesse de Blake (#11)

Fatidiques Retrouvailles (#11 ½)

L'espoir de John (#12)

La tempête de Ryder (#13)

La conquête de Damian (#14)

Le défi de Grayson (#15)

L'amour interdit d'Isabelle (#16)

La passion de Cooper (#17)

Le courage de Vanessa (#18)

La séduction de Patrick (#19)

Ardent désir (Nouvelle)

Les Gardiens de la Nuit

Amant Révélé (#1)

Maître Affranchi (#2)

Guerrier Bouleversé (#3)

Gardien Rebelle (#4)

Immortel Dévoilé (#5)

Protecteur Sans Égal (#6)

Démon Libéré (#7)

Les Vampires de Venise

Nouvelle 1 : Raphael & Isabella

Nouvelle 2 : Dante & Viola

Nouvelle 3 : Lorenzo & Bianca

Nouvelle 4 : Nico & Oriana

Hors d'Olympe

Une Touche de Grec (#1)

Un Parfum de Grec (#2)

Un Goût de Grec (#3)

Un Souffle de Grec (#4)

Nom de Code Stargate

Ace en Fuite (#1)

Fox en Vue (#2)

Yankee dans le Vent (#3)

Tiger à l'Affût (#4)

Hawk en Chasse (#5)

La Quête du Temps

GUERRIER BOULEVERSÉ

GARDIENS DE LA NUIT #3

TINA FOLSOM

PROLOGUE

Zoltan fixait la cheminée de son bureau, une fosse ardente alimentée par de la lave provenant des profondeurs de la terre. Elle bouillonnait, libérant de l'air chaud dans la pièce caverneuse éclairée par les lampes à gaz qui tapissaient les murs. Des pierres de lave noire composaient les murs autour de lui, comme beaucoup de grottes du monde souterrain.

Mais contrairement aux autres grottes qu'on avait transformées en chambres et en quartiers d'habitation pour ses démons et lui il y a des siècles, on avait insonorisé celle-là. On n'y comptait pas une seule fissure dans les murs, pas une seule crevasse qui aurait pu capter et transporter le son à des kilomètres de là. C'était ici qu'il menait ses affaires, et il s'était assuré de ne pas être entendu.

Parce que quelqu'un parmi eux était un traître. Un démon qui lui disputait son trône.

Il venait d'apprendre par son garde personnel et bras droit Vintoq qu'un de ses sujets l'avait trahi lors de sa dernière tentative de transformer la ville de Baltimore en un bastion démoniaque. Quelqu'un avait l'ambition de prendre la place du Grand Leader.

À présent, porter un coup dévastateur à leurs ennemis, les Gardiens de la Nuit, revêtait une importance capitale. En effet, si Zoltan pouvait prouver à ses démons qu'ils étaient mieux avec lui, qu'il pouvait les mener à la victoire sur les Gardiens de la Nuit et donc sur l'humanité, ils le soutiendraient et dénonceraient le traître.

Mais s'il faisait preuve de faiblesse maintenant, ce serait sa fin. Et tout comme Zoltan avait tué le dernier Grand Leader pour son trône lorsqu'il avait fait preuve de faiblesse, un démon traître pourrait expédier Zoltan tout aussi facilement.

Ce dont il avait besoin maintenant, c'était d'une victoire rapide contre ces gardiens immortels glissants. Un coup qui prouverait son intelligence supérieure à celle de n'importe lequel de ses subordonnés. Que lui seul possédait les compétences nécessaires pour élaborer une stratégie pour remporter la victoire.

Mais les choses ne se présentaient pas bien. Et cela l'exaspérait. À tel point qu'il avait besoin de le laisser sortir, sinon cela le rongerait de l'intérieur.

Son regard se posa sur une étroite table basse couverte de ses trophées : des objets qu'il avait pris sur ses meurtres. Des bijoux, des armes, des montres. Il les regardait souvent, se rappelant ses réalisations depuis qu'il était devenu le Grand Leader. Mais pour l'instant, cette vision ne lui apportait aucune satisfaction. Tout ce qu'elle faisait, c'était le faire se rappeler qu'il n'avait pas encore atteint son but.

Avec un juron rageur, il passa son bras sur la table, projetant ses trophées au sol. Les montres se brisèrent, une dague s'écrasa contre le mur, la poignée se séparant de la lame, et un collier de perles se brisa en morceaux, envoyant des perles individuelles rouler sur le sol de pierre inégal.

Zoltan piétina les perles détachées, les écrasant avec la même force qu'il souhaitait utiliser contre les Gardiens de la Nuit. Il ressentait de la satisfaction dans cette destruction inutile, alors il se tourna vers les autres trophées. Lorsqu'il atteignit la dague brisée, il s'arrêta. Quelque chose attira son attention.

Zoltan s'accroupit et ramassa les deux morceaux. Quelque chose dépassait de l'intérieur de la poignée. Il tira dessus, le libérant de l'arme brisée.

Pendant un long moment, il la fixa avec incrédulité, choqué de réaliser ce que contenait sa main : la clé pour détruire les Gardiens de la Nuit.

1

Quelques jours plus tard

Des têtes tomberaient ce soir.

Virginia franchit le portail et se concentra sur sa destination.

Les membres du bastion de Baltimore avaient enfreint les règles une fois de trop. Elle – mieux que quiconque – savait ce qui pouvait arriver lorsqu'on enfreint les règles. Même une heure d'hésitation pour remettre les choses en ordre pouvait faire la différence entre la vie et la mort. La différence entre le danger et la sécurité. Entre l'amour et la haine.

Les gardiens de Baltimore allaient devoir apprendre cela. Et l'apprendre rapidement.

Une seule règle enfreinte lui avait coûté tout ce qui comptait pour elle. Une seule règle non respectée avait changé sa vie. Elle ne permettrait pas que l'histoire se répète.

Plus jamais sous sa surveillance.

Elle n'était pas une ex-exécutrice pour rien. Ce n'était pas parce qu'elle s'était élevée jusqu'à devenir membre du Conseil des Neuf, l'organe dirigeant des Gardiens de la Nuit, qu'elle avait oublié sa formation. Avant tout, elle était une guerrière, une guerrière qui comprenait que les règles existaient pour une raison : assurer la sécurité de leur espèce. Et personne n'enfreignait ces règles sans être puni. Pas si elle avait quelque chose à dire à ce sujet. Ce qui était le cas.

Pour intimider les gardiens de l'enceinte et exiger un respect immédiat, elle avait revêtu l'uniforme des exécuteurs : pantalon de cuir noir, T-shirt noir, veste de cuir noir avec des boutons argentés ornés du symbole d'une dague ancienne. Ses hautes bottes noires lui arrivaient aux genoux et brillaient comme un nouveau jouet. À sa hanche se trouvait une dague forgée pendant les Jours Sombres – le seul type d'arme capable de tuer un démon.

Arrivée au bastion, Virginia sortit du portail qui l'avait transportée sur des milliers de kilomètres en seulement quelques secondes et prit connaissance de son environnement. Elle se trouvait dans l'un des sous-niveaux du bastion de Baltimore, et, bien qu'elle ne fût jamais venue ici, elle trouva facilement son chemin. Tous les bastions étaient organisés de la même façon.

Elle se dirigea vers le centre de commandement de l'enceinte, mais tout y semblait calme. Les ordinateurs de la console étaient en veille, une autre violation qu'elle pouvait ajouter à sa liste qui ne cessait de s'allonger. Elle grogna sa désapprobation, puis se retourna lorsqu'elle entendit des voix provenant de la zone de vie du bastion, plus précisément de la cuisine. Elle se dirigea vers elle. Devant la porte, elle s'arrêta un court instant. Avec une profonde inspiration et une détermination à toute épreuve, elle ouvrit la porte.

— C'est Tessa qui l'a fait, déclara l'un des gardiens.

Elle le reconnut immédiatement, bien qu'elle ne l'eût jamais rencontré. Elle avait étudié les dossiers de tous les gardiens affectés à ce bastion et avait mémorisé les informations.

Le gardien qui avait parlé, Aiden, passa son bras autour de sa femme, Leila, une humaine autorisée à vivre dans l'enceinte grâce à son lien indéfectible avec Aiden. Il ajouta :

— Nous devrions fêter ça.

À ces mots, Virginia avait envie de s'ébrouer. Au lieu de cela, elle ferma la porte derrière elle d'un coup de pied.

— Fêter quoi ?

Tous les regards se tournèrent vers elle. C'était bien ! Elle adorait faire une entrée théâtrale. Elle avait maintenant toute l'attention de tout le monde.

— Le fait que ce complexe ignore constamment nos règles ? poursuivit-elle. Ou peut-être que vos protocoles de sécurité soient si légers qu'un sorcier a pu franchir vos défenses ? Ou peut-être le fait que vous vous fichez complètement qu'aucune protégée humaine ne soit autorisée ici ? Éclairez-moi !

Virginia plissa les yeux en regardant l'assemblée : Aiden, Leila, Enya, Manus, Pearce et Logan, ainsi que deux personnes qui n'étaient pas autorisées à se trouver dans l'enceinte. La protégée humaine et le sorcier.

— Et toi, tu es ? demanda Hamish, le menton relevé d'un air de défi.

Elle se dit qu'il était le meneur. En une milliseconde, elle se rappela les détails de son dossier et les notes qu'elle avait prises dans la marge après l'avoir lu d'un bout à l'autre : rebelle, têtu, insubordonné. Mais aussi innovateur, rapide sur ses pieds et exceptionnel dans le combat au corps à corps.

— Virginia Robson, nouveau membre du Conseil des Neuf, annonça-t-elle.

Quelques jurons marmonnés parvinrent à ses oreilles. Comme elle s'y attendait.

— Oh merde, s'étrangla Manus.

Oui, ils connaissaient tous ce nom et la réputation qui l'accompagnaient. Et elle était fière de cette réputation.

— À quoi devons-nous ta visite ? demanda Hamish.

— Tu dois être Hamish. J'aurais attendu mieux de toi que d'amener une protégée humaine dans le bastion. Sa mâchoire se crispa. Sans parler de laisser un sorcier se déchaîner ici.

Son regard se dirigea vers le canapé où le sorcier en question se tenait comme paralysée. Pour la première fois, elle regarda au-delà de l'aura qui l'identifiait comme une créature surnaturelle. Elle prit connaissance des traits de l'homme. Grand, avec des cheveux noirs et un corps svelte, mais fort. Pas inesthétique. En fait, pas du tout. Au contraire. Quelque chose chez lui faisait battre son cœur un tout petit peu plus vite. Agacée par sa réaction, elle détacha ses yeux de lui.

— Mais tout va changer. Je suis ici pour faire le ménage.

Elle remarqua la façon dont Hamish tira sa protégée humaine plus près de lui.

— À commencer par l'humaine.

Virginia désigna Tessa du doigt. Elle avait aussi lu son dossier. Une politicienne talentueuse, une fonctionnaire qui n'avait pas oublié le sens du mot «servir» le public. Une rareté. Néanmoins, les règles étaient les règles.

— Elle n'a pas le droit de se trouver ici. Tu as compromis la sécurité de ce bastion en l'ayant amenée ici. Nous allons devoir abandonner cet endroit et reloger tout le monde. Tu répondras au Conseil des Neuf.

— Il n'a rien fait de mal ! fulmina Tessa.

Comment cette humaine osait-elle élever la voix devant elle ?

— Qu'est-ce que tu as dit ?

— J'ai le même droit d'être ici que Leila, la femme d'Aiden.

Elle releva obstinément le menton.

Virginia inclina la tête sur le côté, la suspicion s'élevant comme un brouillard dense dans les Hébrides extérieures.

— Es-tu en train de me dire que tu es la compagne de Hamish ?

— Oui.

Cela changeait tout. En tant que sa compagne, elle avait tous les droits d'être ici – si c'était vrai.

— Pourquoi le conseil n'a-t-il pas reçu cette information ?

N'importe qui d'autre aurait manqué l'échange rapide mais silencieux entre Tessa et Hamish, et la légère hésitation avant que Hamish ne répondît. Mais Virginia s'abstint de le faire. Elle était entraînée à le remarquer.

— Ça vient juste d'arriver. J'étais sur le point d'informer le Conseil, mais nous avons dû faire face à une attaque de démons à la place, prétendit Hamish. Je te présente mes excuses pour mon retard.

Pour l'instant, Virginia ne pouvait pas réfuter cette affirmation. Il était rare qu'elle se trompât. Et quelque chose n'allait vraiment pas. Elle pouvait le sentir. Ça puait comme le cadavre pourri d'un démon.

— Très bien. Je suppose que les félicitations sont de rigueur, dit-elle en serrant les dents.

Si elle découvrait que les deux n'étaient pas liés, elle traînerait Hamish devant le conseil et lui en ferait voir de toutes les couleurs. Personne ne la trompait.

— Merci, répondit Hamish, la voix glacée. Si tu n'y vois pas d'inconvénient alors, ma compagne et moi aimerions nous retirer. La nuit a été longue.

— Pas si vite ! rétorqua Virginia. Il y a encore le problème du sorcier.

— Je m'appelle Wesley.

Le sorcier sourit et se dirigea vers elle.

Pensait-il que son charmant sourire l'empêcherait de faire son travail ? Apparemment, ce salaud arrogant pensait qu'elle viendrait bavarder avec lui comme s'ils étaient de vieux amis. Peu importe que la façon dont il la regardait avec ses yeux bleus fît tomber quelques couches de son armure protectrice. Peu importe que la sueur s'accumulât sur ses paumes. Et peu importe, putain, qu'au fond de son entrejambe, un deuxième battement reflétait son cœur, martelant un rythme urgent de désir et de besoin contre un tambour qu'elle seule pouvait entendre.

Putain ! Elle avait largement dépassé le rasen, largement dépassé la période de la vie d'un Gardien de la Nuit où l'appel de la saison des amours obscurcit le jugement d'un guerrier. Elle ne s'était jamais accouplée et avait plutôt choisi de servir son espèce d'une autre manière. Elle ne pouvait pas laisser le rasen la rattraper maintenant.

— Reste où tu es !

Pour souligner sa demande, Virginia posa la main sur sa dague, laissant le manche d'obsidienne froide la calmer.

Le sorcier s'arrêta de marcher.

— Tout ce que tu veux. N'importe quoi, vraiment.

Elle essaya d'ignorer ses yeux qui parcouraient son corps comme s'il était un sculpteur en train de prendre des mesures. Au lieu de cela, elle remarqua que ses lèvres s'écartaient en signe d'appréciation. Elle n'osa pas regarder les autres Gardiens de la Nuit. Auraient-ils remarqué ce qui se passait entre elle et le sorcier ? Elle devait arrêter ça maintenant, ou tout ce qu'elle s'était construit, sa réputation, sa volonté de fer, serait emporté comme le sang vert du dernier démon qu'elle avait tué s'était déversé dans un collecteur d'eaux pluviales.

— Tu seras interrogé. En attendant, tu seras enfermé.

— Wesley nous a aidés dans notre mission, dit Hamish derrière elle. Sans lui, nous n'aurions peut-être jamais pu déjouer le plan des démons visant à détruire l'avenir politique de Tessa. Il n'est un danger pour aucun d'entre nous.

Virginia jeta un regard dédaigneux par-dessus son épaule, heureuse d'avoir une véritable raison d'arracher son regard au sorcier.

— Cela reste à voir. Quiconque ouvre une brèche dans nos défenses représente un danger.

Elle se retourna complètement, brûlant les gardiens de son regard.

— Et toi et tes camarades du complexe auriez dû prévenir le Conseil des Neuf immédiatement lorsque la brèche s'est produite. Nous avons dû l'apprendre par un gardien d'un autre bastion. Cela n'est pas passé inaperçu. Avec les précédentes infractions de votre équipe hétéroclite, vous avez épuisé la patience du Conseil.

Derrière elle, elle entendit un soupir venant du sorcier.

— Oh, écoute, Virginia, je...

Elle se retourna et le regarda fixement.

— Pour toi, c'est Mme Robson !

Parce que si elle lui permettait de s'adresser à elle autrement, une familiarité pourrait se développer entre eux – une familiarité qu'elle ne pouvait pas permettre. Si cela se produisait, elle pourrait tout aussi bien se poignarder avec son propre poignard et tordre la lame pour faire bonne mesure.

— Mme Robson alors.

Il haussa les épaules comme s'il se fichait de la façon dont il l'appelait.

— Écoute, ce n'est vraiment pas de leur faute. Ne les punis pas pour ce que j'ai fait.

Avant qu'elle ne réalise, elle se trouvait déjà nez à nez avec lui.

— Toi, sorcier, écoute-moi. C'est moi qui donne les ordres. Si tu penses pouvoir me mener par le bout du nez, comme tu l'as manifestement fait avec ces imbéciles, tu te trompes. Je suis ton pire cauchemar.

L'alerte n'avait pas l'effet escompté.

Le sorcier sourit.

2

———

Un cauchemar ? Plutôt un rêve humide.

Wesley ne put pas empêcher son imagination de l'entraîner dans une course folle. Virginia était tout ce dont il avait toujours rêvé chez une femme.

De longues jambes, fortes et toniques. Une taille fine, des hanches évasées, des seins fermes. Des courbes parfaites partout. Des yeux noisette avec des nuances vertes, des lèvres pulpeuses. Et puis ces cheveux. D'un rouge flamboyant. Comme les braises fumantes d'un incendie.

Et à chaque fois qu'elle lui lançait une insulte, sa voix lui donnait un frisson pas désagréable dans le dos. Pas désagréable du tout.

Se rendait-elle compte que sa nature autoritaire l'excitait au plus haut point ? Ou ignorait-elle le fait qu'il était à cinq secondes de lui sauter dessus ?

Virginia ne serait pas une conquête facile, c'était certain. Elle représentait un défi, mais cela ne le dérangeait pas. Elle en valait la peine. Cela valait la peine de déployer un effort supplémentaire pour la mettre dans son lit. Ou sur n'importe quelle surface plane. Horizontale ou verticale. Il s'en moquait.

Tant qu'il demeurait en elle et qu'elle haletait d'extase.

Car une chose se vérifiait : il la désirait !

— Qu'est-ce qui te fait sourire ?

Une autre lance de chaleur courut de son cou à son coccyx plus vite qu'un vampire ne pouvait déployer ses crocs.

Putain ! Cette sirène ignorait-elle complètement les effets de sa voix sur elle ? Elle pourrait tout aussi bien l'attacher, le dénuder et faire ce qui lui plaisait de lui.

— Je t'ai posé une question !

Il croisa son regard dur.

— Rien. Je suis toujours comme ça.

— Hmm.

Elle tourna la tête vers les autres Gardiens de la Nuit.

— Je l'enferme jusqu'à la tenue de la réunion du conseil, prêt à l'interroger. Je le transporterai moi-même dans le fief du conseil quand ce sera le moment.

— Ce n'est pas nécessaire, osa dire Aiden.

Elle l'abattit d'un seul regard.

— Je déciderai de ce qui est nécessaire. Tes camarades et toi avez fait preuve d'un mauvais jugement. Il est mon prisonnier à présent. Il sera enfermé dans une cellule de plomb.

L'expression d'Aiden se transforma en pierre. Il fit signe à la porte d'un air faussement poli.

— Tu veux que je te montre le chemin ?

— Je n'ai pas besoin d'indications, siffla-t-elle et tourna sur elle-même en attrapant le biceps de Wesley.

Malgré sa poigne ferme, le contact ne lui déplaisait pas.

— Eh bien, nous sommes seuls, alors, je suppose.

Elle le poussa en direction de la porte, soulignant son ordre en levant le menton.

— Je dirais bien, les dames d'abord, mais je suppose que tu préfères que je marche devant toi ?

Il pivota vers la porte, sans attendre de réponse. Il ouvrit la porte, puis jeta un coup d'œil par-dessus son épaule.

— Oh, et les gars, je prendrai du café et des pancakes pour le petit déjeuner. Noir, sans sucre. Je vous remercie.

— Bouge-toi, sorcier, l'interrompit Virginia en marchant vers lui.

— Vos désirs sont des ordres, Mme Robson, répondit-il et il s'engagea dans le couloir, Virginia juste derrière lui.

La porte claqua une seconde plus tard, et ses talons cliquetèrent sur le sol en pierre. Ils étaient seuls, ce qui lui convenait parfaitement. Il ralentit sa marche pour qu'elle reste juste derrière lui.

— Alors, qu'est-ce que tu comptes faire de moi ? demanda-t-il avec désinvolture.

Pendant un instant, il crut qu'elle ne répondrait pas, mais elle dit :

— Tu es sourd ? Tu seras amené devant le conseil et interrogé.

Il jeta un coup d'œil par-dessus son épaule, ralentissant encore pour qu'elle se retrouve à un pied de lui.

— Et si je préférais que tu m'interroges ?

— Tu n'as pas le choix !

Elle lui donna un coup de coude, pas trop gentiment.

— Continue à avancer. La cellule se situe au sous-sol.

— Je la connais bien.

Même s'il n'avait pas l'intention d'y passer la nuit. Néanmoins, il accéléra le pas et commença à se diriger vers le premier escalier. Lorsqu'il atteignit le palier, il s'arrêta et se retourna.

— Écoute, pourquoi ne pas m'interroger maintenant, et en finir ? Tu verras très vite que je ne représente aucune menace. Je te laisserai même m'attacher.

Il posa son regard sur elle, contemplant les possibilités infinies qu'offrait une petite séance de bondage.

— Si c'est ce qui te plaît.

Le dernier mot avait à peine quitté ses lèvres que Virginia saisit son biceps et le plaqua contre le mur de pierre. L'impact écrasant chassa tout l'air de ses poumons, le faisant haleter.

— Tu crois que c'est une blague ?

Il respira rapidement. Son admiration pour la femme Gardien de la Nuit venait de grimper de cent points. Elle n'était pas du genre à se laisser faire. Elle n'était pas du genre à se laisser convaincre par quelques compliments faciles. Elle était dure comme un clou, et, si elle le pressait contre le mur un peu plus longtemps, ses cuisses touchant les siennes, ses avant-bras clouant son torse à la pierre, une partie de son anatomie aurait été tout aussi dure.

— Non, je ne pense pas que ce soit une blague, dit-il, aussi calmement qu'il le put. Mais tu dois admettre que tu as un peu la main lourde, n'est-ce pas ?

Ses yeux se rétrécirent en signe de mécontentement et elle exerça une plus grande pression, non seulement sur sa poitrine, mais aussi sur le bas de son corps. Il dut réprimer un gémissement, serrant la mâchoire pour cacher que son traitement échouait à produire l'effet escompté. Au lieu de l'intimider et de le remettre à sa place, elle l'excitait.

— Je suis heureux de répondre à toutes tes questions. Je jure que je me trouve ici uniquement pour chercher une alliance entre votre race et l'entreprise pour laquelle je travaille. Mon patron chez Scanguards est peut-être un vampire, mais il...

— Un vampire ? Tu travailles avec des vampires ?

La surprise authentique fit briller les nuances vertes de ses iris comme des lucioles. Pour la première fois depuis qu'elle l'avait rencontrée, sa carapace protectrice présentait une fissure à la racine des cheveux.

— J'ai déjà expliqué tout cela à Aiden et aux autres. Je suppose que personne ne t'a transmis l'information.

Il savait très bien que Hamish et Aiden n'avaient pas encore eu l'occasion de parler à leurs supérieurs, mais quelque chose chez Virginia lui donnait envie de la provoquer pour qu'elle perde son sang-froid.

— Fais-moi le résumé ! exigea-t-elle.

Étant donné qu'elle ne fit pas un geste pour le libérer – et qu'il appréciait de sentir son corps pressé contre le sien – il décida d'opter pour la version allongée.

— Eh bien, puisque tu le demandes...

Elle grogna comme une tigresse.

Putain ! Reprends-toi, mec !

— Je suis né le deuxième de trois enfants d'une sorcière...

— Tu connais la notion de résumé, n'est-ce pas ? Laisse-moi te le traduire : la version courte !

— Voici la version courte. L'honneur du sorcier.

— Pour la dernière fois : résume !

— Très bien.

Il tenta un haussement d'épaules, mais elle le tenait encore trop étroitement épinglé.

— Mon frère, ma sœur et moi devions former le Pouvoir des Trois. Une sorcière nous a trahis. Mon frère Haven a renoncé à sa vie de mortel et est devenu un vampire. Ergo : le Pouvoir des Trois s'est évanoui. Résultat : les vampires sont devenus nos alliés. Fin.

— Tu es nul pour résumer.

Virginia le lâcha et recula d'un pas. Si elle avait dû passer une seconde de plus à presser son corps contre lequel de Wesley, elle aurait oublié la raison de sa présence ici et aurait jeté l'impertinent sorcier au sol pour le chevaucher.

Bon sang !

Elle avait traité beaucoup de prisonniers de la même façon que Wesley, mais jamais elle n'avait ressenti une quelconque réaction sexuelle au cours du processus. Ce n'était pas le cas cette fois-ci. Ses mamelons se raidirent et attendaient d'être touchés. Elle était heureuse de porter une veste en cuir, qui dissimulait sa réaction inappropriée au corps séduisant du sorcier. Elle était heureuse qu'il ne soit pas un vampire, qui aurait senti son excitation.

— Je peux te donner la version complète. Peut-être autour d'un verre de vin ou de whisky ? ajouta Wesley avec un sourire.

Elle devait admettre à contrecœur qu'il avait un certain charme – et qu'il l'utilisait à son avantage. Mais elle était intelligente. Ce n'était pas une affaire personnelle pour lui. Il avait clairement utilisé le même charme pour entraîner tout le complexe de Baltimore dans son projet, quel qu'il fût.

— Ne t'embête pas. J'ai compris ton objectif. Ça ne marche pas.

— Qu'est-ce qui ne marche pas ?

— Tu essaies de me séduire, comme tu l'as fait avec les autres.

Elle fit un signe vers l'étage supérieur.

— Ils sont encore jeunes. Trop verts pour comprendre toutes les conséquences de leurs actes. Moi, en revanche, je ne le suis pas.

— Alors, tu es une femme mûre expérimentée, c'est ça que tu veux dire ?

— Je suis assez âgée pour reconnaître quand quelqu'un raconte des conneries.

Sa réponse était inattendue. Il gloussa. Et bon sang, si ce son n'envoyait pas un frisson de plaisir le long de son cou et jusqu'à ses mamelons, les enflammant comme des chandelles romaines.

Elle dut se ressaisir. Se distraire de quelque façon que ce fut.

— Tu n'aimes pas beaucoup les sorciers, n'est-ce pas ? demanda-t-il soudain.

— Je n'aime pas les sorciers qui peuvent percer nos défenses, répliqua-t-elle, sans perdre une miette.

— C'était le seul moyen d'entrer en contact avec les gens de ton espèce.

— Seuls les Gardiens de la Nuit peuvent utiliser nos portails. Aucune autre créature n'a jamais réussi à en ouvrir un, et encore moins à le faire fonctionner.

— Je suppose que je suis un génie.

Elle inclina la tête sur le côté, l'étudiant.

— Soit ça, soit tu as reçu l'aide des démons.

— Quoi ?

— Tu m'as entendu. Les démons sont les seules autres espèces surnaturelles à faire fonctionner des portails. Si quelqu'un peut avoir une chance d'accéder à l'un des nôtres, c'est bien eux.

Ce que les Gardiens de la Nuit redoutaient le plus. Car si les démons parvenaient à accéder à un portail, ils auraient accès à tous les portails et pourraient détruire sa race de l'intérieur.

— Je n'ai jamais rencontré de démon. Et personne ne m'a aidé. C'est un sort que j'ai lancé.

— Quel genre de sort ?

— Un sort de transformation.

— Cela fait quoi précisément ?

— Cela a fait croire au portail que j'étais l'un d'entre vous.

Il avait l'air suffisant, et elle voulait effacer cette suffisance de son visage. Ou peut-être l'embrasser.

Arrête ! Pas une seule pensée dans cette direction !

Plus vite elle pouvait le mettre dans la cellule de plomb, mieux c'était. Alors, pourquoi restait-elle là, à le laisser l'entraîner dans une conversation ?

— On se bouge, sorcier. Il est temps de t'enfermer.

Il souffla.

— Je m'appelle Wesley. Ce n'est vraiment pas difficile à retenir.

Uniquement pour qu'il obtempère, elle concéda :

— Très bien, Wesley.

— Tu vois, ce n'était pas si difficile, n'est-ce pas ?

Un autre de ses charmants sourires. Ce type n'abandonnait jamais ?

Elle pointa du doigt la prochaine volée de marches qui menait vers le bas.

— Par ici.

Wesley suivit son ordre, mais au lieu de marcher devant elle, il marcha à ses côtés. Elle savait que s'il essayait de s'emparer de sa dague, elle n'aurait aucun mal à le maîtriser. Après tout, les runes qui tapissaient les murs, les sols et les plafonds de l'enceinte l'avaient dépouillé de sa magie. Ce n'était qu'une fois dehors qu'il retrouverait ses pouvoirs. Alors pourquoi sa proximité la mettait-elle sur les nerfs ? Était-ce parce qu'elle sentait un autre pouvoir en lui ? Pas de la sorcellerie, non.

La puissance d'un homme.

Lorsqu'ils arrivèrent enfin à la cellule, Virginia était soulagée. Elle déverrouilla la porte et l'ouvrit d'un coup sec. Elle jeta un coup d'œil à l'intérieur sombre, tapissé de plomb. La cellule servait aux membres de leur espèce ayant commis des crimes ou, pire, dont les démons s'étaient emparés. Elle était à l'épreuve des évasions. Les Gardiens de la Nuit ne pouvaient pas traverser le plomb ; il leur ôtait leur capacité à se rendre invisibles et les vidait de leurs forces. À terme, s'il était enfermé dans une cellule de plomb pendant une période prolongée, les pouvoirs d'un Gardien de la Nuit s'éteignaient définitivement et il devenait humain.

Elle avait entendu parler des cas où on avait emprisonné des Gardiens de la Nuit pendant un an – en punition d'une trahison – puis qu'on les avait relâchés dans le monde des humains, parias de leur race. Une sentence sévère.

— Alors, tu ne vas vraiment pas changer d'avis, hein ?

Aux mots de Wesley, elle croisa son regard. Ses yeux bleus de bébé s'accrochèrent aux siens. Pendant un instant, elle se sentit hypnotisée. Et pendant une fraction de seconde, elle se demanda ce qui se serait passé entre eux s'ils s'étaient rencontrés dans d'autres circonstances.

Un doux sourire recourba soudain les coins de la bouche du sorcier vers le haut.

— Un jour, tu le feras.

La démarche assurée, la tête haute, il entra dans la cellule. Une fois à l'intérieur, il se retourna.

— Tu es une femme intéressante, Virginia. J'ai hâte d'apprendre à te connaître...

Il marqua une pause, son regard tombant sur ses lèvres.

— ... plus intimement.

Bâtard arrogant !

Comme s'il savait quels effets il produisait sur elle ! Comme s'il pouvait voir à travers elle.

Tremblante – de rage ou d'excitation, elle hésitait –, elle claqua la lourde porte et tourna la clé dans la serrure.

Son cœur battait la chamade, et elle s'appuya contre la porte, lorsqu'elle entendit sa voix à travers celle-ci.

— Fais de beaux rêves, Virginia.

Un petit rire s'ensuivit.

Ce sorcier serait sa perte si elle ne faisait pas attention.

3

______

Impatient, Zoltan faisait les cent pas devant la fosse de lave de son bureau. Impatiemment, parce qu'il avait appris quelques heures plus tôt que les deux démons qu'il avait envoyés en mission secrète avaient fait une découverte qu'ils devaient lui transmettre en personne.

On frappa à sa porte. Enfin !

Zoltan appuya sur un caillou dépassant du manteau de cheminée autour de la fosse de lave, et une pierre plate glissa sur le feu, le recouvrant entièrement.

Il se rassit derrière son bureau.

— Entrez !

La porte s'ouvrit. Le premier démon à entrer était Vintoq, son bras droit, un homme grand aux cheveux noirs et épais. Il avait choisi Vintoq comme principal conseiller peu après sa prise de pouvoir, parce qu'il semblait plus intelligent que ses frères. Il ne se contentait pas de suivre – il apportait des idées et des suggestions, faisant preuve d'initiative.

— Oh, Grand Leader, tu as demandé qu'on t'amène Ulric et Fletcher dès leur retour, dit Vintoq, ses yeux verts comme des phares dans l'obscurité.

Ces yeux, seul signe extérieur de la nature d'un démon, constituaient aussi leur talon d'Achille. Car ils les rendaient immédiatement reconnaissables aux yeux des Gardiens de la Nuit.

— Fais-les entrer.

Vintoq regarda par-dessus son épaule et fit un signe vers le couloir sombre derrière lui. Quelques secondes plus tard, deux autres démons entrèrent. Ulric avait un corps plus corpulent, des petits yeux en forme de perles et une chevelure blonde bien fournie, attestant de son héritage viking. Fletcher, l'autre démon qui, comme Ulric, inclinait la tête en guise de salut, se distinguait par sa taille plus grande et sa peau plus sombre.

Zoltan fit un signe de tête à Vintoq.

— Ferme la porte.

Lorsque Vintoq tendit la main vers la porte, Zoltan ajouta :

— De l'extérieur.

Vintoq s'inclina rapidement en sortant. Zoltan le mettrait au courant plus tard, une fois qu'il aurait entièrement formulé son plan. Mais il devait d'abord vérifier si Ulric et Fletcher étaient revenus avec des informations exploitables.

— Levez-vous ! ordonna-t-il.

Les deux démons relevèrent instantanément la tête.

— Oh Grand Leader, s'exclamèrent-ils à l'unisson.

— Humm.

Zoltan se leva de derrière son bureau.

— Qu'avez-vous à m'annoncer ?

Ulric s'avança.

— Ton intuition s'est avérée fructueuse. Nous avons trouvé l'endroit.

Le cœur de Zoltan battait la chamade sous l'effet de l'excitation. Ses efforts avaient porté leurs fruits.

— Vous avez trouvé leur bastion ?

Ulric acquiesça.

— L'un de leurs bastions. Nous ne pouvons pas confirmer son importance, mais c'est l'une de leurs enceintes. Si nous pouvons y pénétrer...

Zoltan leva la main.

— Je sais que nous en sommes capables. Mais commençons par le commencement. Montre-moi où il se trouve.

Ulric sortit une feuille de papier, la déplia et se dirigea vers le bureau, la plaçant devant Zoltan. C'était une portion de carte. Il l'étudia un moment, se concentrant sur la croix qu'Ulric avait faite à un endroit.

Zoltan releva la tête.

— Combien de gardiens étaient sur place ?

Ulric échangea un regard impuissant avec Fletcher.

Fletcher haussa les épaules.

— Nous n'avons pas pu enquêter plus avant sans risquer d'être repérés.

Zoltan contempla ses paroles pendant un instant.

— Je veux que vous preniez trois de vos hommes et que vous retourniez à ces coordonnées. Faites bien comprendre à tout le monde que c'est uniquement une mission de reconnaissance. N'attaquez pas. Tout ce que je veux, c'est que vous preniez connaissance des lieux. Nombre de gardiens, de portails, d'armes. Je veux une vue d'ensemble de l'enceinte, des entrées, des sorties, des endroits où se cacher. Tout ce qu'il faut. Ne vous faites pas prendre.

— Mais comment on entre ? demanda Ulric.

— Tu as l'emplacement. Tu as seulement besoin d'un visuel pour pouvoir projeter ton vortex.

Avec un vortex, un démon pouvait voyager partout où il le souhaitait – à condition d'avoir une image claire de la destination. Heureusement, obtenir une image claire est devenu beaucoup plus facile de nos jours grâce à Internet et à Google Street View.

— Mais le bastion est invisible, dit Ulric.

— Mais c'est là. Trouve les murs extérieurs. Touche-les, conseilla Zoltan. Ensuite, projette ton vortex et concentre ton esprit sur un endroit situé à quelques mètres derrière le mur, qui constituera ta destination.

C'était risqué, et on ne pouvait pas garantir que ses sujets éviteraient un mur de pierre qui les écraserait à mort. Mais il acceptait de prendre ce risque. Cela valait la peine de sacrifier quelques démons tant qu'un seul revenait pour transmettre un rapport sur les défenses des Gardiens de la Nuit.

— Oui, ô Grand Leader, répondit Ulric.

Fletcher ajouta :

— Ce sera fait.

— Partez, et faites entrer Vintoq.

Les deux démons s'inclinèrent et partirent. Un instant plus tard, Vintoq entra.

— Tu voulais me voir ?

— Nous avons du travail à faire, Vintoq. Bientôt, nous pourrons détruire les Gardiens de la Nuit pour de bon.

Il rit.

— Et alors personne ne pourra m'empêcher de régner sur la terre.

Il ne serait pas seulement le chef des démons, mais le chef de toute l'humanité.

Bientôt, toutes les créatures vivantes de ce monde se prosterneraient devant lui, Zoltan, le Grand.

4

Bien qu'une nuit en cellule ne fût pas exactement ce que Wesley avait prévu, il ne se plaignait pas. L'arrière de sa prison abritait une douche, un lavabo et une toilette rudimentaire, et le lit de camp s'avérait plus confortable que prévu. Il s'était réveillé tôt et avait pris une douche, heureux d'avoir emprunté des vêtements frais à Aiden la veille. Au moins, il était propre et présentable.

C'était drôle que ce fût sa plus grande préoccupation : faire bonne figure pour Virginia, même si elle lui avait fait faux bond la veille. Mais il ne se décourageait pas facilement.

Lorsqu'il entendit enfin des pas se diriger vers sa cellule, son cœur se mit à battre la chamade. Il passa ses doigts dans ses cheveux, les lissant, et prit une grande inspiration, se préparant à affronter la Gardienne de la Nuit sexy dans sa tenue de Catwoman. Elle était vraiment sexy ! Toute la nuit, il avait eu l'image en tête, le laissant avec une érection permanente.

La clé tourna dans la serrure.

Le pouls de Wesley s'accéléra ; à ce rythme, il pourrait gagner le Derby du Kentucky.

Enfin, l'attente était terminée et la porte pivota. La silhouette ne correspondait pas à celle de Virginia. Trop grande, trop large.

— Tu voulais des crêpes, n'est-ce pas ?

Aiden se tenait à l'entrée, un plateau de petit déjeuner dans les mains.

— J'espère que tu ne m'en voudras pas si je n'entre pas, mais le plomb ne me convient pas vraiment. Il me fait perdre toute mon énergie.

Wes rangea cette information pour plus tard et s'approcha de l'aimable gardien.

— Merci, j'apprécie vraiment. Si ça ne tenait qu'à Virginia, je mourrais probablement de faim.

Wesley arracha la tasse de café du plateau et prit une grande gorgée du liquide chaud, sentant qu'il le ravivait.

— Fais attention avec elle, prévint Aiden en se penchant et en baissant la voix. Elle était une femme de main avant de rejoindre le conseil. Elle pourrait devenir un vrai Rambo avec toi. Tu n'aurais aucune chance. Alors, fais attention à tes propos.

Wes grimaça et prit une crêpe, la plia et l'enfonça dans sa bouche. Il avait déjà goûté à l'attitude de Virginia. Il déglutit.

— Alors, une femme de main, hein ? Elle peut me faire la respecter autant qu'elle veut.

Les yeux d'Aiden s'élargissaient, et la cicatrice au-dessus de son sourcil semblait tressaillir.

— Tu es fou ? Ne joue pas avec cette femme ! Elle est sérieuse.

Wes sourit.

— Moi aussi. Ne t'inquiète pas, je sais comment gérer les femmes comme elle. Elle ronronnera comme un chaton en un rien de temps.

— Tu es complètement fou. J'aurais dû le savoir. J'aurais dû le voir à la minute où tu es arrivé ici.

Il secoua la tête.

— Pourquoi diable voudrais-tu entrer dans son pantalon ? Elle mange les hommes au petit déjeuner.

Wes s'esclaffa.

— Tout à fait dans mes cordes, comme je le pensais.

— C'est de la folie. Et j'ai même pris la peine d'appeler mon père pour qu'il dise un mot en ta faveur. Mais tu es une cause perdue.

Wes finit d'avaler sa deuxième crêpe avec une gorgée de café.

— Ton père ? Qu'est-ce qu'il a à voir avec ça ?

— Il est le Primus du conseil.

— Primus ?

Aiden poussa un soupir d'impatience.

— Comme le président, tu sais. Il a beaucoup d'influence.

— Cool. Eh bien, merci de lui avoir parlé. J'apprécie vraiment. Tu es un ami.

— Oui, un ami qui va regretter très vite de t'avoir fait confiance, siffla Aiden. Tu ne rendras pas service à ton affaire en te montrant entreprenant avec Virginia. Elle est membre du conseil, et, même si elle est nouvelle, elle a un droit de vote. Il lui suffit de monter quatre autres membres du conseil contre toi, et ton sort est scellé.

— Qu'est-ce que ça veut dire ? Que pourraient-ils bien me faire ?

— Ils peuvent t'exécuter pour avoir violé nos défenses.

Ce n'était pas vraiment une perspective qu'il savourait.

— Dans ce cas, je ferais mieux de m'assurer que Virginia se prenne d'affection pour moi.

Aiden leva les yeux au ciel et pressa le plateau dans les mains de Wesley.

— Pourquoi est-ce que je gaspille ma salive ?

Il tendit la main vers la porte pour la fermer, alors qu'une autre silhouette apparaissait dans le couloir : Virginia.

Wes repoussa le plateau vers Aiden, s'essuya les mains sur son pantalon et fit un pas dans le couloir.

— Cause perdue, murmura Aiden encore plus doucement et se détourna.

— Bonjour, Virginia, salua Wes en souriant à sa geôlière, et passa son regard sur elle.

— Qu'est-ce qu'il fait en dehors de sa cellule ?

Aiden souleva le plateau qu'il avait entre les mains en guise d'explication.

— Un homme doit manger. Et je suis certain que je n'irai pas dans cette cellule.

Virginia sembla accepter l'excuse, puis finit par regarder Wesley directement.

— Le conseil est prêt à entendre ton cas.

Autant dire qu'il n'avait pas le temps d'influencer l'opinion de Virginia à son égard. Il avait espéré un peu de retard.

— C'était rapide.

— Ils ont hâte d'en savoir plus sur ton utilisation du portail, s'exclame-t-elle à sa grande surprise.

Virginia semblait se sentir un peu plus bavarde aujourd'hui que la nuit précédente. Pourrait-il exploiter ce fait d'une manière ou d'une autre ?

— Et je partage leur impatience de faire votre connaissance, mentit Wes.

Il aurait préféré passer plus de temps ici, au bastion, ou mieux encore, seul avec Virginia, pour opérer son charme sur elle. Il savait qu'elle finirait par céder, il avait juste besoin de temps. Apparemment, il venait de manquer de temps.

— Allons-y, ordonna Virginia.

— Fais un agréable voyage, lui dit Aiden.

Wes croisa son regard et vit l'avertissement qu'il portait. Ne fais rien de stupide.

Le ferais-je jamais ? dit Wes.

Avec un roulement de paupières exagéré, Aiden pivota et s'éloigna.

Virginia fit la proposition d'un deuxième couloir.

— On prend le portail, je suppose ? demanda Wes, en reconnaissant où il menait au fur et à mesure qu'il avança, Virginia juste à côté de lui.

— C'est le moyen le plus rapide et le plus sûr. Je ne veux pas passer des heures interminables dans un avion.

— Alors, c'est loin ?

Il s'en fichait pas mal, mais il voulait la faire parler.

— Ce n'est pas à toi de le savoir.

Humm. Apparemment, c'était une mauvaise question.

— Alors, tu n'aimes pas les avions ?

— Je n'ai rien contre les avions.

— Alors pourquoi ne voudrais-tu pas voler ? Franchement, j'ai trouvé un peu déstabilisant d'être ballotté comme une poupée de chiffon dans ce portail.

Elle lui jeta un regard de travers.

— Parce que cela signifierait passer des heures interminables avec toi.

Il rit.

— Je suis entré dans celui-là, n'est-ce pas ?

Il l'avait vu venir. Il savait que jouer l'imbécile infortuné avait ses charmes et fonctionnait sur de nombreuses femmes, qu'elles fussent humaines ou vampires. Il s'était envoyé en l'air de nombreuses fois, parce que les femmes l'avaient trouvé mignon et pas du tout menaçant. Elles étaient loin de se douter que sous cette attitude joyeuse se cachait la volonté de fer d'un mâle alpha.

Séduire les femmes avait toujours été un passe-temps agréable, un hobby. Séduire Virginia n'aurait rien à voir avec cela. Ce serait une mission critique, non pas parce qu'il avait besoin de forger une alliance avec son espèce, mais parce que l'alpha en lui la désirait comme il désirait son prochain souffle.

— Monte !

L'ordre de Virginia interrompit ses rêveries. Ils avaient atteint le portail. La porte ou ce qu'ils appelaient l'entrée était déjà ouverte. Il acquiesça et entra dans l'espace sombre, semblable à une grotte. Il n'était pas plus grand qu'un ascenseur d'hôtel capable de transporter huit personnes.

Virginia le rejoignit, et une seconde plus tard, tout devint sombre. L'ouverture s'était refermée.

Il s'apprêtait à être à nouveau ballotté, lorsque Virginia lui prit le bras. Son cœur s'arrêta pendant un bref instant. Qu'est-ce qui se passait, bordel ? Répondait-elle enfin à son charme ? Lui faisait-elle signe qu'elle était intéressée ?

Bon sang, il ne refuserait pas un petit tâtonnement dans l'obscurité !

— Alors, tu aimes l'obscurité, hein ? murmura-t-il, et passa son autre bras autour de sa taille, l'attirant à lui. Ça ne me dérange pas du tout.

— Qu'est-ce que tu fais, putain ? martela-t-elle en lui arrachant le bras, tout en gardant une prise ferme sur son biceps avec son autre main.

Totalement confus, il bredouilla :

— Mais, mais tu me touchais. Je pensais...

— Bon sang ! Tu pensais que je... ?

Elle s'arrêta.

— Bon sang, non ! Je dois te toucher pour t'emmener avec moi. Si je ne le faisais pas, tu resterais ici.

— Oh.

C'était un peu embarrassant. Mais il passait l'éponge comme il passait l'éponge sur n'importe quel petit contretemps. C'était trop beau pour être vrai. Mais une autre opportunité se présenterait bientôt. Il ne perdait pas encore espoir. Après tout, il avait mis des années à apprendre son métier de sorcier, et il avait essuyé de nombreux échecs en chemin. Il avait l'habitude d'essayer encore et encore. Surtout quand la récompense en valait la peine.

Toutes les pensées ultérieures s'évanouirent, car à cet instant, il fut projeté dans les airs comme du linge dans un séchoir.

— Ah putain ! Je ne suis pas une chaussette mouillée !

— Doucement, on y est presque.

La voix de Virginia était apaisante, tout comme le fait que soudain ses deux mains le stabilisaient.

Il se concentra sur son contact et rien d'autre, bloquant la sensation de culbute dans l'espace. Peut-être que voyager à travers le portail n'était pas si mal après tout.

5

Virginia lâcha les bras de Wesley.

Ils étaient arrivés à destination. Mais elle avait besoin de quelques instants pour se stabiliser, et ce n'était pas à cause du voyage dans le portail. En tant que Gardienne de la Nuit, elle ne ressentait pas la désorientation à laquelle les humains et les autres créatures semblaient sujets lorsqu'ils voyageaient de cette façon. Cependant, le fait de toucher Wesley, qu'elle avait dû faire pour le transporter avec elle, lui avait fait ressentir un picotement qui partait de ses paumes et qui se propageait dans tout son corps. Un picotement pas du tout désagréable. Et cela l'avait troublée.

Les muscles du sorcier s'étaient tendus à son contact, et elle avait senti leur force. Même si elle se sentait plus forte, il était clair que cet homme prenait soin de son corps, qu'il l'entraînait pour acquérir une force physique qui ne venait pas automatiquement avec le fait d'être un sorcier. Gardiens de la Nuit, démons et vampires, oui, leur force physique faisait partie de leur nature. Mais le corps d'un sorcier ne se distinguait pas beaucoup de celui d'un humain. Seule leur connaissance de la magie les rendait dangereux. Bien sûr, entre les murs des enceintes des Gardiens de la Nuit, la magie ne pouvait pas exister.

Alors, pourquoi avait-elle l'impression qu'il la soumettait à un sortilège chaque fois qu'il la regardait avec ses yeux bleus ? Possédait-il d'autres pouvoirs, des pouvoirs auxquels elle restait sans défense ?

— Quelque chose ne va pas ? demanda tout d'un coup Wesley

— Nous y sommes.

Elle fit un signe du pouce derrière eux, là où le portail s'était déjà ouvert.

— Merci pour la balade.

Il sourit et se retourna pour quitter le portail.

Elle en était ravie, car ses paroles avaient évoqué un tout autre genre de balade, une balade où elle chevauchait un sorcier nu. Et l'image lui mit le feu aux joues. Chassant ces pensées de son esprit, elle sortit du portail.

Wesley se tenait dans le couloir et l'attendait.

— C'est drôle, répliqua-t-il en secouant la tête. Pas d'alarme. Elle s'est déclenchée comme une traînée de poudre quand j'ai utilisé le portail la première fois.

Virginia acquiesça.

— Parce que tu l'as utilisé seul. La présence d'un Gardien de la Nuit annule l'alarme.

— Intéressant.

Hum. Peut-être qu'elle n'aurait pas dû lui dire ça. C'était trop tard. Non, il ne pouvait rien faire avec ça. Il ne pouvait pas très bien la maîtriser, elle ou un autre membre de son espèce, et forcer cette personne à faire fonctionner le portail à sa place.

— Alors, où sommes-nous ?

— Dans le fief du conseil.

— Et où est-ce ?

Virginia se moqua.

— Tu crois vraiment que je te le dirais ? Seuls les Gardiens de la Nuit connaissent son emplacement. Même leurs compagnons humains ignorent cette information. Alors, c'est sûr que je ne vais pas te la donner.

Wesley haussa les épaules comme si cela n'avait aucune importance pour lui.

— Je fais juste la conversation.

Elle n'y croyait pas une seconde.

— Bien sûr.

Puis elle inclina la tête vers l'un des couloirs.

— Par ici.

Il se retourna, mais attendit qu'elle se retrouve à ses côtés pour commencer à marcher. Sachant que toute tentative de fuite échouerait, elle n'insista pas pour qu'il marchât devant elle. Elle pouvait tout aussi bien l'observer depuis le côté. Au moins, de cette façon, elle n'aurait pas à regarder son derrière serré, qui remplissait son pantalon d'une façon que la loi devrait interdire.

La marche se termina rapidement : deux couloirs, deux volées de marches, et ils atteignirent les doubles portes de la salle du conseil. Devant celle-ci, un guerrier se tenait en sentinelle. Il la salua d'un signe de tête, signe qu'il la reconnaissait.

Virginia s'arrêta à quelques mètres de lui. Wesley fit de même.

— Le Conseil des Neuf est-il réuni ? demanda-t-elle.

— Oui, Conseillère Robson. Ils sont prêts à vous accueillir.

Il tendit la main.

— Tous les appareils électroniques, s'il vous plaît.

Sans hésiter, elle sortit son téléphone portable de sa poche et le tendit au garde. Lorsqu'il regarda Wesley, Virginia secoua la tête.

— Nous avons déjà confisqué le téléphone du prisonnier. Il se trouve toujours dans le bastion d'où nous venons.

Le garde acquiesça et déposa l'appareil de Virginia dans une niche à côté des doubles portes. Le garde y avait également déposé les téléphones portables des autres membres du conseil. C'était une mesure de sécurité : aucun appareil d'enregistrement n'était autorisé dans les salles, afin que les membres du conseil pussent parler librement.

Le garde ouvrit les doubles portes.

— Entrez.

Virginia lui fit un signe de tête, puis fit signe à Wesley d'entrer avec elle. La porte se referma discrètement derrière eux.

Lorsqu'ils entrèrent dans la salle du conseil, les conseillers discutaient tranquillement entre eux. Maintenant, tous leurs murmures cessèrent, et huit paires d'yeux se posèrent sur elle et son prisonnier.

— Primus, répondit-elle. Membres du conseil.

— Virginia, nous avons reçu ton rapport, répondit Barclay, le chef du Conseil des Neuf. Prends ta place, et nous allons commencer.

— Veux-tu que je te donne d'abord quelques informations sur le contexte ? demanda-t-elle.

Barclay secoua la tête.

— Ce n'est pas nécessaire. Ton rapport d'hier soir était très complet.

Il fit un geste vers le siège vide de la table en forme de demi-lune.

Sachant ce qu'on attendait d'elle, elle prit place, laissant Wesley debout, face aux neuf membres de l'organe directeur des Gardiens.

— Alors, c'est toi le sorcier, commença Barclay.

Wesley sourit.

— Je m'appelle Wesley Montgomery.

Barclay jeta un coup d'œil sur les notes qui se trouvaient devant lui.

— Oui, on me l'a dit. D'après nos conclusions, tu as pu utiliser l'un de nos portails pour envahir notre bastion de Baltimore.

Wesley haussa les épaules.

— Envahir est un mot dur. J'ai visité.

Plusieurs membres du conseil reniflèrent de mécontentement.

— Ne mâchons pas nos mots. J'ai ici un rapport détaillé sur tes actions lors de ta visite au bastion de Baltimore. D'après ce rapport, tu as été d'une grande aide pour les guerriers qui s'y trouvaient. Pour cette raison, je t'accorde le bénéfice du doute.

Virginia claqua la tête en direction de Barclay. Son rapport n'avait rien dit sur le fait que Wesley était d'une grande aide. Cela ne pouvait que signifier qu'un des gardiens du complexe avait contacté Barclay derrière son dos. Et elle n'avait aucun doute sur l'identité de l'auteur de l'acte : après tout, Aiden était le fils de Primus.

Elle serra les dents. Wesley avait donc manipulé Aiden pour l'aider à glisser un mot à Barclay.

— Explique-moi maintenant, ainsi qu'à mes collègues du conseil, comment tu as pu faire fonctionner le portail, exigea Barclay.

— Eh bien, commença Wesley en déplaçant son poids sur l'autre pied. J'aimerais pouvoir l'expliquer moi-même, mais...

— Épargne-nous tes tergiversations, sorcier ! rétorqua Geoffrey. Peut-être que Primus est d'humeur clémente aujourd'hui, mais le reste d'entre nous, non.

Wesley déglutit visiblement. Il prit un autre ton et poursuivit :

— Mes excuses, monsieur. Ce que je voulais dire, c'est que ça m'a beaucoup étonné que ça ait fonctionné. Vous voyez, environ deux semaines plus tôt, j'ai vu l'un des vôtres disparaître dans un portail dans les bois de Sonoma. Il m'a vu aussi, alors ça ne devrait pas être trop difficile de vérifier mon histoire. J'ai fait quelques recherches, et j'ai trouvé des références à votre espèce dans certains de mes vieux livres. Les textes décrivaient les gardiens comme une race de guerriers dédiés à la protection des innocents contre les forces surnaturelles maléfiques. Si c'est vrai, je me suis dit que vous pourriez être intéressées par une alliance avec Scanguards.

— Mmm, murmura Geoffrey, puis regarda les autres membres du conseil. Avons-nous des informations sur Scanguards ?

Barclay tapota du doigt sur le morceau de papier qui se trouvait devant lui.

— Nous avons envoyé un émissaire sur place. Nous attendons plus d'informations.

Puis il regarda de nouveau Wesley.

— Continue.

— Quoi qu'il en soit, j'ai décidé d'essayer d'établir un contact. Et comme le portail était ma seule piste, j'ai commencé par là. J'ai expérimenté des sorts de transformation.

— Des sorts de transformation ? demanda Norton, un autre membre du conseil.

— Oui, c'est un sort qui permet de se mettre dans un état de transe pendant lequel on peut prendre les attributs d'une autre espèce. C'est de très courte durée, quelques secondes seulement, une minute tout au plus, mais c'était suffisant pour faire croire au portail que j'étais un Gardien de la Nuit, et non un sorcier. Il s'est ouvert pour moi, mais je n'ai aucune idée de la façon dont j'ai atterri à Baltimore. C'est la vérité la plus honnête. J'étais en train de culbuter là-dedans sans avoir la moindre idée de comment diriger la chose.

Virginia réprima l'admiration qu'elle ressentait devant les compétences du sorcier, gardant son expression sévère en place. Il dégageait une puissance indéniable. Et cela le rendait dangereux.

— Intéressant, songea Barclay en jetant un coup d'œil à l'assemblée. Des questions ?

Riona leva la main et, sur le signe de tête de Barclay, demanda :

— Le gardien que ce sorcier a vu, l'a-t-on déjà identifié pour qu'il corrobore cette histoire ?

Virginia se racla la gorge.

— Le bastion de Baltimore a envoyé un message aux autres bastions pour s'enquérir de cet incident. C'est la raison pour laquelle le bastion de Baltimore nous a prévenus en premier lieu. Au moins dans les autres bastions, les gardiens suivent les règles...

— Oui, Virginia, interrompit Barclay. Nous sommes tout à fait conscients que des règles ont été enfreintes. Nous y reviendrons plus tard.

Il jeta un coup d'œil en direction de Riona.

— Pour en revenir à ta question, Riona, nous pensons qu'un gardien du bastion de Seattle pourra confirmer l'histoire du sorcier...

— Je m'appelle toujours Wesley, déclara le prisonnier.

Un souffle collectif parcourut l'assemblée. Personne n'interrompit Primus.

Barclay lui lança un regard noir, puis tourna à nouveau son regard vers les membres du conseil.

— J'ai envoyé chercher le gardien en question. Il arrivera sous peu. D'autres questions avant d'entamer les discussions ?

Personne ne prit la parole.

Barclay appuya sur un bouton situé sur la table. Un instant plus tard, la porte s'ouvrit et un garde entra.

— Primus ?

— Enferme le prisonnier.

Le garde s'approcha, mais Wesley fit plusieurs pas vers la table.

— Mais vous ne m'avez pas encore écouté. Je suis ici pour proposer une alliance potentielle entre votre espèce et les Scanguards ; vous ne m'avez pas laissé m'expliquer !

— Nous aurons le temps pour cela plus tard.

Barclay regarda à nouveau le garde.

— Emmène-le dans sa cellule.

— Mais...

Pendant un instant, Virginia ressentit un pincement au cœur en voyant Wesley traîné au loin. Eurent-ils trop durs avec lui ? Ou bien Barclay avait-il raison de faire preuve d'une extrême prudence à l'égard du sorcier ?

Si seulement elle savait si l'on put se fier aux paroles de Wesley.

Ou bien s'il était en train de donner la plus grande représentation que le monde n'eût jamais vue, en les trompant tous.

6

____

Près d'une heure s'écoula sans que le conseil parvienne à un quelconque consensus. Le gardien de Seattle était venu et reparti. Il avait confirmé avoir observé Wesley collaborer avec plusieurs vampires pour mettre hors d'état de nuire un groupe de vampires voyous qui avaient tenté d'inonder le marché de drogues dangereuses. Le gardien estimait que ces drogues, qui facilitaient le contrôle de l'esprit sur une longue distance, ne devaient pas tomber entre les mains des démons. Il avait donc conseillé au sorcier de détruire les drogues et toutes les traces de l'opération des vampires. Une visite de suivi dans les bois de Sonoma avait confirmé que Wesley l'avait effectivement fait.

Cette information permit d'apaiser l'esprit de certains membres du conseil, dont Virginia.

Cependant, tout le monde avait une autre préoccupation, bien plus importante. Une préoccupation qui pouvait mettre en péril leur existence même : comment le sorcier avait-il pu utiliser le portail.

Personne ne pouvait expliquer comment un sort pouvait surmonter les contrôles de sécurité du portail et permettre à un non-gardien de le faire fonctionner. On émettait des hypothèses, puis on les rejetait. Les idées étaient partagées, puis rejetées. Pourtant, une chose se dégageait : ils ne pouvaient pas laisser partir le sorcier, de peur qu'il n'apprenne à d'autres à pénétrer leurs défenses.

— Alors, que devons-nous faire de lui ? demanda finalement Cinead, le plus âgé et l'un des plus sages des membres du conseil.

— De la façon dont je vois les choses, nous avons deux choix : l'enfermer pour de bon ou le tuer, proclama Ian.

Ce dernier choix fit passer un frisson glacial le long de la colonne vertébrale de Virginia. Même si elle ne faisait pas confiance à Wesley, pouvait-elle vraiment voter pour le tuer ? Jamais auparavant elle n'avait hésité à exécuter un prisonnier si cela était justifié, alors pourquoi hésitait-elle maintenant ? Avait-il réussi à se faufiler sous sa peau, à pénétrer ses défenses, tout comme il avait pénétré dans le complexe ?

— Un troisième choix existe, déclara Barclay.

Virginia le dévisagea, tout comme les autres membres du conseil.

— Oui ?

— Nous le laissons partir et nous le suivons. Voyons où il nous mène.

Immédiatement, tout le monde se mit à parler. Virginia restait silencieuse. Si la suggestion de Barclay s'écartait des normes et présentait certains risques, elle restait réalisable. Un membre de leur espèce pouvait facilement suivre n'importe qui – après tout, l'invisibilité se prêtait à une telle tâche. Si quelqu'un pouvait suivre un sorcier sans être découvert, c'était bien un Gardien de la Nuit. Pourtant, l'idée comportait des dangers. Trop de choses pouvaient mal tourner.

Les voix dans la chambre s'amplifièrent, atteignant un niveau de fièvre. Virginia se leva d'un bond, essayant d'attirer l'attention des autres.

Elle ne réussit pas.

Car quelque chose d'autre attira d'abord l'attention de tout le monde. Des lumières stroboscopiques clignotaient soudain au-dessus de nos têtes, suivies d'un son strident, qui noyait les conversations dans la pièce.

Une voix d'ordinateur suivit. « Intrusion détectée. Violation de sécurité. »

— Putain ! jura Virginia.

L'alarme continua. « Intrusion détectée. Violation de sécurité. »

Tout le monde se leva d'un bond.

— Lancez le protocole de sécurité ! ordonna Barclay.

Les doubles portes s'ouvrirent et deux gardes entrèrent en trombe.

— Attaque de démons !

— C'est confirmé ? hurla Virginia sur le garde qui avait parlé, en courant vers lui.

— Confirmé.

— Combien ?

— Nous ne savons pas encore, répondit le garde, tandis que le second lança des ordres.

— Membres du conseil, au portail, tout de suite !

— Vite ! cria Barclay.

La survie du Conseil des Neuf à l'attaque s'avérait essentielle, mais Virginia était une guerrière depuis trop longtemps. Elle ne pouvait pas se contenter de fuir. Elle devait rester et se battre.

— Vas-y, dit-elle à Barclay. Je vais m'assurer que le sorcier paie pour ça !

Barclay lui attrapa le bras.

— Tu ignores que c'est lui qui l'a fait.

— Réveille-toi, Primus ! Personne n'a jamais franchi nos défenses auparavant. Et au moment où j'amène ce sorcier ici, les démons attaquent ? Ce n'est pas une coïncidence. Je lui ferai payer, même si c'est la dernière action que j'entreprends.

Virginia se libéra de l'emprise de Barclay et fonça hors de la salle du conseil. Les gardes envahissaient les couloirs, courant dans une seule direction. Elle les dépassa, bifurqua dans le couloir suivant, puis dévala les escaliers en direction de la cellule.

Elle avait laissé ses sentiments – son attirance physique irrationnelle pour un fichu sorcier – obscurcir son jugement comme un miroir embué. Elle était prête à le suivre bénévolement pour découvrir ce qu'il préparait. Elle était disposée à lui accorder le bénéfice du doute. Mais elle n'avait plus aucun doute.

D'une manière ou d'une autre, Wesley Montgomery avait conduit les démons jusqu'à leur forteresse.

Et il le paierait de sa vie.

Virginia courut plus vite, espérant ne pas arriver trop tard, espérant que les démons n'avaient pas déjà libéré leur complice de la cellule de plomb.

Alors qu'elle s'approchât, elle entendit la voix de Wesley résonner dans le couloir.

— Hé ! Qu'est-ce qui se passe ici ? Que quelqu'un me sorte de là ! hurla-t-il à travers la fente de la porte. Est-ce que quelqu'un m'entend ?

— Je peux t'entendre, murmura-t-elle pour elle-même. Ne t'inquiète pas. Je prendrai soin de toi.

D'une main, elle tira sa dague du fourreau à sa hanche, de l'autre, elle déverrouilla la porte et l'ouvrit d'un coup sec.

— Dieu merci, c'est...

La voix du sorcier s'éteignit au milieu de la phrase, son regard épinglant le poignard dans sa main.

— C'est quoi ce bordel ?

Il trébucha en arrière, plus loin dans la cellule.

— Tu as conduit les démons jusqu'à nous ! Tu es mort, sorcier !

Elle se jeta sur lui, le suivant dans la cellule de plomb. Une erreur, réalisa-t-elle immédiatement, mais elle portait une arme, et il n'en avait pas, et si elle était rapide...

— Non, Virginia ! s'exclama Wesley, levant les bras pour se protéger et bloquant sa dague.

Merde ! Elle n'aurait pas dû avoir de mal à le tuer d'un seul coup bien ciblé.

Mais le plomb de la cellule commençait déjà à drainer ses pouvoirs surnaturels. Qu'à cela ne tînt. Elle le tuerait quand même.

Encore une fois, elle se jeta sur lui.

———

WESLEY S'ESQUIVA sur le côté. Virginia était sérieuse. Elle voulait vraiment le tuer. La dague qu'elle tenait dans sa main en témoignait. Et comme si cela ne suffisait pas, ses yeux crachaient du venin à l'état pur.

— Merde, Virginia ! Je ne veux pas te faire de mal !

Même s'il devait se défendre.

— Mais je veux te faire du mal !

Il marcha à reculons et, comme deux combattants sur un ring, ils commencèrent à se tourner autour. D'une manière ou d'une autre, il devait faire en sorte qu'elle l'écoute. Avant qu'elle ne parvienne à enfoncer ce poignard dans sa chair.

— S'il te plaît, Virginia. Je n'ai rien fait.

— Tu as mené les démons jusqu'à nous. C'était toi ! siffla-t-elle. Ça ne pouvait être personne d'autre. Je ne sais pas comment tu as fait. Mais tu l'as fait.

— Non ! Je ne te ferais jamais de mal, pas plus qu'à ton peuple. Tu dois me croire.

— Menteur !

Elle fonça vers lui et il n'avait pas d'autre choix que d'agir. Il dévia la dague en levant le bras et en poussant contre elle, la faisant reculer. Le mouvement s'effectuait avec une étonnante facilité, comme si elle ne faisait pas beaucoup d'efforts. Pourquoi n'utilisait-elle pas ses pouvoirs surnaturels contre lui ? Elle aurait pu facilement l'écraser contre le mur, l'y coincer et l'ouvrir avec sa dague sans trop d'effort. Qu'est-ce qui la retenait ?

Lorsqu'elle sauta de nouveau vers lui, il réussit à attraper sa main de poignard, enroulant sa main autour de son poignet et la mettant ainsi hors d'état de nuire. Elle essaya de se dégager de lui, mais n'y parvenait pas.

C'était alors qu'il comprit : la cellule de plomb. Aiden n'avait pas voulu y entrer non plus. Qu'avait-il dit ? Quelque chose à propos du plomb qui drainait son énergie. Wes le comprit à ce moment-là : le fait que Virginia se trouvait dans la cellule l'affaiblissait. Cela signifiait qu'il avait une chance.

— Putain, Virginia ! Arrête ça. Je ne vais pas te faire de mal.

Comment pourrait-il y arriver, alors qu'il ne voulait rien d'autre que l'embrasser ?

— Tu nous as trahis !

Elle lui lança un regard noir.

— Tu es un homme mort !

Elle lui donna un coup de genou dans les bourses, un geste qu'il n'avait pas vu venir.

— Aïe !

Il se retourna. De toute évidence, même dans son état de faiblesse, elle était encore une guerrière respectable.

Il avait perdu. Merde !

Il aurait peut-être dû tenir compte de l'avertissement de son patron.

Mais il s'était montré arrogant, pensant que son charme pouvait le sortir de n'importe quel pétrin. Apparemment, ce n'était pas le cas. Il était sur le point de mourir, tué par une femme qu'il désirait. Quelle ironie !

Lorsqu'il entendit un bruit, il leva la tête pour regarder son assassin dans les yeux. Mais Virginia tournait sur elle-même, le regard tourné vers la porte de la cellule. Une silhouette l'obscurcit

— Putain ! jura Virginia.

Bien que Wes ne pût pas voir le visage du gars, il vit deux lumières vertes clignoter à l'endroit où ses yeux devaient se trouver. Un vert d'un tout autre genre que les taches d'émeraude dans les yeux de Virginia. Un vert qui n'était pas naturel. Il avait passé suffisamment de temps avec les gardiens du complexe de Baltimore pour reconnaître des yeux verts de démon, le seul signe extérieur d'un démon.

Virginia était déjà en train de foncer vers l'agresseur, poignard à la main. Ce type était gigantesque. Et, même si Virginia n'était pas vraiment menue, mais grande et clairement une guerrière bien entraînée, elle semblait plus faible à l'intérieur de la cellule. C'était évident. Il n'avait donc pas d'autre choix que de l'aider à vaincre le démon, sinon ils mourraient tous les deux.

— Merde ! grogna Wes et il se lança à sa poursuite.

Dans la faible lumière de la cellule, Virginia échangeait des coups avec le démon. Son ennemi semblait plus fort. D'une manière ou d'une autre, Wes devait essayer de détourner l'attention du démon pour qu'elle puisse lui échapper et l'attirer à l'extérieur, où elle serait plus forte. Il ne pouvait qu'espérer qu'une fois hors de la cellule, sa force reviendrait immédiatement, sinon ils seraient toujours baisés.

— Hé le lâche, bats-toi contre quelqu'un de ta taille, cria Wes.

Cette raillerie fit tourner la tête du démon pour lancer un regard à Wes. Avec un soupir dédaigneux, il reporta son attention sur Virginia. La distraction de la seconde n'avait rien fait pour améliorer sa situation. Elle parvenait à peine à tenir son agresseur à distance, lui donnant des coups de pied, essayant de porter des coups et de pousser avec la main de sa dague. En vain. Le démon enchaînait les coups de poing.

— Merde !

Avec un hurlement proche d'un cri de guerre indien, Wesley sauta et donna un coup de pied dans sa jambe en hauteur, où il se connecta à l'avant-bras du démon, l'empêchant ainsi d'enfoncer son poignard dans la poitrine de Virginia. Mais au lieu de perdre sa prise sur l'arme, l'animal pivota et s'élança sur Wes.

— Ah putain !

Wes plongea sur la gauche, hors de la trajectoire du démon pas une seconde trop tôt, faisant une culbute et une roulade. Il retrouva ses appuis un instant plus tard et tourna sur lui-même, les bras écartés, les jambes en position de combat, mais le démon s'était déjà désintéressé de la situation et fonçait à nouveau vers Virginia.

Wes regarda le démon la projeter contre le mur et se lancer à sa poursuite.

Quelque peu étourdie, Virginia tenta de retomber sur ses pieds, mais n'y parvint pas. Sa dague s'écrasa sur le sol de pierre et elle s'élança vers elle. Le démon arriva le premier, son pied se posant sur la poignée de la dague.

Virginia releva la tête, fixant le démon.

— Merde.

— Ah putain !

Wes grogna et sauta sur le démon par-derrière, enroulant ses bras autour du cou du type pour tenter de l'étouffer. Mais ce connard était trop fort. Wes ne put que s'accrocher pour survivre pendant que le démon essayait de le secouer.

— Sors de la cellule, Virginia ! Cours ! hurla-t-il, juste au moment où le démon parvint à arracher les bras de Wesley et à le projeter dans un coin.

Immédiatement, le démon se lança à la poursuite de Virginia, qui fonçait dans le couloir.

La porte étant maintenant dégagée, la lumière du couloir se reflétait brièvement sur quelque chose au sol. Wes pencha la tête dans cette direction. La dague. Virginia n'avait pas réussi à s'en emparer. Et sans arme, elle n'aurait aucune chance contre le démon.

Wes se leva en titubant et saisit le poignard, puis il fonça hors de la cellule.

Ce qu'il vit failli arrêter son cœur. Le démon avait plaqué Virginia au sol. Elle se débattait, donnait des coups de pied et des coups de poing pour sauver sa vie, mais le poignard de son agresseur se rapprochait de plus en plus de son cou. Combien de temps pourra-t-elle encore le retenir ?

Wes s'élança vers le démon, visant son pied à la tête du démon, lui donnant un coup de pied comme celui de David Beckham. La tête du démon claqua sur le côté, et l'élan le projeta sur le côté, le soulevant de Virginia. Mais Wes savait que ce type n'était pas encore vaincu. Wes sauta sur lui et plongea la dague de Virginia dans le cœur du démon. Il la tordit. Il l'enfonça plus profondément.

— Va au diable !

Respirant difficilement, toujours sur le démon qui gargouillait maintenant sans défense, Wes vit du sang vert s'écouler de la plaie. Dégoûté, il se releva d'un bond avant que l'ignoble liquide ne le souillât.

Sans quitter des yeux le démon mourant, Wes demanda :

— Ça va, Virginia ?

Il l'entendit se lever et la regarda. Elle ne semblait pas blessée.

— Parle-moi, Virginia.

Elle s'avança vers lui, d'un pas mal assuré au début.

— Tu as tué le démon.

Wes regarda fixement la créature. Elle ne bougeait plus. Aucun son. Pas de souffle. Juste du sang vert qui tachait le sol de pierre, la poignée de la dague dépassant de sa poitrine.

— Oui, il est mort.

— Pourquoi l'as-tu tué ?

Wes lui lança un regard interrogateur.

— C'est quoi ce bordel ?

— Si c'est une ruse pour que je te fasse confiance...

— Une ruse ?

— Oui, pour me sauver d'un démon afin que je croie que tu ne travailles pas avec eux.

Pendant un instant, il resta figé dans une incrédulité stupéfiante. Puis il secoua la tête et leva les bras en signe de défaite.

— Tu sais quoi, Virginia ? J'en ai assez. Je suis à bout de nerfs. Vas-y, tue-moi. Fais-moi ce que tu veux, parce que, de toute évidence, peu importe mes gestes – sauver ta peau, risquer ma vie pour toi, ou quoi que ce soit d'autre –, tu ne me croiras jamais de toute façon. Mets fin à mes souffrances, c'est tout.

Soudain, elle l'attrapa et le plaqua contre le mur, le coinçant là.

Il rencontra son regard pénétrant, essayant de lire ses intentions.

— Virginia ?

— Tais-toi, sorcier !

Ses lèvres étaient sur les siennes une fraction de seconde plus tard, le paralysant. Pendant un instant, il ne put même pas réagir, trop surpris par l'action de la Gardienne de la Nuit. Mais son instinct se mit en marche et il l'entoura de ses bras, la serrant contre lui. Il l'embrassa très fort. Puis il sépara sa bouche de la sienne.

— Mon nom est toujours Wesley.

Il ne lui laissa pas le temps de répondre. Au lieu de cela, il fit glisser ses lèvres sur sa bouche et prit ce qu'il voulait depuis le moment où il avait posé les yeux sur elle. Ses lèvres s'assouplirent sous sa demande et s'écartèrent pour accepter son invasion.

Virginia était différente de ce à quoi il s'attendait. La guerrière coriace à la volonté d'acier n'était plus là. À sa place se trouvait une femme qui moulait son corps alléchant au sien comme si sa vie en dépendait. Comme si elle se soumettait à lui sans poser de questions.

Ses lèvres avaient le goût de la faim, sa langue celui du besoin et son souffle celui du désir. À chaque glissement de sa langue contre la sienne, à chaque coup contre ses dents, à chaque pression de ses lèvres sur les siennes, le feu en lui s'intensifiait. Il avait embrassé beaucoup de femmes, il avait couché avec plus de femmes qu'il ne voulait s'en souvenir, mais rarement une femme n'avait enflammé un tel besoin en lui. Ou réveillé sa queue aussi rapidement. Parce que, bon sang, il était dur.

Wes glissa sa main jusqu'au cul gainé de cuir de Virginia et la secoua contre son érection, ayant besoin de lui montrer ce qu'elle lui faisait. Elle gémit dans sa bouche, une réaction qu'il accueillit bien. Peut-être acceptait-elle enfin qu'il n'eût pas l'intention de lui faire du mal. Que ses intentions étaient d'une tout autre nature et qu'elles impliquaient qu'ils se retrouvent nus et attachés dans une tout autre bataille : la bataille de qui ferait jouirait en premier.

Et pourquoi ne pas commencer tout habillés ? Déterminé à faire en sorte que cette rousse entêtée se livre à lui de toutes les façons possibles, Wes lui attrapa les fesses à deux mains et frotta sa queue contre son centre. Même à travers son pantalon de cuir, il pouvait sentir sa chaleur.

Virginia était plus passionnée qu'il ne s'y attendait, même pour une rousse. Elle était la personnification du feu. Chaude au toucher. Elle grésillait. Rien ne pouvait l'arrêter maintenant. Il se fichait de ce qu'il fallait faire, mais faire jouir Virginia dans ses bras était sa mission à présent. Peu importe qu'ils fussent dans un couloir, avec un démon mort gisant à leurs pieds, où n'importe qui pouvait leur tomber dessus. Il ne pouvait pas gâcher cette occasion. Il devait montrer à Virginia qu'elle pouvait lui faire confiance. Et quel meilleur moyen d'y parvenir que de lui montrer le plaisir qu'il pouvait lui procurer ?

Bip-bip-bip.

Le son aigu faillit lui percer le tympan.

Bip-bip-bip.

« Évacuation », annonça une voix d'ordinateur depuis quelque part au plafond.

Virginia cessa de bouger contre lui et arracha ses lèvres des siennes.

— Merde !

7

———————

Virginia poussa Wesley d'un coup sec, le forçant à la relâcher. Elle se trouvait à trente secondes de l'orgasme, et il lui avait fallu près de deux secondes pour comprendre le sens du bip sonore, tant elle était hébétée.

— Qu'est-ce qui se passe ? demanda Wesley, ses yeux dardant le couloir de haut en bas, puis revenant vers elle. Virginia, qu'est-ce que c'est ?

— Autodestruction. Le bastion va exploser. Elle lui attrapa le bras et l'entraîna avec elle. Cours !

— Putain, jura-t-il, et il fonça à ses côtés dans le long couloir.

— Nous devons arriver jusqu'au portail, dit-elle en faisant signe vers l'endroit où le couloir en croisait un autre. Par ici !

« Évacuation ! répéta la voix de l'ordinateur.

— Combien de temps avons-nous ? demanda Wes alors qu'ils fonçaient dans le couloir suivant.

— Je ne sais pas. Peut-être trente secondes.

À peine le temps de sortir.

À ce moment-là, la voix de l'ordinateur annonça : « Quinze secondes avant la détonation. »

— Je suppose que c'est quinze secondes, se corrigea-t-elle.

Encore moins de chance de réussir.

— Et moi qui m'inquiétais de ne pas avoir assez de temps, répondit sèchement Wes.

— Descends les escaliers ! cria Virginia.

Elle fonça, Wes sur ses talons. Lorsqu'elle atteignit le palier, elle n'interrompit même pas sa foulée et s'élança vers le mur, à seulement trois mètres d'elle.

« Dix secondes avant la détonation », la voix de l'ordinateur la nargua.

La seule chose qui identifiait le portail était une ancienne dague gravée dans le mur de pierre.

« Neuf », le compte à rebours se poursuivit.

Elle fit claquer sa main sur la dague sculptée et sentit la chaleur monter sous sa paume.

« Huit. »

Le portail la reconnut, pourtant tout semblait prendre plus de temps que d'habitude.

« Sept. »

Elle regarda par-dessus son épaule, constatant avec soulagement que Wes l'avait rejointe.

« Six. »

Enfin, le mur disparut. Le portail était ouvert.

« Cinq. »

Virginia attrapa le bras de Wesley et l'entraîna avec elle à l'intérieur.

« Quatre. »

— Quoi que tu fasses, accroche-toi à moi. Ne me lâche pas, l'exhorta-t-elle.

— Aucune chance.

Elle voulait que le portail se referme, mais, pour une raison ou une autre, il demeura ouvert.

— Merde !

« Trois. »

Elle se concentra à nouveau, en respirant profondément cette fois, pour essayer de faire le vide dans son esprit.

« Deux. »

Soudain, il fit sombre autour d'eux. Elle poussa un soupir de soulagement. Le portail s'était refermé.

Le son suivant était étouffé, mais même à travers le portail fermé, elle pouvait encore l'entendre : « Un. »

Elle sentit Wesley la serrer plus fort, un bras autour de sa taille, l'autre s'accrochant à son biceps. Ignorant sa présence pendant un moment, elle voulut que son esprit se concentre sur leur destination. Loin des démons, loin du complexe compromis.

L'explosion frappa avec une telle puissance que les murs du portail tremblaient. Elle fut projetée dans les airs. Le bras de Wesley autour de sa taille glissa. Paniquée, elle l'attrapa et l'entoura de ses deux bras pour s'accrocher à lui. Elle sentit qu'il faisait de même, enroulant ses bras autour d'elle comme un étau.

Une autre explosion secoua le portail. Des fissures fendirent les murs de pierre.

— Merde ! jura-t-elle.

Puis le portail tout entier semblait être soulevé dans les airs, ballotté comme un caillou dans un éboulement. Tout ce qu'elle pouvait faire, c'était s'accrocher à Wesley et espérer qu'ils survivent.

Putain de démons ! Si elle le pouvait, elle foncerait dans le repaire des démons et les massacrerait tous.

— Si on doit mourir, je voulais juste que tu saches que le meilleur baiser de ma vie, c'était toi, dit soudain Wesley.

Des larmes perlèrent dans ses yeux et malgré leur situation périlleuse, elle parvint à enfouir son visage dans le creux de son cou.

— Oh Wes, je...

La sensation de chute libre soudaine lui coupa les mots et fit jaillir un cri de ses lèvres.

— Aaaaaahhhh ! cria Wes.

L'impact lui coupa le souffle et l'arracha des bras de Wesley. Elle avait atterri sur de la roche dure, gémissant de douleur. Au moins, cela signifiait qu'elle vivait.

— Wesley ?

Elle leva la tête, le cherchant.

Il gisait seulement à quelques mètres d'elle. Lui aussi avait atterri sur un sol rocailleux. Il faisait sombre, même si une lueur brillait à travers une fissure dans leur environnement de pierre. Se trouvaient-ils encore dans les décombres de l'enceinte du conseil ? Ou avaient-ils réussi à sortir ? Elle essaya de se repérer, mais l'explosion avait manifestement détruit l'ensemble de l'enceinte et n'avait laissé qu'un amas de roches.

Wesley soudain releva la tête.

— On a réussi ?

Il se tapota la poitrine et les cuisses.

— Tu es blessée ?

Elle secoua la tête.

— Je vais bien. As-tu quelque chose de cassé ?

Il se redressa et gémit.

— Je ne crois pas. Où sommes-nous ?

Il regarda autour de lui, puis fixa la direction de la source de lumière.

— Je n'en suis pas encore sûre.

Elle regarda de plus près les formations rocheuses autour d'eux, puis laissa glisser sa main sur une surface sombre et lisse.

— Roche de lave.

À sa connaissance, le fief du conseil se composait de calcaire. Personne n'avait jamais parlé de roche de lave.

— C'est étrange.

— Quoi ?

Wesley eut l'air instantanément alarmé.

— Touche la pierre.

Il haussa les épaules.

— Qu'est-ce que je devrais ressentir ?

— C'est de la lave qui s'est durcie en roche.

Elle en avait la certitude maintenant.

— Nous avons quitté le fief du conseil.

— Eh bien, je suppose que c'est une bonne nouvelle. Nous nous en sommes sortis.

Il se pencha plus près.

— Grâce à toi.

— Ne me remercie pas encore.

Elle se mit debout en titubant et ressentit quelques courbatures. Rien qui ne pût guérir rapidement.

Elle fit quelques pas vers le gros rocher, lorsqu'elle entendit Wes se lever et la rejoindre. Il lui prit le bras.

— Attends.

Virginia jeta un coup d'œil par-dessus son épaule.

— Nous allons découvrir ensemble où nous sommes.

Il sourit.

— Tu ne te débarrasseras pas de moi aussi facilement.

— Je n'essayais pas...

— Je sais, l'interrompit-il et lâcha son bras, seulement pour lui prendre la main et entortiller ses doigts dans les siens.

Pour la première fois depuis longtemps, elle ressentait de la joie d'être entourée. Elle se retint de le dire à voix haute. S'était-elle cogné la tête ou était-ce le baiser de Wesley qui l'avait rendue toute émotive et molle ? Bon sang, elle était une guerrière, pas une demoiselle en détresse ! Elle devait se ressaisir avant de dire quelque chose qu'elle pourrait regretter plus tard.

Elle pointa du doigt le rocher.

— Allons voir d'où vient cette lumière.

Elle marcha dans sa direction, Wes à ses côtés, tandis qu'elle faisait semblant de ne pas remarquer qu'il lui tenait toujours la main.

Le rocher dépassait sa taille d'environ soixante centimètres et avait la largeur d'une porte de garage. Elle ralentit ses pas, établit un contact visuel avec Wesley et posa son index sur ses lèvres. Il hocha la tête.

Prenant soin de ne pas faire de bruit, elle se glissa sur le côté et jeta un coup d'œil au-delà du rocher. Un chemin serpentait à travers une forma-tion de rochers. Elle leva les yeux. Le plafond, formé de pierre, s'étendait au-dessus d'elle, mais elle ne pouvait pas vraiment parler de plafond. Il semblait naturel, pas fait par l'homme. Une sorte de tunnel.

La lumière provenait de flammes qui semblaient jaillir à travers les fissures de la roche. Derrière elle, Wesley bougea et passa la tête devant elle. Elle le sentit inhaler de façon audible, et son propre nez la démangea en même temps.

— Du soufre, lui murmura-t-il à l'oreille.

Elle aussi l'avait reconnu. L'inquiétude remonta le long de sa colonne vertébrale. Elle tourna la tête pour regarder Wes et lui fit signe de la suivre. Elle marcha d'un pas léger, veillant à ne pas faire de bruit dans l'allée caverneuse, le regard vigilant. Elle chercha des signes qui pourraient l'aider à comprendre où ils se trouvaient, mais elle n'en vit aucun. Pas de marque sur les murs, pas de rune, rien.

L'odeur de soufre se fit plus forte.

Quelque part au loin, elle entendit un grondement. Elle se figea instantanément. Wes passa son bras autour d'elle par-derrière et l'attira contre sa poitrine. Avant qu'elle ne pût protester, elle entendit quelque chose d'autre : des pas. Plus d'une personne s'approchait.

— Par ici, lui murmura Wes à l'oreille et tenta de la tirer dans la direction opposée.

Elle secoua la tête, se tordit dans ses bras et le plaqua contre le mur, puis posa sa main sur sa bouche. Ils n'avaient pas le temps de s'enfuir. Si elle entendait des pas, celui qui approchait entendrait les siens. Peut-être que c'était déjà le cas.

Tout ce qu'ils pouvaient faire, c'était rester là où ils étaient.

Et rendre Wesley et elle-même invisibles.

Juste à temps, comme il s'avérait. Car les trois hommes qui marchaient vers eux ne semblaient pas humains.

Dans la lumière tamisée de la caverne, leurs yeux brillaient d'un vert éclatant. Vert démon.

8

———————

Wesley voulait lancer un juron. Deux choses l'en empêchaient : la main de Virginia pressée sur sa bouche, et le fait de savoir que, s'il émettait un son, ils mourraient. L'endroit où ils avaient atterri était devenu aussi clair que de l'eau de roche : les Enfers.

Les quelques jours qu'il avait passés avec les gardiens dans le bastion de Baltimore lui avaient permis de comprendre globalement le monde des Démons de la Peur et le rôle qu'y jouaient les Gardiens de la Nuit. Le reste, il pouvait le reconstituer tout seul.

Du soufre – pas seulement l'odeur, mais aussi la fine couche jaune qui recouvrait certaines parties des murs et du sol – de la roche de lave, et des types aux yeux d'un vert éclatant. Oui, bienvenue dans les Enfers de Zoltan. De la poêle à frire au feu éternel. Sa journée venait de prendre un tournant pour le pire. Il ne pouvait qu'espérer que les pouvoirs de Virginia fonctionnassent ici, et qu'elle parvienne à les occulter pour que les démons ne fassent que passer. C'était sûrement son plan, même s'il ne se sentait pas différent et qu'il pouvait encore la voir. Mais il n'avait pas le temps de lui demander et d'être rassuré. Tout ce qu'il pouvait faire, c'était rester planté là comme une plante en pot et espérer que tout allait pour le mieux.

Ce n'était pas son passe-temps préféré.

Cependant, il n'allait pas se plaindre d'une chose : le corps de Virginia pressé contre le sien, ses doigts doux sur ses lèvres. Même si ce n'était pas une étreinte romantique, le fait de savoir qu'elle essayait de le protéger lui permettait de se sentir un peu mieux dans la situation.

Retenant son souffle, Wes regarda les trois démons s'approcher. Ils portaient des poignards dans leurs mains et sur leurs hanches. Leurs vêtements ne différaient pas de ceux de n'importe quel groupe de guérilla : des pantalons cargo marron ou vert foncé, des chemises avec de nombreuses poches pour les couteaux, les armes et autres, des vestes avec encore plus de poches, de lourdes bottes pour botter le cul de n'importe qui ou pour écraser un rongeur sous leurs semelles.

À part leurs yeux, ils avaient l'air humanoïdes. Juste une bande de racailles humaines moyennes, de tous les jours. Et c'était exactement ce qu'ils étaient avant de se transformer en démon – Aiden l'avait expliqué quelques jours plus tôt. Commettre un acte maléfique au nom des démons rendait l'âme d'un humain si sombre que les démons pouvaient se l'approprier, transformant ainsi l'humain en démon.

Wes frissonna à cette idée.

Lorsque les démons se trouvaient à quelques mètres, Wes passa instinctivement son bras autour du dos de Virginia, l'attirant encore plus près – comme s'il pouvait la protéger de cette façon. Il savait qu'il ne pouvait pas, mais cela ne l'empêcha pas de la serrer contre lui.

Sans même jeter un coup d'œil à Virginia et lui, les démons défilèrent devant eux. Wes tourna la tête pour les regarder disparaître dans l'autre direction, mais il n'osa pas respirer jusqu'à ce qu'enfin, après une éternité, il n'entendit plus leurs pas.

Il se retourna vers Virginia, et réalisa seulement maintenant qu'elle avait retiré sa main de sa bouche.

Elle déglutit difficilement.

— Nous sommes dans le domaine des démons.

— Sans déconner, murmura-t-il en retour, en gardant la voix basse. Que va-t-on faire maintenant ?

— Eh bien, à toi de me le dire ! craqua-t-elle et se libéra de son étreinte. Je n'ai rien fait pour nous faire descendre ici. Tu as dû faire quelque chose pendant que nous étions dans le portail.

— Quoi ? lança-t-il. Tu dirigeais ! Alors ne me mets pas ça sur le dos !

— Tu as dû faire quelque chose. Aucun membre de notre espèce n'est jamais entré dans le monde souterrain.

Elle lui lança un regard suspicieux.

— Eh bien, c'est sympa ! Je t'ai sauvé la mise là-bas dans le bastion et...

— Alors, quel était ton plan ? Me livrer aux démons ?

— Mon plan ?

Il l'attrapa et la plaqua contre le mur de pierre.

— Mon plan, c'était de te séduire, d'accord ? Mon plan consistait à t'enlever tes vêtements et à enfoncer ma queue en toi jusqu'à ce que nous soyons incapables de bouger un seul membre. Quand est-ce que tu te mettras ça dans ta jolie petite tête ? Je suis un homme et tu me plais. C'est peut-être stupide. Peut-être que ça va me coûter la vie. Mais, bon sang, je n'ai pas d'autre arrière-pensée que de me mettre dans ton pantalon !

Il la relâcha et se recula du mur.

— Et maintenant, je veux me tirer d'ici avant que ces putains de démons nous trouvent et nous tuent !

— Alors, tu as vraiment...

Il l'interrompit en lui lançant un regard noir.

Virginia hocha rapidement la tête.

— Très bien, trouvons un moyen de nous en sortir. Peut-être que tu peux commencer à tirer ton épingle du jeu en utilisant ta sorcellerie.

— Ma sorcellerie ?

Il fronça les sourcils.

— Mais...

C'était à ce moment-là qu'il comprit. Il regardait autour de lui. Il ne voyait aucune rune. Les runes gravées sur les murs, les sols et les plafonds de l'enceinte avaient bridé sa sorcellerie, mais ici-bas, il ne voyait rien qui l'empêchait d'accéder à ses pouvoirs.

Il sourit.

— Excellent !

Il remarqua soudain que Virginia s'éloignait de lui. Il se moqua et leva les yeux au ciel.

— Un de ces jours, tu vas apprendre à me faire confiance.

Il lui tendit la main, paume vers le haut.

— N'ai-je pas joué cartes sur table ? La seule chose que tu as à craindre de moi, c'est que j'essaie de t'embrasser à nouveau. À part ça, tu es en sécurité.

Il sourit.

Un rougissement lui monta aux joues, puis elle plaça sa main dans la sienne.

— Peux-tu nous garder cachés ?

Elle acquiesça.

— Oui. Je vais devoir te toucher. Je pourrais y arriver avec mon esprit, mais cela demande plus d'énergie. Et je préfère l'économiser au cas où nous serions découverts et devrions nous battre.

Il haussa un sourcil en souriant.

— Je n'ai aucun problème à ce que tu me touches.

C'était maintenant au tour de Virginia de ricaner.

Comme si elle n'avait pas apprécié le baiser autant que lui ! Elle avait gémi son plaisir pour que tout le monde l'entendît, et la façon dont elle avait écrasé son bassin contre lui n'était pas vraiment chaste. Elle l'avait voulu. Elle le voulait. Mais Wes gardait cette pensée pour lui. Il valait mieux éviter de l'exaspérer davantage.

Au lieu de cela, il dit :

— Allons-y. Je dois exécuter un sort de guidage pour trouver la sortie.

— Tu ne peux pas le faire ici ?

Il secoua la tête.

— J'ai besoin d'une source d'eau. Le pouvoir d'un sorcier vient des éléments. Le mien vient de l'eau, et en l'absence de mes autres outils, c'est la seule chose qui me donnera assez de puissance pour exécuter un sort.

Il jeta un coup d'œil dans le couloir.

— Comment allons-nous trouver une source d'eau ici ?

— Nous trouvons du calcaire, nous trouvons de l'eau. Toutes les roches en bas ne proviennent pas de la lave. Gardons les yeux et les oreilles ouverts. Des aquifères, des rivières souterraines ou des sources doivent se trouver quelque part. N'importe quelle source d'eau fera l'affaire.

Main dans la main, ils commencèrent à marcher.

— Tu es certaine que nous restons invisibles, n'est-ce pas ? demanda-t-il en la regardant.

Elle hocha la tête.

— C'est juste que c'est un peu étrange que je puisse encore te voir.

Il fit un geste vers son propre corps.

— Et moi-même.

— L'occultation comporte différentes étapes. Veux-tu voir ?

Avant qu'il eût pu répondre, Virginia disparut devant ses yeux.

— Bordel de merde ! Lâcha-t-il sous l'effet de la surprise.

Il tira sur sa main pour l'attirer à lui, puis passa ses mains sur elle.

— Pourquoi fais-tu ça ? siffla-t-elle et se poussa contre lui pour se libérer.

— Je voulais juste vérifier que tu étais encore là.

Tout à coup, Virginia redevint visible, sans doute uniquement pour pouvoir lui lancer un regard noir.

— Et si tu commençais à me faire confiance toi aussi ?

Il sourit.

— Qu'est-ce qui te fait penser que c'est un problème de confiance ? Et si je profitais simplement de l'occasion pour me faire plaisir ?

Le coup de poing dans ses côtes qui suivit n'était pas totalement inattendu. Le fait que Virginia n'eût pas utilisé toute sa force surnaturelle pour le blesser, en revanche, l'était.

9

—————

Dans ses appartements privés, Zoltan respira à travers la douleur paralysante qui assaillait sa tête. Les crises de migraine ne cessaient de s'aggraver. Cette fois encore, il avait eu de la chance : lorsque la douleur était apparue, il était déjà en route pour ses quartiers privés et y était arrivé juste à temps, avant de s'effondrer sur son lit.

Maintenant, une demi-heure plus tard, il se sentait vidé et savait qu'il devait aller en haut, dans le monde des humains, pour refaire le plein d'énergie et se nourrir de la peur d'un humain. Il voulait s'assurer que ses sujets ne remarqueraient rien d'anormal chez leur chef. Car une fois qu'ils l'auraient compris, les hyènes s'en prendraient à lui. Un chef faible, qu'il soit physique ou mental, était un chef mort.

Zoltan enfila son manteau en haussant les épaules, s'arma de deux dagues, l'une cachée dans sa poche intérieure, l'autre dans sa botte, et quitta ses quartiers. Alors qu'il se dirigeait vers l'un des cercles de vortex, les seuls endroits du monde souterrain où il pouvait conjurer un portail qui le transporterait dans le monde des humains, il réfléchissait aux options qui s'offraient à lui.

Le moment était venu de se préparer au pire. Il avait besoin d'un plan d'évasion, au cas où son affliction serait remarquée. Un plan que personne, pas même Vintoq, son plus proche confident, ne connaissait. Un endroit sûr, quelque part dans le monde des humains, où il pourrait disparaître lorsque les choses deviendraient trop chaudes dans le monde souterrain.

Une fois qu'il aurait fini de se nourrir de la peur d'un humain, cette peur qui le rendrait à nouveau fort, il s'y attaquerait immédiatement.

Avant même d'atteindre le cercle de vortex, une grotte où six tunnels se rejoignaient, Zoltan savait que quelque chose n'allait pas. Yannick, le démon qui supervisait tous les cercles de vortex, était en train de se disputer avec l'un de ses subordonnés.

— Qu'est-ce que c'est ? tonna Zoltan.

Les deux démons se retournèrent pour lui faire face, baissant brièvement la tête en signe de soumission.

Puis Yannick dit :

— Rien d'important. Une perturbation s'est produite dans le champ de force.

— Quel genre de perturbation ? demanda Zoltan.

— Juste une éruption, du même type que celle qui se produit lorsque nous conjurons nos vortex.

Zoltan exécuta un mouvement dédaigneux de la main. Il n'avait pas envie d'entendre parler de problèmes que ses subalternes devraient régler eux-mêmes.

— Alors ce n'était probablement que ça : quelqu'un qui conjure un vortex.

Zoltan fit un pas vers le centre du cercle, mais l'autre démon s'avança devant lui.

— Avec tout le respect que je te dois, oh Grand Leader –

Zoltan lui lança un regard noir.

— Quel est ton nom ?

— Quentin, oh Grand Leader.

Il saisit l'insolent démon par le col.

— Alors écarte-toi de mon chemin, Quentin. Ou je t'écraserai à mains nues.

— Mais le champ de force n'était pas centré sur l'un des cercles de vortex.

La voix du démon trembla.

— Quoi ?

Quentin fit un signe à Yannick.

— J'essayais d'expliquer à Yannick que la perturbation venait d'ailleurs.

Zoltan claqua la tête en direction de Yannick.

— C'est vrai ?

— Ce n'est pas possible, déclara Yannick. C'est impossible. Aucun démon ne peut lancer un vortex en dehors des cercles de vortex. Et je les ai tous fait vérifier. Les gardes ont été unanimes. Personne n'a ouvert de vortex pendant la période où Quentin prétend avoir ressenti la perturbation. Je tiens des registres méticuleux.

Zoltan acquiesça. Tout comme il avait demandé à Yannick de le faire pour pouvoir surveiller de près les mouvements de ses démons. Ce qui signifiait que quelque chose n'allait pas du tout. Il se retourna vers Quentin.

— Où penses-tu que le trouble s'est produit ?

Quentin pointa du doigt l'un des tunnels.

— Ça vient de là. Je suis convaincu.

— Comment le sais-tu ?

— Un son l'accompagnait. Et une onde de choc.

Il pointa du doigt une niche. Elle contenait un presse-papier avec des papiers.

— Le papier s'est mis à voltiger.

Comme le vent faisait défaut dans les tunnels, l'air n'avait pu être brassé que par quelques éléments : un vortex conjuré, un démon qui courait dans les tunnels ou une explosion qui les traversa.

— Viens avec moi, ordonna Zoltan. Montre-moi où tu penses que ça s'est passé.

Il jeta un coup d'œil à Yannick par-dessus son épaule.

— Tu gardes le cercle pendant ce temps.

Yannick acquiesça consciencieusement, et Zoltan suivit l'autre démon dans le tunnel qu'il lui avait indiqué.

— As-tu vu quelqu'un sortir de ce tunnel aujourd'hui ? demanda Zoltan, tout en laissant son regard errer, à la recherche de tout ce qui semblait sortir de l'ordinaire.

— J'ai commencé mon service il y a seulement une heure. Mais je n'ai vu personne depuis que j'ai senti la perturbation.

Il montra un tunnel transversal à quelques mètres devant lui.

— Si quelqu'un voulait éviter de passer devant moi, il aurait pu emprunter l'un des autres tunnels.

— Hmm.

Un tunnel croisait avec celui qu'empruntait Zoltan. Quentin le dépassa et Zoltan continua à le suivre. Les flammes qui jaillissaient des différentes fissures le long des murs de pierre peignaient des ombres inquiétantes sur les murs et les plafonds. L'odeur de soufre se révélait particulièrement intense dans les tunnels, où le parfum n'avait aucun endroit où s'échapper.

— Il devait se trouver ici, annonça soudain Quentin en regardant par-dessus son épaule.

— Qu'est-ce qui te fait dire ça ?

— Une odeur différente flotte ici.

Zoltan renifla l'air autour de lui.

— Qu'est-ce que c'est ?

— Je crois que ce sont des amandes.

L'odeur des amandes, elle se distinguait clairement maintenant. Et plus forte sur sa gauche. Zoltan se tourna dans la direction où son nez le menait. Il remarqua un gros rocher et une ouverture étroite à côté. Il renifla à nouveau.

Alors que la plupart des explosifs modernes avaient une odeur indiscernable, il savait qu'un seul avait une nette odeur d'amande : Nobel 808, un explosif que plus personne n'utilisait dans le monde moderne. Mais il connaissait aussi une espèce qui n'avait pas vraiment évolué avec le temps. Une espèce qui se battait encore avec de vieilles armes. Et s'ils utilisaient encore un vieil explosif ?

— Passe par là et décris-moi ce que tu vois, ordonna Zoltan à son sous-fifre.

Quentin accomplit la tâche qu'on lui demandait et se faufila par l'ouverture. Un instant plus tard, il cria :

— Il n'y a rien, ô Grand Leader. Juste des décombres.

— Des signes d'explosifs ?

— Aucun, ô Grand Leader.

Assuré qu'il ne risquait rien à pénétrer dans la grotte cachée – une parmi tant d'autres dans le monde souterrain – Zoltan s'avança dans l'ouverture. Comme il faisait sombre, il fouilla dans sa poche et en sortit une allumette qu'il tira ensuite le long du rocher. Elle s'enflamma et illumina l'espace.

Il fouilla le sol. Des traces de pas. Il s'agenouilla. Elles semblaient fraîches. Deux paires de bottes au moins. Deux personnes.

— Regarde autour de toi, Quentin, ordonna Zoltan. Quelqu'un se trouvait ici il n'y a pas longtemps.

Il remarqua que Quentin craquait lui aussi une allumette, tandis que la sienne brûlait jusqu'à son doigt. Il la jeta et en alluma une nouvelle.

— Oh, Grand Leader, ici.

Zoltan pivota et tendit la main vers l'objet que lui tendit son sujet.

— Un bouton ?

Il l'approcha de ses yeux et l'examina. Il était en argent, et lorsqu'il l'inclina juste assez, la lumière de l'allumette révéla une gravure : un poignard.

Une dague qu'il n'avait pas de mal à reconnaître. Il avait subi suffisamment de blessures par des dagues comme celle-ci. Les dagues des Gardiens de la Nuit.

La fureur l'envahit. Ils étaient là. Ils étaient entrés dans son domaine. Comment, il ne le savait pas. Mais il en était convaincu : c'était eux.

— Mets tout le monde en alerte.

Quentin le regarda d'un air absent.

— Nous avons des intrus.

Des intrus qui pouvaient se rendre invisibles. Ils parcouraient probablement son monde souterrain en ce moment, scrutant la disposition des lieux, cherchant des points faibles, des endroits qu'ils pourraient attaquer. Mais même leurs pouvoirs de dissimulation ne leur permettraient pas d'échapper à l'arme qu'il s'apprêtait à libérer.

— Va chercher les chiens !

10

___

Ils avaient traversé un labyrinthe d'innombrables tunnels qui se ressemblaient tous. Virginia ne savait plus dans quelle direction ils se dirigeaient, ils avaient tourné à gauche, à droite et fait demi-tour dans des culs-de-sac tellement de fois. Selon ses informations, ils étaient revenus au même endroit où ils avaient commencé.

Chaque fois qu'ils avaient entendu des voix ou d'autres sons, Wesley l'avait entraînée dans l'autre direction, voulant clairement éviter une nouvelle rencontre avec un démon. Mais s'ils allaient trop loin ? Et si la raison pour laquelle ils n'avaient pas rencontré d'autre démon au cours de la dernière demi-heure était qu'ils se dirigeaient vers une zone que même les démons évitaient ? Et si l'eau manquait aussi dans cette direction ? Les démons se rassembleraient sûrement autour des sources d'eau de cet enfer, car eux aussi avaient besoin d'eau pour survivre.

— Nous devons faire demi-tour, dit-elle, doucement mais fermement.

Wesley lui jeta un coup d'œil, mais continua à marcher. Elle lui tira la main et s'arrêta, le forçant à faire de même. Avec un soupir, il lui fit face.

— Quoi ?

— Nous ne trouverons jamais d'eau ici. Si elle existe, ce sera là où se trouvent les démons. Ils doivent avoir des grottes dans lesquelles ils vivent.

Il doit y avoir de l'eau là-bas. Elle fit un signe vers le couloir sombre devant elle.

— Il n'y a rien en bas.

— Alors que suggères-tu ?

Il se passa une main dans les cheveux.

— Si nous retournons là-bas, nos chances d'être découverts augmentent de façon exponentielle. Ils finiront par nous entendre, même s'ils ne peuvent pas nous voir. Et puis quoi ? Nous n'avons pas d'armes. Ou tu veux leur jeter des pierres en espérant qu'on puisse en éliminer quelques-uns comme David a éliminé Goliath ?

Elle souffla dans ses narines.

— J'aimerais que ce soit aussi facile, mais seules les armes forgées pendant les jours sombres peuvent tuer un démon.

Elle désigna son holster vide.

— Et j'ai perdu la mienne.

— Je sais. Écoute, je sais ce que tu ressens.

Elle haussa un sourcil. Comment pouvait-il savoir ce qu'elle ressentait ?

— Ce n'est pas dans ta nature d'éviter un combat, mais nous sommes en infériorité numérique, désarmés et mal préparés, dit Wesley, et, en partie, il avait raison.

— Aucun autre membre de mon espèce n'a jamais pénétré dans le monde souterrain. C'est une occasion que je n'aurai peut-être plus jamais. C'est peut-être ma seule chance d'obtenir un scoop sur notre ennemi juré. Peut-être trouver un moyen de les détruire une fois pour toutes.

Wes secoua la tête avec véhémence.

— Nous n'avons aucune idée de ce à quoi nous avons affaire ici-bas. Partir en expédition d'espionnage est trop dangereux. J'aime les bonnes bagarres autant que les autres, mais je sais quand battre en retraite.

Virginia ouvrit la bouche pour protester, mais Wesley appuya soudain sa paume sur elle et hocha la tête dans la direction qu'ils avaient prise. Elle se figea. Puis elle l'entendit aussi. Des pas. Ils se rapprochaient rapidement. Elle hocha la tête, signalant sa compréhension à Wesley, et appuya son dos à plat contre la formation rocheuse déchiquetée qui formait l'un des côtés du tunnel. Wesley fit de même à côté d'elle, de sorte que leurs corps se touchaient. Elle sentit la pierre fragile dans son dos s'effriter, et de petits cailloux roulèrent jusqu'à ses pieds.

Alarmée, elle les regarda, espérant que le son n'avait pas alerté les démons qui approchaient à grands pas.

Quelques instants plus tard, cinq des créatures maléfiques foncèrent sur eux, sans même jeter un coup d'œil à l'endroit où se tenaient Virginia et Wesley. Ils portaient des armes, comme s'ils allaient à la guerre. Si elle possédait une ou deux dagues, elle les éliminerait un par un, comme une ombre qui surgirait sans qu'ils la voient. Mais sans arme, elle se sentait impuissante, et elle n'aimait pas ce sentiment. Non, elle n'aimait pas ça du tout.

À contrecœur, elle devait admettre que Wesley avait raison – si ce n'était que pour cette fois – et qu'une rencontre avec les démons pouvait s'avérer fatale.

Virginia ne respira pas jusqu'à ce que le bruit de la course des démons eût complètement disparu. Puis elle se poussa des rochers qui se trouvaient dans son dos, faisant s'effriter davantage de pierres poreuses sous la pression et les accumulant à ses pieds. Instinctivement, elle se pencha et les brossa sur ses bottes. Il restait une fine poussière blanche.

Elle pivota, mais Wesley avait remarqué la même chose et inspectait déjà le rocher contre lequel ils s'étaient appuyés.

— De la pierre calcaire, dit-il. Il frappa contre la pierre, et une partie s'effondra, comme si elle se composait d'une cloison sèche et tout aussi fragile.

Elle croisa son regard.

— Tu penses qu'il y a de l'eau derrière ?

Wes acquiesça.

— Ça a l'air creux. J'ai besoin d'une pierre, de quelque chose pour frapper à travers.

Il jeta un coup d'œil autour de lui, fit quelques pas en avant et se pencha. Il revint avec un morceau de granit pas plus grand qu'un pamplemousse.

— J'espère que j'ai raison.

Le rocher dans une main, s'appuyant contre le mur avec l'autre, Wes tira son bras en arrière et visa. La pierre se heurta au calcaire et la traversa de part en part. L'élan entraîna Wesley avec lui, le projetant contre le mur.

L'impact fit voler le mur en éclats, créant une grande ouverture. Wesley dégringola à travers celle-ci.

Sous le choc, le cœur de Virginia s'emballa à mille à l'heure. Elle plongea la tête dans le trou et, à sa grande surprise, elle vit son propre visage se refléter sur elle. Comme dans un miroir. Un miroir mouillé.

— Je l'ai trouvé.

La voix de Wesley provenant d'à peine trente centimètres de distance la fit sursauter. Il se relevait, époussetant son pantalon. Il n'était pas tombé de plus d'un mètre et avait atterri juste au bord d'une mare d'eau.

Une partie de la lumière filtrait à travers les fissures de la roche et fournissait un éclairage suffisant dans la grotte, dont la grandeur correspondait à celle d'un terrain de tennis.

Wesley lui tendit la main.

— Entre.

Elle souleva ses pieds au-dessus du reste du mur qui s'était écroulé et permit à Wesley de l'aider à descendre, même si elle aurait pu sauter le mètre sans effort. Mais sentir ses mains sur ses hanches lui donnait un sentiment de sécurité.

Toujours dans ses bras, elle souleva ses paupières et croisa son regard. Bon sang, est-ce que ces yeux bleus de bébé pouvaient vraiment être plus étincelants ici, ou bien avait-elle commencé à avoir des hallucinations ?

— Faisons le sort, dit-il, ses lèvres bougeant à peine.

— Oui, oui, le sort, balbutia-t-elle et se dégagea de son étreinte.

Ses mains tremblèrent soudain. Elle accusa le fait que Wesley allait utiliser la magie, un pouvoir qui l'effrayait et l'admirait, et non la tension sexuelle qui semblait crépiter entre eux depuis qu'il l'avait embrassée.

La sorcellerie représentait une menace qu'elle ne pouvait pas contrer. Se battre avec des armes mortelles était une chose, se défendre contre le sort d'un sorcier en était une autre. Et s'il avait déjà eu recours à la sorcellerie à son insu ? Et s'il avait murmuré un sort silencieux pour l'ensorceler afin qu'elle lui fasse confiance, qu'elle croit en lui, qu'elle le désire ? Comment aurait-elle pu le savoir ?

— Tu vas bien ? demanda soudain Wesley, en la regardant profondément dans les yeux.

— Je vais bien. Finissons-en.

Le plus tôt sera le mieux. Et elle le surveillerait comme un faucon, juste au cas où il essaierait de lui jouer un mauvais tour.

Arrête de t'inquiéter ! Il ne te trahira pas. Rappelle-toi ses propos. Il a besoin de toi en vie, parce qu'il te veut dans son lit.

Et cette pensée était effrayante en soi. Parce que cela signifiait qu'il se fraierait un chemin à travers ses défenses, tout comme il avait trouvé un chemin à travers le mur de calcaire.

Virginia arborait un regard plein d'appréhension. Craignait-elle qu'il ne soit pas à la hauteur de la tâche, et qu'il ne fût pas un sorcier aussi habile qu'il le lui avait dit ? Peut-être qu'il y avait vingt ans, elle aurait eu à s'inquiéter, mais il maîtrisait son métier, et un sortilège de guidage relevait du domaine des novices.

— N'aie pas l'air si dubitatif, murmura Wes en souriant. Je peux accomplir cette tâche dans mon sommeil.

— Est-ce que quelqu'un t'a déjà dit que tu avais une grande gueule ?

Il gloussa et s'agenouilla dans le sable qui entourait l'eau.

– Crois-moi, ce n'est pas la seule chose impressionnante.

Quand elle baissa le menton dans un silence stupéfait, il lui lança un clin d'œil.

— Tu dois admettre que tu m'as pratiquement donné celui-là.

— On va bavarder ou faire le sort ?

— Ça s'appelle flirter, et oui, nous faisons le sort.

Il ne pouvait pas s'en empêcher, ébranler la façade sévère de Virginia était trop amusant. Chaque fois qu'elle perdait son sang-froid, il pouvait pratiquement voir les flammes avec lesquelles elle voulait le brûler. Mais il n'était pas facile à brûler. Elle devrait se rapprocher beaucoup plus de lui pour y arriver.

— D'accord.

Il prit une grande inspiration et regarda la surface de l'eau. Elle était aussi lisse qu'il imaginait la peau de Virginia.

Concentre-toi !

Aussi lisse que la soie. Mieux.

Il regarda son reflet dans la surface vitreuse.

— Egressus, murmura-t-il doucement et il commença à psalmodier une incarnation latine. Les mots se répétèrent encore et encore, jusqu'à ce qu'ils semblent ne former qu'un. Un seul mot, une seule mission, un seul but.

Des ondulations se formèrent à la surface de l'eau, se déplaçant vers l'extérieur en direction du rivage.

De plus en plus vite, ils venaient et balayaient le sable.

— Egressus, répéta Wes, le mot latin qui signifiait sortie.

Puis l'ondulation suivante s'éleva comme un serpent et serpenta sur le rivage. Elle dessina un motif dans le sable, se déplaçant aussi rapidement qu'une tornade, mais aussi doucement que le toucher d'une mère. Un feu correspondant brûla son bras, bien que les flammes restent invisibles.

Comme le crayon d'un enfant, le serpent dessina une image dans le sable. Et puis tout aussi rapidement, il s'infiltra dans le sol, ne laissant qu'une parcelle de sable humide. Le feu sur son bras s'éteignit. Il expira brusquement.

— Oh mon Dieu ! s'exclama Virginia, dont la voix portait le respect et l'admiration. On dirait une carte.

— C'est le cas.

Il étudia le dessin que son sort avait créé dans le sable.

— Il montre où nous sommes.

Il désigna un point près d'un petit étang.

— Et où nous devons aller.

Il suivit une flèche qui s'enroulait dans un labyrinthe de tunnels et se terminait par un cercle.

Virginia la pointa du doigt.

— Qu'est-ce que tu crois que c'est ?

— Je me demande, mais ça ressemble à un rond-point, tu sais, avec tous ces tunnels qui y mènent. Peut-être qu'un escalier ou quelque chose mène en haut ? Je veux dire que nous allons devoir monter, n'est-ce pas ? Nous devons être profondément enfoncés quelque part dans la croûte terrestre.

Du moins, on en avait l'impression avec toute la lave, le soufre et la puanteur qui l'accompagnaient.

— Ta supposition est aussi bonne que la mienne. Les Gardiens de la Nuit ont toujours supposé que les démons devaient se trouver quelque part sous terre, mais nous n'avons jamais pu le confirmer.

Puis elle pointa de nouveau la carte du doigt.

— Mais comment allons-nous nous souvenir de cette carte une fois que nous serons de retour dans les tunnels ? Je n'ai pas de téléphone pour prendre une photo.

— Alors, nous devrions peut-être utiliser cette carte, suggéra Wes, en déboutonnant la manche de sa chemise, puis en la retroussant pour exposer l'intérieur de son avant-bras, où un double de la carte était inscrit sur sa peau comme un tatouage. Il avait ressenti une brûlure temporaire pendant que le sort opérait, mais maintenant la gêne avait disparu.

Virginia haleta et passa son doigt sur son avant-bras.

— Comment ?

— Plutôt chouette, hein ?

Il lui prit la main et la serra.

— Nous n'aurons pas beaucoup de temps. La carte disparaîtra de ma peau d'ici une heure, voire plus tôt.

Il se leva d'un bond et l'entraîna avec lui. Quelques instants plus tard, ils se hâtaient dans l'un des tunnels, en suivant la carte sur l'avant-bras de Wesley.

11

———

Virginia entendit les chiens avant Wesley.

— Putain, ils ont des chiens, maudit-elle.

Wesley tourna la tête vers elle.

— Qu'est-ce que ça veut dire ?

— Ils utilisent des chiens pour nous renifler. Ils savent que nous sommes là. Ils savent que nous sommes invisibles.

— Ah, putain !

— Nous devons courir.

Elle pointa du doigt un autre tunnel.

Wesley secoua la tête et pointa du doigt la direction d'où provenaient les aboiements des chiens.

— Notre sortie se trouve dans cette direction.

— Pas si les chiens nous mettent en pièces.

— Ensuite, nous devons nous assurer qu'ils ne nous sentent pas.

— Ils vont nous sentir. On doit partir d'ici.

Elle se retourna.

Il lui prit le bras.

— Enlève ta veste.

Elle dirigea son regard vers lui.

— Pourquoi ?

— Fais-le.

Wesley était déjà en train de déboutonner sa chemise et de la faire glisser de ses épaules, révélant une poitrine sculptée et des abdominaux musclés.

Virginia détourna le regard de ce spectacle alléchant et enleva sa veste en cuir.

— Qu'est-ce que tu prépares ?

— Crache sur la veste.

Elle le regarda et vit la façon dont il frottait sa chemise froissée sous ses aisselles, puis crachait dedans, et réalisa qu'il essayait de transférer un maximum de son odeur sur le vêtement. Rapidement, elle cracha sur sa veste en cuir.

— Et maintenant ?

Wesley pointa du doigt le tunnel qui bifurquait sur leur gauche.

— Laissons les affaires en bas.

Ils se mirent à courir, jusqu'à ce que Wesley l'arrête.

— Mets ta veste dans cette fissure.

Il fit signe à un grand trou dans la roche.

Virginia suivit son ordre.

— Et la tienne ?

— Un peu plus haut.

Il courut et elle le suivit de près, l'occultant avec son esprit au lieu de son toucher maintenant.

Une douzaine de mètres plus loin, il s'arrêta et enfonça sa chemise dans une autre fissure. Puis il fit demi-tour et ils coururent tous les deux vers le tunnel d'où ils étaient sortis.

— Ils vont quand même nous sentir, déclara Virginia.

— Pas si nous couvrons notre odeur avec quelque chose de beaucoup plus fort, dit Wesley. Et je pense avoir exactement ce qu'il faut. Viens.

Il était déjà en train de courir vers le tunnel d'où ils étaient sortis. Elle le talonnait. Les aboiements des chiens, qui se rapprochaient chaque seconde, la suivaient. Son cœur commença à battre la chamade. Les Gardiens de la Nuit n'aimaient pas vraiment les chiens, pour des raisons évidentes. Elle ne pouvait qu'espérer que Wesley trouvât un moyen de dissimuler leur odeur afin que les limiers ne les découvrent pas.

Wesley s'arrêta finalement et s'accroupit. Elle suivit son regard et remarqua une substance jaune qu'il grattait à la base de la paroi du tunnel.

— Qu'est-ce que c'est ?

— Des dépôts de soufre. Frotte la substance sur ton T-shirt et ton pantalon, et sur tes bras aussi.

Virginia se pencha et tituba lorsque l'odeur d'œuf pourri l'assaillit encore plus violemment qu'auparavant.

— Merde, jura-t-elle, mais elle commença à gratter la substance infâme sur le mur et à l'étaler sur son T-shirt.

Wesley fit de même, bien qu'en plus de tacher son pantalon avec la substance, il l'également frotta tout le torse nu. En l'espace de quelques secondes, ils en étaient tous deux imprégnés.

Il croisa le regard de Virginia.

— Prête ?

Elle hocha la tête.

— Retournons à l'endroit où l'autre tunnel bifurque.

Elle lui saisit la main et le sentit se figer un instant, un doux sourire se formant autour des lèvres du sorcier.

— Je veux juste éviter de gaspiller de l'énergie à te rendre invisible avec mon esprit, expliqua-t-elle.

— Oui, juste pour économiser de l'énergie.

Prenant soin de ne pas faire de bruit, bien que les chiens qui s'approchaient devenaient assez bruyants pour noyer leurs faibles pas, ils se dépêchèrent de retourner à l'intersection des deux tunnels.

Au loin, Virginia pouvait déjà les voir arriver. Des limiers, des pitbulls et des dobermans. Tenant de longues laisses, le museau en mouvement constant, reniflant, le museau ouvert et bavant de salive, les animaux chargeaient dans leur direction, entraînant avec eux leurs maîtres démoniaques.

Elle sut immédiatement que les chiens avaient déjà repéré son odeur et celle de Wesley. Dans quelques secondes, ils arriveraient, prêts à prouver leur valeur à leurs maîtres.

Virginia serra plus fort la main de Wesley. En réponse, il mit son autre main sur la sienne et rencontra ses yeux. Sa tentative de la rassurer échoua :

les chiens venaient d'atteindre le point d'intersection des tunnels et se trouvaient à quelques mètres.

Les chiens semblaient hésiter, l'un se dirigeant dans une direction, deux autres dans l'autre, tandis que deux autres chiens semblaient indécis. Ils reniflaient et miaulaient, jetant des regards dubitatifs aux démons.

— Trouvez-les ! cria l'un des démons.

L'un des chiens partit dans une direction, entraînant avec lui son propriétaire démoniaque. Mais un doberman se dirigea soudain vers l'endroit où Virginia et Wesley étaient plaqués contre le mur.

— Qu'est-ce qui ne va pas avec les chiens ? demanda l'un des démons à l'autre.

L'homme haussa les épaules.

— Donne-leur du temps. Ils retrouveront l'odeur. N'est-ce pas, Rex ? s'adressa-t-il au doberman qui venait de rejoindre les pieds de Virginia.

Putain ! Une seconde de plus et ils seraient découverts.

Le chien continua à renifler. Elle pouvait presque sentir son museau au niveau de sa jambe de pantalon. Elle n'osait pas bouger, n'osait même pas regarder en bas de peur de faire un bruit.

Quelque chose de chaud s'infiltra soudain dans son pantalon et coula jusqu'à sa cheville. Chaud et humide. Elle jeta un coup d'œil à ses pieds. Le doberman, la patte levée, était en train d'uriner sur elle.

Merde !

L'un des démons rit.

— Oui, c'est sûr que ça l'aidera à les trouver.

Le maître du doberman donna un coup sec à la laisse du chien.

— Chien stupide, allons-y.

— Hé, par ici ! brailla un autre démon, sa voix venant du tunnel où Virginia et Wesley avaient planqué leurs vêtements. Nous avons leur odeur. Dépêche-toi !

Les autres démons poussèrent leurs chiens dans le tunnel et s'y engouffrèrent avec eux.

Virginia poussa un soupir de soulagement, puis secoua sa jambe pour se débarrasser de la pisse du chien, mais une partie s'était infiltrée dans ses chaussettes et ses bottes. Sentant les yeux de Wesley sur elle, elle tourna son regard vers lui.

— Ne le fais pas, s'écria-t-elle sous sa respiration, coupant court à toute remarque sournoise qui se trouvait sur les lèvres de Wesley.

— Dans ce cas, dépêchons-nous. Ils découvriront notre ruse bien assez tôt. Mais nous nous rapprochons.

Il regarda le tatouage sur son avant-bras et lui prit la main.

Ils se mirent à courir sur le chemin d'où les démons étaient venus avec leurs chiens. Encore un virage dans un tunnel plus large, puis Wesley prit une bifurcation sur la gauche. La lumière brillait au bout du tunnel, plus lumineuse que celle qu'avait remarquée Virginia dans les autres.

Elle ralentit instinctivement le pas, et Wesley fit de même. Il lui montra son avant-bras et désigna le cercle qui était toujours inscrit sur sa peau, mais qui s'était estompé. Elle acquiesça, comprenant son message. La zone ouverte qu'ils approchaient dans une dizaine de mètres était la sortie que la carte indiquait.

Lentement, ils se rapprochèrent, jusqu'à ce qu'ils arrivent au bout du tunnel, où il débouchait sur une zone circulaire. Plusieurs autres tunnels partaient de là, menant dans des directions différentes. Un démon était adossé à un mur, l'air ennuyé.

Virginia remarqua que Wesley levait les yeux et elle suivit son regard : le plafond s'élevait ici, mais malgré tout, aucune issue ne se profilait. Pas d'escalier, pas d'ouverture, pas de sortie.

Elle fixa Wesley qui finit par croiser son regard. Il haussa les épaules, puis la ramena dans le tunnel, pas trop loin pour qu'ils puissent encore voir la grotte ronde, mais assez loin pour qu'ils puissent chuchoter l'un à l'autre sans que le démon les entende.

— Tu es sûr que c'est la sortie indiquée sur la carte ? demanda-t-elle.

— Je suis certain.

— Peut-être que tu t'es trompé.

Il lui lança un regard noir.

— Je sais lire les cartes.

— Mais on ne voit pas de sortie, rien qui nous indique une issue. Juste d'autres tunnels.

— Mais il y a un démon.

— Alors ?

— Il fait la sentinelle.

Wes fit une pause, et soudain une lumière s'alluma dans son esprit.

— Il garde quelque chose, murmura-t-elle.

— Exactement. Une porte se cache certainement quelque part. Nous allons devoir la chercher.

Virginia capta un son.

— Nous ferions mieux de faire vite. Je crois qu'ils viennent de découvrir notre ruse.

Quelque part au loin, un chien aboyait.

— Putain, siffla soudain Wesley. Encore des démons.

Elle retourna la tête vers le cercle. Un deuxième démon sortait d'un autre tunnel.

— Décline ton affaire, exigea soudain le démon qui se tenait en sentinelle.

— Monter au sommet sur les ordres de Vintoq, répondit l'autre démon.

Elle échangea un rapide regard avec Wes.

— En haut, murmura-t-elle.

Ils se mirent à bouger en même temps, se précipitant vers le cercle.

— Vas-y, dit le garde et prit une note sur une planchette à pince.

Le démon leva une main et exécuta un mouvement tourbillonnant. Au moment où Virginia et Wesley atteignaient le bord de la grotte circulaire, un tourbillon de brouillard sombre et de vent s'ouvrit et s'empara du milieu de la grotte. Le bruit qui l'accompagnait couvrait tout le reste.

C'était ça, la sortie. C'était pourquoi la carte avait indiqué cet endroit. C'était comme l'un des portails des Gardiens de la Nuit, un moyen de voyager entre les mondes terrestre et souterrain, auxquels seuls les démons pouvaient accéder.

Virginia croisa le regard de Wes et murmura :

— On doit former un convoi.

Elle en était convaincue maintenant. C'était leur seule chance.

— Un convoi ?

— Fais-moi confiance !

S'accrochant à la main de Wesley, elle l'entraîna vers le vortex. Ses yeux s'écarquillèrent et ses lèvres remuèrent, mais aucun mot ne sortit. Putain, murmura-t-il, mais il resta avec elle.

Dès qu'elle vit le démon sauter dans le vortex, elle le suivit avec Wesley.

Ils demeuraient invisibles, et le bruit du vent tourbillonnant étoufferait tout autre bruit qu'ils émettraient.

À l'intérieur du vortex, une brume grise les engloutissait, mais elle pouvait voir clairement le démon. De sa main libre, elle s'approcha de lui, en prenant soin de n'attraper que la queue de son manteau, afin qu'il ne pût pas la sentir. Pourtant, elle serait toujours connectée à lui. Elle devait supposer que le vortex fonctionnait de la même façon que les portails : une connexion physique entre le démon et n'importe quel passager s'avérait essentielle, sinon il les abandonnait.

Juste à ce moment-là, Virginia se sentit soulevée dans les airs et sut qu'ils étaient en train de voyager. Elle ne se souciait pas de savoir où ils allaient, du moment que c'était le monde des humains. Une fois là-bas, ils trouveraient leur chemin.

Vintoq est un idiot. C'est une idée stupide !

Les mots transpercèrent l'esprit de Virginia comme si quelqu'un les avait prononcés, bien que ses oreilles n'aient rien capté.

Elle lança un regard à Wesley, dont les yeux s'étiraient comme des soucoupes. Lui aussi avait entendu les mots. Ou plutôt sentis.

Elle fixa le dos du démon. Ce qu'elle avait entendu ne pouvait provenir que de ses pensées.

Merde ! Le vortex avait-il créé une sorte de lien télépathique entre eux ?

Est-ce que cela signifiait que le démon pouvait aussi entendre ses pensées ?

Avant même qu'elle eût pu terminer sa pensée, le démon se retourna, ses yeux vert luisant.

Qui donc ?

Ses pensées encore une fois.

Puis plusieurs choses se produisaient en même temps.

Le tourbillon s'arrêta de tourner. Virginia lâcha la queue de pie du démon. Wes la lâcha et la poussa sur le côté. Alors qu'elle essayait de garder l'équilibre, elle regarda avec horreur le démon tendre sa dague. Mais le genou de Wesley se connectait déjà aux bourses du démon. Il donna un coup de pied au bâtard en arrière, s'élança à sa suite et tomba. Leurs torses disparurent à l'extérieur du vortex.

Virginia sauta dehors, de peur que le vortex ne se refermât et ne l'entrainât à nouveau dans le monde souterrain. Il faisait noir autour d'elle. Elle atterrit sur de la terre. À côté d'elle, Wesley tenait le démon à distance. Mais à peine.

La dague du démon se trouvait encore dans son fourreau. Elle se jeta dessus et la retira.

— Wes ! Lâche-le, maintenant !

Avec un grognement, Wesley roula du démon. Avant que le démon ne pût se cabrer, Virginia plongea la dague dans le cœur de l'ignoble créature. Cette fois, aucun gargouillement, aucun dernier souffle difficile, aucune tentative de riposte ne résonna. Juste la mort. Et du sang vert de démon qui tacha le manteau du démon.

Virginia se laissa retomber sur les fesses, en respirant bruyamment. Elle jeta un coup d'œil par-dessus son épaule. Le vortex avait disparu, s'était volatilisé.

Haletant, Wes s'assit à quelques mètres en face d'elle, le démon mort entre eux. Il avait un regard d'admiration dans les yeux.

— Ne le prends pas mal, mais je n'ai jamais rien vu de plus sexy de toute ma vie que toi poignardant un démon à mort.

Elle se moqua et secoua la tête.

— Tu es un bien étrange sorcier, Wesley.

— Étrange bon ou étrange mauvais ?

— Je n'ai pas encore décidé cela.

Mais pour l'instant, elle penchait plutôt du côté du bon. Oh oui, étrange très bon.

12

───────

Wes arracha ses yeux au visage rougi de Virginia et jeta un coup d'œil vers le démon mort. Cette fois, elle l'avait sauvé. Mais alors, qui comptait les points ?

— Qu'est-ce qu'on va faire de lui ?

Il pointa du doigt le démon mort.

— Normalement, je dirais qu'on le brûle, mais...

Elle se tapota le torse et les jambes.

— Je n'ai pas mes équipements habituels avec moi.

Elle regarda autour d'elle et jeta un coup d'œil dans l'obscurité.

— Peut-être qu'on peut juste cacher son corps. On reviendra le chercher plus tard ?

— Ça marche pour moi.

Quand elle tenta de se lever, Wes sauta pour l'aider, mais elle s'avéra plus rapide. Elle regarda autour d'elle.

— Où crois-tu que nous sommes ?

Il laissa ses yeux se promener. Des lampadaires au loin indiquaient peut-être une petite ville. Il entendit le bruit des voitures qui passaient. Il regarda dans l'autre direction.

— On dirait un viaduc. Nous pourrions nous trouver près d'une autoroute.

Il plissa les yeux et put distinguer un grand panneau vert.

— C'est bien une autoroute.

Elle hocha la tête.

— Bien. Si c'est le cas, nous pouvons trouver un abri dans un motel.

— Une douche serait également la bienvenue, ajouta-t-il.

— Mais d'abord, cachons le démon.

Elle pointa du doigt le viaduc.

— En dessous.

Ensemble, ils traînèrent la créature morte sur une vingtaine de mètres jusqu'à un tas d'ordures illégalement déversé et la cachèrent derrière, en le couvrant du mieux qu'ils pouvaient. Cela permettrait de cacher le corps une fois le soleil levé.

Puis ils se dirigèrent vers le talus. L'autoroute était déserte, ce qui indiquait que c'était soit très tard dans la nuit, soit qu'ils se trouvaient dans une région isolée, soit les deux.

— Des panneaux indiquant des motels se trouvent dans cette direction, fit remarquer Wes.

— Allons-y alors.

Ils commencèrent à marcher. Pendant un moment, un silence s'installa entre eux, puis Wes dit :

— Le saut dans le portail du démon était risqué.

— Ça s'appelle un vortex, et ça a marché.

— Tu savais que ça marcherait ?

— Je m'en doutais. Nous avons toujours supposé que les vortex des démons fonctionnaient de la même façon que nos portails. C'était un risque calculé.

— Et pour ce qui est d'entendre ses pensées ? Tu savais aussi ça ?

Elle lui jeta un regard de travers.

— Pas à l'époque.

— Qu'est-ce que ça veut dire ?

— Ce que j'ai dit. Mais maintenant que tu en parles, je me souviens d'un rapport que j'ai lu l'année dernière. Il mentionnait qu'un de nos gardiens avait accidentellement pénétré dans le vortex d'un démon au cours d'une mission de sauvetage. Il avait également entendu les pensées du démon. Cependant, son rapport ne mentionnait pas s'il croyait que le démon pouvait aussi lire ses pensées. C'est probablement de cette manière qu'il a compris qu'il n'était pas seul.

Wes gloussa.

— Oui, ça, ou notre odeur nauséabonde.

— Tu empestes vraiment.

— Tu sens aussi un peu la date de péremption dépassée.

— C'est une remarque sur mon âge ?

Le fait que Virginia badinait avec lui fit disparaître la tension de son corps. Ils venaient de s'échapper des Enfers et d'échapper à une mort certaine. Si ce n'était pas un peu stressant, il ne savait pas ce qui l'était.

Il lui sourit.

— Ai-je mentionné que j'aime les femmes plus âgées ?

Virginia leva les yeux au ciel et regarda les feux devant elle.

Bien que Wes ignorât son âge, il devait supposer qu'elle avait plus d'expérience que les gardiens du complexe de Baltimore, dont la plupart avaient environ deux cents ans. Elle devait donc être plus âgée que lui. Et peut-être plus expérimentée. Et ça, ça ne le dérangeait pas du tout.

Ils durent encore attendre dix minutes avant d'atteindre une zone où se trouvaient un motel, une station-service, plusieurs fast-foods et un grand magasin qui aurait pu rivaliser en taille avec un Walmart ou un Target Superstore, bien qu'il semblât fermé.

— Je vais nous rendre à nouveau invisibles, dit soudain Virginia en lui prenant la main.

— Ça marche pour moi.

Sentir Virginia le toucher était toujours une sensation bienvenue.

— Je suppose que nous n'avons ni argent ni carte de crédit, n'est-ce pas ?

— Non, nous n'en avons pas.

Sachant instinctivement ce qu'elle tentait, il lui fit signe d'aller vers une porte située à l'extrémité du motel, loin du bureau, où un homme d'âge moyen regardait la télévision.

— Cette chambre a l'air vide.

— Essayons.

Lorsqu'ils arrivèrent devant la porte, Virginia posa un doigt sur ses lèvres, puis plongea la tête à travers la porte de façon à ce que tout son torse disparût de sa vue.

C'était dingue !

Mais c'était une compétence très utile.

Il la sentit soudain lâcher sa main et disparaître complètement. Il regarda nerveusement par-dessus son épaule, mais l'homme dans le bureau avait les yeux rivés sur l'écran de télévision, et personne d'autre ne se trouvait aux alentours. Pour ce qu'il en savait, Virginia était probablement encore en train de l'occulter avec son esprit.

Soudain, un déclic retentit, et la porte s'ouvrit.

— Vite ! ordonna Virginia.

Elle le tira à l'intérieur et referma la porte sans bruit.

Ce n'était qu'ensuite qu'elle actionna l'interrupteur. Wes regarda autour de lui. Deux lits. Deux chaises et une table, une télévision, un micro-ondes et un petit réfrigérateur. Quelques cintres sur un support, et une porte donnant sur une salle de bains.

Après avoir passé les dernières heures dans le monde souterrain, il avait l'impression de se trouver dans un palais.

— D'accord, tu restes ici, pendant que je vais nous chercher des provisions. Quelle est ta pointure ?

Il lui jeta un regard surpris.

— Pourquoi ?

Elle pointa du doigt ses bottes.

— Parce qu'elles ont l'air et sentent la merde.

En leur jetant un coup d'œil, Wesley dut admettre qu'ils avaient l'air un peu plus mal en point.

— Je viens avec toi.

— Tu ne peux pas. Le magasin est fermé. Je vais devoir passer par la porte et je ne peux pas t'emmener avec moi.

— Alors, répète ce que tu as fait tout à l'heure. Entre d'abord, puis ouvre-moi.

— Et déclencher l'alarme ?

Bon sang ! Il n'y avait pas pensé. Il se sentait comme un imbécile.

— Désolé. Je n'ai pas réfléchi.

Elle haussa les épaules.

— Tu as vécu beaucoup de choses aujourd'hui. Je ne peux pas t'en vouloir.

Elle soupira.

— Enlève ces vêtements et mets-les à la poubelle. Je jetterai tout à mon retour pour ne pas répandre la puanteur ici. Prends une douche. Je reviens dans quelques minutes.

Elle se tournait déjà vers la porte, quand elle jeta un coup d'œil par-dessus son épaule.

— Ta pointure ?

— Quarante-sept. Merci.

Il la regarda passer la porte et disparaître. Il n'était pas habitué à ce qu'une femme fît quelque chose pour lui. Mais Virginia était une femme spéciale.

Heureux de pouvoir se débarrasser de ses vêtements sales, Wes débou-tonna son pantalon, puis abaissa la fermeture éclair. Son regard se posa sur les lits. C'était une chance inouïe qu'ils aient involontairement choisi une chambre avec deux lits et non un seul. Virginia n'aurait aucune raison de partager son lit ce soir.

À moins qu'elle ne décidât qu'après le danger qu'ils avaient couru, elle avait besoin d'un peu de détente – une détente qu'il était plus que disposé à lui fournir.

LE JET chaud de la douche, étonnamment grande, apaisait la peau de Wesley. Il s'était déjà savonné deux fois avec le savon bon marché fourni par le motel, et avait rincé deux fois les résidus de la saleté du monde souterrain. À présent, il se tenait sous la pomme de douche et appréciait simplement la caresse de l'eau sur sa peau. Ses épaules tendues se déten-dirent et il commença à se sentir à nouveau normal.

Les dix-huit dernières heures avaient représenté des montagnes russes surnaturelles avec plus de rebondissements que le labyrinthe de l'enfer auquel ils avaient échappé de justesse.

Wes tourna son visage dans l'eau qui pleuvait sur lui, hésitant à sortir de la douche.

Un son lui parvint. Virginia était-elle de retour ? Il n'avait pas entendu la porte, mais alors elle ne l'utiliserait pas, étant donné qu'elle n'en avait pas la clé. Elle se contenterait de passer à travers. C'était une compétence géniale !

— Virginia ? cria-t-il.

Il avait laissé la porte de la salle de bains entrouverte. Juste pour qu'il entendît si quelqu'un entrait dans la pièce.

Menteur.

Il soupira. Et alors, s'il l'avait laissée ouverte parce qu'il espérait que Virginia saisirait l'allusion et le rejoindrait sous la douche ? Était-ce peut-être la raison pour laquelle il restait encore, alors qu'il aurait pu se sécher bien plus tôt ?

De toute évidence, ce n'était pas ce qui se passait.

Un autre bruit le fit tourner en rond. Mais ce n'était que son imagination active qui lui faisait imaginer les faibles bruits de pas. Déçu, il fit demi-tour et tendit la main vers le robinet.

— Ne l'éteins pas encore.

La voix de Virginia le fit sursauter, et il se retourna. Et il ne regarda rien.

Mais il l'entendit. Elle entrait dans la douche, et il vit que ses pieds déplaçaient l'eau qui s'était accumulée dans le bac à douche. Pendant un instant, il resta planté là, puis il sourit.

— Je ne t'avais pas cataloguée comme étant du genre timide.

Sinon, pourquoi serait-elle invisible ?

— Qui a dit que j'étais timide ?

Une main invisible se posa soudain sur sa poitrine. Les battements de son cœur s'accélèrent. Instinctivement, il suivit sa main, fit courir ses doigts jusqu'à son épaule, touchant la peau nue de Virginia.

— Si j'étais timide, je ne te laisserais pas me laver, murmura-t-elle.

Il saisit l'allusion et la rapprocha, s'écartant du jet d'eau pour lui faire de la place.

— Eh bien, je suppose que je dois m'atteler à la tâche.

Un travail qui ne ressemblait pas à un travail, plutôt à une récompense.

Il se retourna pour attraper le savon. Lorsqu'il se retourna, il vit avec surprise que Virginia était devenue un peu plus visible. L'eau qui perlait sur elle créait une silhouette qui semblait presque fantomatique. Mystique. Et sexy à souhait.

Ses courbes étaient délectables, ses jambes longues et galbées, ses hanches rondes, ses seins fermes et d'une taille parfaite pour sa grande hauteur.

— Tu me regardes, dit-elle.

Il souleva ses paupières pour la regarder en face.

— As-tu déjà vu le film « L'homme invisible » ?

Sa tête oscilla de haut en bas.

— Il était dehors sous la pluie, et soudain, tu as pu le voir, voir ses contours.

Wes leva la main et traça son épaule jusqu'à son bras.

— C'est l'image que je vois en ce moment.

Il amena sa main à sa taille et la fit lentement remonter le long de son torse.

— Tu es plus belle que je ne l'imaginais.

— Et tu ne mentais pas à propos de ta taille.

La main de Virginia bougeait, et il put voir la direction qu'elle prenait : vers sa queue qui avait déjà commencé à se dresser. Il l'arrêta avant qu'elle n'atteignît son entrejambe, en enroulant sa main autour de son poignet.

— Pas si vite, bébé, je veux savourer ça.

Il ramena sa main à son côté et la relâcha.

— Maintenant, sois une bonne fille et laisse ce grand méchant sorcier te laver du soufre.

Il se savonna les mains pour que la mousse recouvrît ses paumes, puis il attrapa Virginia. Il commença par ses épaules, puis savonna son bras droit et la nettoya soigneusement de l'omoplate au bout des doigts, puis fit de même avec l'autre bras. Le savon faisait ressortir encore plus son corps.

En la faisant tourner dans le jet, il regarda l'eau se débarrasser de la mousse et laver la crasse du monde souterrain.

— Écarte un peu plus tes jambes, ordonna-t-il et s'accroupit à ses pieds.

Il souleva un pied sur son genou et passa le savon sur son pied et sa jambe, glissant vers le haut jusqu'à sa cuisse en longs mouvements. Mon Dieu, c'était bon de la toucher, d'explorer son corps. Il fit de même avec l'autre jambe, avant de rincer abondamment le savon sur elle.

— Tourne-toi, murmura-t-il. Je vais te faire le dos.

Il regarda sa silhouette se retourner et commença à passer ses mains savonneuses sur son dos, sous ses bras, puis suivit les courbes de son corps jusqu'aux douces courbes de son cul.

Putain, l'eau devenait-elle plus chaude ?

Sa queue s'élança pour atteindre toute sa hauteur.

Il passa ses deux mains sur ses fesses, la caressant plus qu'il ne la lavait. Elle poussa un soupir et il approcha son visage du sien.

— Tu sais ce que je veux, n'est-ce pas ?

— Tu as été plutôt ouvert à ce sujet.

Un sous-entendu rauque dans sa voix qu'il n'avait pas entendu auparavant se glissait derrière ses paroles.

— Je veux juste m'assurer que tu n'auras pas de mauvaises surprises.

Il la tourna pour que sa pomme de douche, qui pleuvait sur elle, mouille son dos.

— Maintenant, les meilleures parties.

Il attrapa à nouveau le savon, faisant mousser ses mains une fois de plus.

Il fit glisser ses paumes sur ses seins, la mousse lui permettant de mieux voir leur forme. Un gémissement involontaire quitta ses lèvres. Les mamelons de Virginia étaient durs.

— Je n'aurais jamais imaginé que te toucher ainsi, sans vraiment te voir, serait aussi chaud.

Il avait toujours été un gars visuel, il avait toujours allumé les lumières pendant l'amour pour pouvoir se montrer sous son meilleur jour. Mais ça, voir le corps de Virginia seulement comme un contour, comme une simple esquisse, enflammait son imagination et le rendit plus excité qu'il ne l'avait jamais été.

— J'aime la façon dont tu me touches, répondit-elle en posant ses mains sur les siennes. Mais tu n'as pas tout à fait fini.

Lentement, elle poussa les mains de Wesley vers le bas pour qu'elles glissent de ses seins, sur son torse et son ventre.

— Tu as raison, j'ai un travail à finir, n'est-ce pas ?

Il laissa une main glisser sur son triangle de boucles, puis plongea entre ses jambes. Il frotta ses doigts couverts de savon sur son sexe, doucement et lentement, la lavant là aussi.

Elle saisit alors son biceps, s'accrochant à lui, un gémissement dégringolant de ses lèvres.

— Oh.

— Oui, enlevons le savon sur toi, et ensuite je m'occuperai de toi.

Parce qu'il avait épuisé toute sa patience. Ce dont il avait besoin maintenant, c'était de pénétrer à l'intérieur de Virginia.

À contrecœur, il lui retira sa main, puis utilisa ses deux mains pour lui verser de l'eau propre afin de rincer ses seins et son sexe.

Il éteignit la pomme de douche, puis pivota pour attraper la serviette qui prit juste à l'extérieur de la douche. Il manquait de vitesse. Virginia le plaqua contre le mur de carrelage et se laissa tomber à genoux. Ses contours étaient à peine visibles maintenant qu'elle n'avait plus de savon et que la plupart de l'eau avait perlé sur elle. Pourtant, il ne pouvait pas détacher ses yeux du peu qu'il voyait.

D'une main, elle s'arc-bouta sur sa cuisse, et de l'autre, elle attrapa sa queue. Il sentit ses doigts doux s'enrouler autour de sa racine, et il aspira une respiration tremblante. Toutes les pensées de son cerveau s'évanouiraient, à l'exception d'une seule : Virginia était sur le point de le sucer.

13

Virginia avait seulement voulu taquiner un peu Wesley lorsqu'elle l'avait rejoint, invisible, sous la douche. Mais quand elle s'était rendu compte que cela l'excitait apparemment, elle avait décidé de rester invisible.

Et elle n'était plus en train de taquiner. Non, elle séduisait maintenant.

Wesley incarnait un formidable spécimen de virilité. Elle l'avait déjà remarqué aux Enfers, lorsqu'il avait enlevé sa chemise. Il était bronzé et sculpté. Et ce n'était que son torse. Ses cuisses étaient musclées et toniques, mais ce qui se trouvait entre ses jambes était ce qui attirait vraiment son intérêt.

Entourée de poils sombres, sa queue se dressait là comme un mât – ferme, longue et rigide.

Elle pouvait sentir sa fermeté et sa dureté. Ses doigts atteignaient à peine sa racine. Sa longue verge semblait pulser dans sa main, et elle n'avait encore rien fait. Et elle voulait tant de choses. Et sous sa forme invisible, elle se sentait puissante.

Aujourd'hui, elle voyait la puissance de ce sorcier. À quel point il était doué. Mais maintenant, elle devait se prouver qu'elle pouvait encore le mettre à genoux, malgré la puissante sorcellerie qu'il possédait.

Parce qu'elle possédait aussi du pouvoir. Le pouvoir qu'une femme exerçait sur un homme. Le pouvoir pour lequel les femmes avaient été vilipendées pendant des siècles. Pendant des millénaires. Le pouvoir du sexe.

C'était une bataille qu'elle était déterminée à gagner. Pour que Wesley sache où se situait sa place. Pour qu'il ne la sous-estime jamais. Et pour qu'il le regrette s'il se jouait d'elle.

— Tu vas juste fixer ma queue, ou tu vas vraiment prendre ce que tu veux ?

Sa voix la tira de ses rêveries.

— Tu es impatient ?

Il gloussa doucement, un son qui lui fit passer un frisson dans le dos.

— C'est juste que si tu ne veux pas me sucer, alors je suggère que nous déplacions ce spectacle dans la chambre à coucher pour que tu puisses écarter tes jambes pour moi et me laisser te sucer.

Sa proposition fit exploser des images vivantes dans son esprit. Que Dieu lui vînt en aide s'il lui faisait un cunnilingus. Elle perdrait tout contrôle. Et elle ne pouvait pas laisser cela se produire. Elle devait garder le contrôle. Toujours. Pour ne pas prendre la mauvaise décision. Pour que l'histoire ne se répète pas.

— Merci, mais je préfère te sucer, dit-elle en passant sa langue sur le gland gonflé de sa queue.

Un souffle vivement expiré sortit de Wesley et elle sentit sa queue se presser contre sa bouche. L'obligeant, elle l'entoura de ses lèvres et descendit sur lui, le prenant dans sa bouche aussi loin qu'elle le pouvait.

— Putain !

Son glapissement enthousiaste la fit sourire et elle retira sa tête en arrière, laissant son érection glisser de sa bouche. Elle souffla un air frais contre sa peau avant de l'attraper à nouveau et de le sucer doucement.

Les hanches du sorcier commencèrent à bouger et elle le stabilisa, le pressant contre le mur de la douche. Elle contrôlait la situation maintenant. Et elle adorait exercer le contrôle. Surtout quand l'homme en question avait si bon goût. Elle aimait sentir son érection dans sa bouche, elle aimait ses mains à l'arrière de sa tête, la berçant, elle aimait la façon dont il luttait contre ses mains le plaquant contre le mur.

— Bébé, c'est bon. Tellement bon.

Ses mots ruisselaient sur son corps comme des gouttes d'eau chaudes, brûlant sa peau. Mais elle continua à sucer sa belle queue, à passer sa langue le long de sa face inférieure, à le serrer à la racine, à se retirer et à descendre dans un tempo de plus en plus rapide.

Elle pouvait sentir combien il se rapprochait. Et elle savait comment le faire basculer. Relâchant sa cuisse, elle porta sa main à ses bourses et les caressa. Le sac contenant les pierres précieuses se resserra à son contact, et elle ne put pas s'empêcher d'y faire glisser doucement ses ongles.

— Putain !

Wesley la repoussa brusquement et se libéra de sa bouche. Dans l'instant qui suivit, il la tira vers le haut et lui saisit les poignets, l'immobilisant.

— Pas si vite !

Ses yeux s'obscurcissaient et brillaient d'une luxure débridée. Sa poitrine se soulevait comme s'il avait couru un marathon.

— Je jouirai quand tu m'auras en toi. Et pas plus tôt.

Avant qu'elle ne pût protester, il trouva ses lèvres et captura sa bouche. Puis elle se sentit soulevée et transportée hors de la douche. Elle sentit à peine la serviette qu'il utilisa pour la sécher au hasard, son baiser passionné la distrait et fit passer tout le reste à l'arrière-plan.

Peut-être que ce sorcier possédait une force supérieure à celle qu'il laissait paraitre. Peut-être l'ensorcelait-il en ce moment même. Et elle était sans défense face à cela. Et le pire, c'était qu'elle n'avait plus envie de le combattre.

Elle voulait s'abandonner. Céder aux désirs de son corps. Laisser un homme plus fort, plus puissant, plus dominant la prendre. Peut-être que c'était ce dont elle avait besoin. Juste pour cette fois.

Tout à coup, elle sentit un matelas sous son dos, et Wesley qui la pressait dedans.

Elle aspira une bouffée d'air et se rendit compte qu'il relâchait ses lèvres.

— Maintenant, c'est mon tour, murmura-t-il en l'embrassant dans le cou.

Un instant plus tard, il lécha son mamelon, attirant le bourgeon dur dans sa bouche. Elle frissonna sous l'assaut sensuel et se cambra. Mais Wesley ne resta pas là bien longtemps. Il se dirigeait déjà vers le sud.

Des mains puissantes écartèrent ses cuisses et elle le regarda plonger sa tête dans l'espace qu'il avait créé.

— Oh mon Dieu, murmura-t-elle à elle-même.

Il releva brièvement la tête et afficha un sourire en coin.

— Je m'appelle Wesley. N'hésite pas à le crier.

Avant qu'elle ne pût le gifler, il se pencha vers son sexe et passa sa langue brûlante sur sa fente, lui faisant comprendre à quel point elle était devenue humide. Et à chaque coup de langue, à chaque contact de ses lèvres sur sa chair excitée, elle sentait l'humidité s'accumuler en son centre.

Wesley écarta davantage ses cuisses, et elle le permit, s'ouvrant à lui comme elle ne l'avait jamais fait pour personne d'autre. Elle lui permit de l'explorer, de la caresser avec ses doigts et sa langue. Elle lui permit de faire sortir de plus en plus de gémissements de sa poitrine, de soupirs de ses lèvres, et de relâcher de plus en plus de tension de son corps tendu.

Elle lâcha tout, le besoin de contrôler, le besoin de diriger, le besoin de se montrer responsable.

— C'est ça, bébé.

Le murmure de Wesley envoya des ondulations à travers son corps.

Son clitoris picotait, et Wesley semblait savoir exactement ce qu'elle voulait. Il appuya sa langue sur son centre de plaisir et la frotta de haut en bas, de gauche à droite. À chaque coup de langue, il ajoutait plus de pression et augmentait son rythme.

Elle haletait.

— Wesley ! Oui !

Un grognement profond accompagna son prochain mouvement : il glissa un long doigt dans son canal, tout en continuant à lécher son clitoris. C'en était trop. Comme une cuve de poudre à canon, elle explosa, et les ondulations fumantes parcouraient son corps, brûlant le mur qu'elle avait construit pour se protéger.

— Wes !

Au milieu de son orgasme, un orgasme qui contractait les muscles de Virginia autour de son doigt, Virginia se retourna, visible sous les yeux de Wesley.

Il leva la tête de son sexe, s'abreuvant de la vue. Elle dépassait encore en beauté ce qu'il avait vu sous la douche. Sa peau était rosée et sans défaut, sa chatte gardée par des poils roux bouclés qui brillaient comme du feu, ses doux pétales roses, gonflés et mouillés – et prêts pour sa queue.

Lorsqu'il releva les yeux pour découvrir le reste de la jeune femme, il croisa son regard. Ses iris verts semblaient briller, pas comme les yeux d'un démon, non, mais comme un bassin d'eau profonde dans lequel il voulait se noyer. Ses cheveux roux bouclaient sous l'effet de l'humidité.

— Tu peux me voir, murmura-t-elle.

— Je suppose que tu as perdu ta concentration.

Il gloussa et roula sur elle.

— Maintenant, tu es enfin prête pour moi.

Pendant un instant, elle sembla vouloir protester, mais il plaqua alors sa queue sur sa chatte chaude et humide, et ses paupières papillonnaient.

— Maintenant que tu es bien détendue, nous allons prendre notre temps.

Parce qu'il aimait l'amour ainsi : lent, profond et prolongé. Comme un dimanche après-midi paresseux. Pas comme une course à l'arrivée.

Virginia posa sa main sur sa nuque et l'attira vers elle.

— Tu es un drôle de sorcier, Wesley.

Il sourit.

— Oui, mais drôlement bon.

Pour souligner sa déclaration, il enfonça sa queue en elle, lentement et régulièrement, jusqu'à ce qu'il ne pût plus aller plus loin.

Les lèvres de Virginia s'écartèrent sur un soupir, mais ses yeux restèrent verrouillés sur les siens. Il repoussa ses cheveux de son visage et approcha ses lèvres des siennes. Puis il commença à bouger. Lentement, il se dégagea de son fourreau accueillant, puis, tout aussi lentement, il revint à l'intérieur, savourant la sensation de ses muscles qui l'emprisonnaient dans sa descente.

Le souffle de Virginia se promena sur son visage et ses hanches s'inclinèrent vers le haut, se pressant contre lui.

— Je ne vais pas précipiter les choses, bébé. J'ai attendu trop longtemps pour ça.

— Tu ne m'as rencontrée qu'hier soir, protesta-t-elle.

— Comme je l'ai dit, l'attente a été longue.

Un rire doux roula sur ses lèvres.

— J'aurais dû te faire attendre plus longtemps.

Il tira ses hanches en arrière et poussa plus fort lors de sa prochaine descente dans l'antre paradisiaque de Virginia.

— J'aurais peut-être dû te faire attendre plus longtemps.

Mais il ne faisait que la taquiner. Il n'aurait jamais pu attendre une minute de plus pour l'avoir, pour se trouver en elle. Il savait qu'il était déjà en train de perdre la bataille contre lui-même. Il ne lui faudrait pas grand-chose pour perdre le contrôle, comme elle l'avait fait plus tôt, lorsqu'il avait posé sa bouche sur elle – une chose qu'il s'était promis de refaire bientôt. C'était un moyen infaillible de la faire capituler. Rien n'était plus agréable que de voir cette guerrière têtue se rendre à lui. Même s'il devait se rendre à elle en même temps.

Sachant qu'il ne pouvait pas se retenir plus longtemps, Wes augmenta son tempo et la pénétra avec plus de force. Il voulait s'assurer qu'elle obtînt ce qu'elle désirait. Selon ce qu'il savait, les précédents amants de Virginia étaient tous des surnaturels forts, des guerriers qui lui donnaient une baise frénétique. Il voulait absolument répondre à ses attentes.

Il regarda ses yeux, observa comment sa respiration changeait, comment ses hanches bougeaient. Il lut ses signes, le rythme cardiaque accéléré, la veine qui battait rapidement au niveau de son cou, les lèvres écartées.

— Oui, tu aimes que ce soit un peu plus dur, hein ? Dis-moi, l'encouragea-t-il.

Un gémissement essoufflé franchit ses lèvres, tandis qu'elle resserrait ses jambes derrière ses fesses, l'incitant à aller plus loin. Il comprit et plongea plus fort en elle. Lorsque ses yeux se révulsèrent et qu'elle enfonça davantage sa tête dans le matelas en cambrant le dos, il sentit ses propres hanches travailler plus fort et plus vite.

— Je te baiserai de toutes les façons que tu voudras. Tu n'as qu'à me le dire.

Son regard se dirigea vers lui, l'épinglant. Elle semblait hésiter. Puis elle ouvrit la bouche pour parler.

— Prends-moi bien. Prends-moi comme si tu le voulais.

Rien de plus facile. Libérant cette partie de lui qui était tout homme, tout alpha, il enroula ses mains autour des poignets de Virginia et lui coinça les bras de part et d'autre de la tête. Avec ses cheveux roux comme une auréole autour de sa tête, ses yeux écarquillés maintenant, sa bouche ouverte, elle avait l'air d'une captive. Pendant une seconde, il la fixa et vit l'excitation qui s'était emparée d'elle écrite sur son visage. Il comprit alors. Elle avait besoin qu'il la prît fort pour pouvoir se laisser aller.

Il se retira d'elle. La déception se répandit sur ses traits. Mais il la fit basculer sur le ventre et lui saisit les hanches, tirant ses fesses jusqu'au bord du lit. Son visage atterrit dans le matelas, et celui-ci étouffait son souffle. Il se plaça derrière elle et la pénétra, s'enfonçant jusqu'à la garde.

Il sentit son corps trembler, mais il savait que ce n'était pas par peur. Poussée après poussée, il s'enfonça profondément et durement dans sa chatte trempée, ne lui laissant même pas la possibilité de se redresser et de s'arc-bouter sur ses coudes. Non, il la baisait comme s'il se fichait de son plaisir, alors que, en vérité, c'était tout ce qui lui importait : donner à cette femme ce dont elle avait besoin. Pour qu'elle lui accorde ce dont il avait besoin : sa reddition.

Chaque fois qu'il plongeait profondément, ses bourses claquaient contre sa chair, les faisant brûler comme si elles avaient atterri dans les flammes de l'enfer. Mais pour le bien de Virginia, et pour le sien, il s'accrocha à son contrôle d'une main de fer.

De sa position debout, il pouvait donner chaque poussée avec plus de force. Et il put regarder sa queue entrer en elle et voir sa chair vulnérable frémir à chaque mouvement.

— Ta chatte est splendide. Tellement magnifique, putain !

Il lâcha une hanche, mais continua à pousser. Sa main libre, il la passa autour d'elle et l'amena sur son front. Un instant plus tard, il trouva son clitoris, le petit organe gonflé et palpitant.

— Maintenant, jouis pour ton amant, exigea-t-il et pinça son clitoris, tandis qu'il poussait fort par derrière.

Virginia hurla dans le matelas et ses muscles intérieurs se contractèrent autour de sa queue. Soulagé, il se laissait aller et injecta sa semence au plus profond d'elle. Il continua à pousser, incapable de s'arrêter, le lubrifiant ajouté rendant chaque descente encore plus irrésistible. Un long moment s'écoula avant qu'il ne ralentît et ne sortît d'elle en douceur. Il ne voulait pas perdre le lien qui l'unissait à elle et se laissa retomber sur le lit, l'attira contre sa poitrine, son doux cul s'alignant avec son entrejambe, et revint en elle toujours aussi fort, toujours aussi désireux.

En soupirant, il déposa un baiser dans son cou et l'entoura de son bras.

Il pourrait s'y habituer. À elle dans son lit. À *elle*.

14

———

Ils avaient mangé la nourriture que Virginia s'était appropriée dans le magasin d'en face, puis s'étaient endormis. Wesley l'avait bordée contre son grand corps, l'avait entourée de son bras et l'avait tenue ainsi toute la nuit. Elle n'avait pas protesté, même si elle savait que son comportement n'était pas autorisé. Techniquement, Wesley était toujours son prisonnier, et le conseil n'avait pas encore décidé comment agir avec lui. Mais pour l'instant, même elle devait admettre que pour qu'ils survivent, elle devait contourner les règles et faire confiance au sorcier. Il lui avait sauvé la vie plus d'une fois. Elle lui en était redevable.

Le lendemain matin, après avoir pris une douche et mangé son petit déjeuner – du café qu'elle avait fait chauffer au micro-ondes et des beignets du supermarché –, elle s'assit à la petite table de la chambre d'hôtel et vida un deuxième sac. Elle portait les vêtements qu'elle avait volés hier soir : un jean noir et un pull en tricot noir sur un ensemble soutien-gorge et culotte assortie, avec des bottes noires qui remontaient le long de ses mollets.

Wesley, fraîchement douché et vêtu du pantalon cargo noir et du tee-shirt gris à manches longues qu'elle lui avait offert, la rejoignit à la table. Il prit un beignet et le croqua, puis désigna les objets qu'elle avait étalés sur la table : une carte locale, une calculatrice, un bloc-notes et un stylo, ainsi qu'un téléphone portable prépayé flambant neuf et une carte SIM.

— C'est pour quoi faire ?

— Nous devons trouver où se trouve le portail le plus proche pour pouvoir rentrer, expliqua-t-elle sans lever les yeux.

Elle était déjà en train de glisser la carte SIM dans le téléphone et de le mettre sous tension.

— Bonne idée. Retournons au complexe de Baltimore.

Elle releva la tête et le regarda.

— Je dois prendre contact avec le conseil.

— Mais cet endroit a explosé.

— Un refuge d'urgence existe pour des situations comme celle-ci.

Wesley grimaça, visiblement pas très content de retourner au conseil.

— Ça veut dire que tu as l'intention de me faire enfermer à nouveau ?

Elle hésita. Si elle ramenait Wesley au conseil, ils voudraient prendre toutes les précautions nécessaires pour éviter une seconde attaque. Même son témoignage sur la façon dont il l'avait aidée à s'échapper du monde souterrain des démons ne ferait pas fléchir les autres membres du conseil, d'autant plus que la raison de leur présence dans le monde souterrain restait obscure. Ils insisteraient pour que Wesley fût enfermé jusqu'à ce qu'ils pussent déterminer s'il représentait un risque ou non.

— Ne te donne pas la peine de répondre, dit Wesley.

— Wes, je suis...

– Ne dis pas que tu es désolée si tu ne l'es pas.

Elle chercha ses yeux, mais il détourna le regard.

— Je dois suivre les règles. Si je ne le fais pas, je mets mon peuple en danger. Je ne peux pas...

— Est-ce que tu as respecté les règles hier soir ? Ou bien est-ce que coucher avec un prisonnier n'est pas contraire au règlement ?

— Ce n'est pas juste.

— N'est-ce pas ?

Elle détourna son regard de lui et s'occupa du téléphone pour qu'il ne remarquât pas que ses mots l'avaient blessée, alors qu'ils n'auraient même pas dû entamer son armure.

Wes se leva et se dirigea vers le micro-ondes, l'ouvrit et y introduit une autre tasse de café instantané.

Ignorant la présence de Wesley, Virginia se connecta au réseau Wi-Fi du motel, puis ouvrit le navigateur du téléphone. Elle ne pouvait pas prendre le risque de passer un coup de fil au commandement central pour obtenir des informations sur le portail le plus proche, mais elle voyait un autre moyen, plus sûr, d'obtenir les mêmes informations.

Elle se rendit sur un site et tapa son code d'accès, une chaîne de seize lettres, chiffres et symboles aléatoires. Une fenêtre s'afficha, demandant si le site était autorisé à accéder au système GPS de son téléphone. Elle appuya sur « autoriser » et attendit. Au bout de quelques secondes, plusieurs chaînes de chiffres apparurent. Elle les nota sur son bloc-notes, puis se déconnecta du site Web, coupa l'accès Wi-Fi et éteignit son téléphone. L'ensemble du processus avait pris moins de vingt secondes. Pas assez de temps pour que quelqu'un pût retracer ses mouvements, même si quelqu'un avait surveillé le système Wi-Fi du motel. Ce qui semblait peu probable en soi.

Mais même si quelqu'un avait pu noter les mêmes chaînes de chiffres qu'elle, il aurait eu besoin d'un diplôme du MIT pour comprendre ce qu'il observait.

Elle commença ses calculs, en utilisant la calculatrice qu'elle avait prise dans la grande surface. La formule s'avérait complexe, et les variables qu'elle devait utiliser pour obtenir le bon résultat restaient inconnues du commun des mortels. Les Gardiens de la Nuit avaient mis au point cette méthode pour trouver les coordonnées du portail le plus proche il y a peu, après avoir constaté que tous les portails n'étaient pas situés dans l'enceinte des Gardiens de la Nuit.

Les portails perdus, comme on les appelait, pouvaient se trouver n'importe où. Les Gardiens de la Nuit avaient créé une équipe spéciale pour localiser tous les portails perdus et les cataloguer. Elle ne pouvait qu'espérer que cette partie du pays figurât déjà dans le catalogue.

— C'est quoi tout ça ? demanda Wesley par-dessus son épaule.

— J'essaie de trouver les coordonnées du portail le plus proche.

Elle continua de griffonner des chiffres sur son bloc-notes.

— Ça ressemble à des maths pour moi.

Elle leva les yeux au ciel.

— Tu as peur des femmes intelligentes ?

— Pas des femmes intelligentes, mais des femmes à la tête intelligente, rétorqua et se pencha vers elle, lui donnant un baiser sur la joue. Tu es un sacré numéro.

Puis il lui lança un clin d'œil.

— Mais ton cul est vraiment mignon.

Secouant la tête, elle gloussa, puis demanda :

— Alors tu n'es plus en colère contre moi ?

— Je n'ai pas dit cela. Mais si tu veux m'apaiser, je peux te dire comment faire.

Il fit glisser ses mains sur ses épaules, étendant ses doigts sur son front, descendant lentement plus bas.

— Tu es sortie du lit si rapidement ce matin.

— Est-ce que tu penses parfois à autre chose qu'au sexe ?

Bien qu'elle dût l'admettre, elle y pensait aussi. Elle devait faire appel à des décennies de discipline pour l'aider à repousser ces pensées à l'arrière-plan.

La bouche de Wesley touchait son oreille, et ses paumes reposaient sur ses seins maintenant.

— Je pense aussi aux sons que tu émets quand tu jouis.

Il massa doucement ses seins.

— Et à la façon dont tu as réagi quand je t'ai réveillée au milieu de la nuit.

— Mmm.

Au début, elle avait cru que c'était un rêve quand il avait commencé à lui murmurer des choses coquines, mais ses mains lui avaient montré que c'était réel. Et sa queue s'était sentie encore mieux quand il l'avait prise la deuxième fois. Elle ferma les yeux et prit une grande inspiration.

— Tu dois arrêter ça.

Elle saisit ses mains et les enleva de ses seins.

— Plus tard alors, murmura-t-il à son oreille et fit un pas en arrière.

Elle sentit son regard dans son dos, mais continua ses calculs. Quelques minutes plus tard, elle avait terminé. Elle ouvrit la carte et l'étala sur la table, puis reporta les coordonnées.

— Voilà, s'exclama-t-elle triomphalement.

Wes se pencha sur la carte. Il pointa du doigt un autre endroit sur la carte.

— Et nous, on est ici ?

Elle acquiesça.

— Ça devrait prendre moins d'une heure de marche.

Elle plia la carte et se leva.

— Emballons les déchets et jetons-les dans la benne à ordures derrière le bâtiment. Ensuite, nous devrons brûler le corps du démon.

— Comment allons-nous faire ?

Elle ouvrit un autre sac de courses.

— Combustible pour briquet et allumettes.

Wesley sourit.

— Je n'ai jamais aimé faire du shopping avec des femmes, mais, d'une certaine façon, j'ai l'impression que je pourrais apprécier ça avec toi.

15

———

Trouver l'endroit où ils avaient sauté du vortex du démon la nuit précédente se révélait plutôt simple. De même, trouver les déchets et les débris derrière lesquels ils avaient caché le corps du démon mort s'avérait aisé. Malheureusement, trouver le corps lui-même s'avérait ardu, car il avait disparu.

— C'est impossible ! s'écria Virginia.

Wesley se gratta la tête. Peut-être que la blessure infligée par Virginia était bénigne et que le démon était inconscient, non mort.

— Et s'il était encore en vie ?

Virginia tourna la tête vers lui.

— Quand je tue un démon, il est mort, putain.

Il posa une main sur son avant-bras.

— Hé, doucement. Rien de personnel, d'accord ? Je t'ai vu le tuer. Et il m'a semblé mort. Je me demande juste s'il n'aurait pas pu faire le mort dans l'espoir d'avoir une chance de s'échapper plus tard.

Elle lui lança un regard évaluateur.

— C'est peut-être logique pour n'importe quelle créature autre qu'un démon. Mais un démon ne planifie pas à ce point, pas dans une situation de vie ou de mort. S'il lui restait un peu de vie, il aurait continué à se battre. C'est un instinct. J'ai combattu suffisamment de démons pour le savoir. Une fois, j'ai coupé le bras d'un démon au niveau de l'épaule. Il titubait, perdant du sang plus vite qu'un robinet ouvert, et il a attrapé une dague avec son autre main et s'est jeté sur moi. Il n'avait aucune chance, mais il a essayé jusqu'à son dernier souffle.

Elle croisa son regard.

— Ce démon était mort.

Wesley laissa ses paroles s'imprégner dans son esprit. L'admiration pour la guerrière en elle se heurtait à la crainte qu'un jour Virginia ne tombe sur un démon qu'elle ne pourrait pas vaincre. Il n'exprima aucune de ces pensées. Au lieu de cela, une autre préoccupation s'imposa à lui.

— Alors je crois que nous avons un problème. Quelqu'un s'est débarrassé du corps du démon. Et si ce n'est ni toi, ni moi, ni l'un de tes collègues, alors ce doit être un autre démon. Si un humain l'avait trouvé, cet endroit grouillerait de policiers.

Virginia aspira une respiration visible.

— Ce qui peut signifier l'une ou l'autre chose. Et je n'aime pas l'une ou l'autre.

Wes leva le menton.

— Signification ?

— Soit un autre démon savait où il allait et est venu le chercher, soit quelqu'un nous a suivis.

— Je ne vois pas comment le deuxième scénario pourrait se produire. Comment auraient-ils pu nous suivre ? Et si c'était le cas, pourquoi ne pas nous avoir suivis jusqu'au motel et nous avoir tués dans notre sommeil ?

Après tout, Virginia et lui avaient été plutôt distraits pendant qu'ils étaient au lit. N'importe qui aurait pu les surprendre. Il nota mentalement de les entourer d'un sort de garde la prochaine fois – même si, pour sa défense, il manquait d'outils. Ils devaient se trouver encore dans le complexe de Baltimore, puisque Virginia ne les avait pas amenés à la réunion du conseil.

— Tu te souviens du moment où, dans le monde souterrain, le garde du vortex a demandé à notre ami de faire état de ses affaires ? demanda Wes, se souvenant soudain de quelque chose.

Les yeux de Virginia s'élargirent lorsque le souvenir lui revint.

— Il a dit qu'il allait au sommet sur ordre de quelqu'un, ajouta Wes, bien qu'il ne se souvînt pas du nom que le démon avait mentionné.

Virginia acquiesça d'un signe de tête.

— Sur ordre de Vintoq.

— Exactement. Donc, peu importe qui était ce Vintoq, il savait où se rendait notre démon mort. Et comme il n'est pas revenu, il a dû envoyer quelqu'un à sa poursuite, ou peut-être même venir lui-même.

Virginia laissa son regard vagabonder. Des arbres et des buissons entouraient les environs, une vieille cabane se trouvait à quatre cents mètres peut-être, et un château d'eau se dressait au loin. Lorsqu'elle ramena son regard vers Wesley, elle se pencha.

— Et s'ils sont toujours là à nous surveiller ?

— Pour quoi faire ?

— Pour qu'ils puissent nous suivre.

— Pourquoi soupçonneraient-ils que nous sommes revenus ici ? Sur la scène du crime, pour ainsi dire.

Seul un criminel idiot commettrait une telle action, et Virginia et lui, apparemment.

— Nous devrions revenir pour nous débarrasser du corps du démon parce que nous ne pouvons pas nous permettre de laisser les humains savoir à quoi nous avons affaire. Cela provoquerait une panique générale.

— Mais ne supposent-ils pas que tu resteras invisible ?

Elle secoua la tête, et ses cheveux roux prirent la lumière du soleil et scintillèrent comme s'ils brûlaient.

— Pas nécessairement. L'occultation demande beaucoup d'énergie. Même les démons savent qu'on ne peut pas la maintenir tout le temps. Et ici, sans aucun humain pour nous voir brûler un corps...

Elle haussa les épaules.

— Ils sauraient qu'il y a de fortes chances que nous ne nous occultions pas.

— Je vois.

Et compte tenu de ce qu'ils avaient vécu aux Enfers – et plus tard – il en était certain : Virginia était épuisée.

— Nous devrions partir maintenant.

Elle acquiesça.

— Nous devons nous préparer au fait qu'ils nous suivent.

— C'est pourquoi je pense que c'est une mauvaise idée de retourner au bastion maintenant.

Virginia lui lança un regard suspicieux.

Il soupira.

— Et, non, ce n'est pas parce que je ne veux pas atterrir à nouveau dans cette cellule de plomb.

— Heu heu.

Elle lui lança un regard du genre « sans blague Sherlock ».

— S'ils nous suivent vraiment, alors nous devons éviter tout contact avec le conseil. Tu as dit toi-même qu'ils étaient les chefs de ta race. Je me lance dans une supposition hasardeuse, mais à quand remonte la dernière fois où l'un des membres du conseil s'est retrouvé au corps à corps avec un démon ?

Quand elle fredonna son accord, il continua :

— La meilleure option, c'est de les transporter dans un bastion où ils ne font que combattre les démons, jour après jour.

— Laisse-moi deviner. Tu veux que je nous transporte jusqu'au bastion de Baltimore.

— Heureux que tu partages mon avis.

— Tu sais que les gardiens de ce bastion ont enfreint toutes les règles, n'est-ce pas ?

Wes afficha un large sourire.

— N'importe qui peut suivre les règles. Mais ces gars-là savent improviser. Ils sont parfaits. Et je leur fais confiance.

— D'accord, mais si quelque chose tourne mal, j'aurai ta peau, prévint-elle.

Il l'attira dans ses bras et déposa un rapide baiser sur ses lèvres.

— Tu peux avoir ma peau quand tu veux. Je n'ai aucune objection à être attaché et monté comme un taureau si la femme qui me monte me laisse admirer son magnifique corps nu pendant qu'elle s'occupe de moi.

— Tu es impossible.

— Impossiblement sexy ?

— Impossiblement pénible, répondit-elle.

Wes glissa sa main dans sa crinière et attira sa tête vers lui. Ses joues rougies l'attiraient trop, et sans le risque qu'un démon se tapisse dans l'ombre, il la prendrait ici même. Mais il possédait suffisamment d'intelligence pour savoir quand son désir pour elle devait passer au second plan.

— Tu t'y habitueras, bébé. Maintenant, partons d'ici.

Virginia devait admettre à contrecœur que Wesley avait raison. Ils ne pouvaient pas aller rencontrer les autres membres du conseil. La plupart d'entre eux siégeaient au conseil depuis plusieurs décennies, certains même depuis des siècles. Ce n'étaient plus des guerriers, et même s'ils avaient tous appris à manier une épée et une dague dans leur jeunesse, ils n'avaient plus l'habitude. Ils avaient d'autres obligations et laissaient les combats aux jeunes gardiens, aux hommes et aux femmes qui vivaient dans des bastions tout autour du monde, désireux et prêts à se battre n'importe quel jour de la semaine. Ils étaient prêts à se battre jusqu'à la mort. C'était pour cela qu'ils s'engagèrent tous.

Elle avait fait la même chose à l'époque. Elle s'était entraînée et s'était battue en tant que gardienne dans un bastion. Protéger les êtres humains dignes de protection. Combattre des démons. Tuer beaucoup d'entre eux. Mais elle avait fait des erreurs. Des erreurs qui avaient coûté cher à sa communauté. Parce qu'elle avait enfreint les règles, fait confiance à la mauvaise personne.

Pour se repentir, elle s'était punie en jurant de ne plus jamais se mettre en couple. Elle s'était engagée à la place dans les hommes de main, une troupe d'élite composée de combattants exceptionnels qui faisaient respecter les règles de leur race. Elle avait suivi l'entraînement le plus horrible et s'était pliée à leurs règles strictes. Et elle avait réussi à exceller. Tout cela parce qu'elle avait chassé les émotions de sa vie.

Avec succès.

Jusqu'à maintenant.

Alors qu'ils marchaient en direction du portail perdu, Virginia jeta un regard de travers à Wesley. Il représentait tout ce qu'elle avait évité pendant tant de décennies : un homme qui vivait selon son intuition, contournait les règles quand cela l'arrangeait, et ne semblait pas avoir la moindre once de sérieux dans son corps. En plus de cela, il laissait ses désirs – qui s'avéraient insatiables – le guider, et profitait de chaque occasion pour l'ébranler, comme s'il prenait plaisir à la voir perdre son sang-froid.

N'importe quel autre homme, elle l'aurait déjà réduit en bouillie. Mais Wesley avait d'autres facettes auxquelles elle avait du mal à résister : l'homme qui risquait sa vie pour la sauver, l'amant qui faisait vrombir son corps de plaisir, le sorcier dont l'habileté la fascinait et l'effrayait à la fois.

Et puis, il y avait la façon dont il l'appelait «bébé». Et la façon dont il la regardait avec ses yeux bleus de bébé.

— Est-ce que ça pourrait être ça ? demanda Wesley en pointant du doigt une église qui se dressait sur une petite colline, entourée de hautes herbes que personne n'avait manifestement tondues depuis des mois, voire des années.

Virginia reporta son regard sur sa carte.

— Il me semble que oui. C'est la seule structure que je vois. Le portail a besoin de quelque chose pour s'ancrer, comme une paroi rocheuse ou le côté d'un bâtiment, un mur, quelque chose de structuré. Il ne peut pas être dans le sol.

— Le portail utilisé à Sonoma se trouvait dans une vieille cabane branlante adossée à un rocher, déclara Wesley.

— L'un des portails perdus. Les portails existent depuis plusieurs siècles. Le matériau sur lequel ils sont ancrés doit être ancien. Dans de nombreux cas, c'est de la roche.

— Tu as dit perdu. Qu'est-ce que ça veut dire ?

— Jusqu'à il y a environ un an, nous ignorions l'existence de portails ailleurs que dans nos bastions. Mais nous avions tort. Depuis, nous en avons trouvé des centaines répartis dans le monde entier. Ils ne sont liés à aucun bastion.

— Comment penses-tu qu'ils sont apparus ?

— Nous ne sommes pas sûrs.

— Mmm.

Wesley se passa une main dans les cheveux.

— Tu as dit qu'ils devaient être ancrés à quelque chose comme de la roche ?

Elle acquiesça.

— Oui, ou un autre matériau qui existe depuis longtemps.

— Intéressant. Tu penses qu'un portail pourrait être déplacé ?

— Déplacé ?

Cette idée ne lui avait jamais traversé l'esprit.

— Comme comment ?

— Imaginons qu'une entreprise ait excavé un tas de pierres d'un terrain pour le défricher, et que, quelque part dans toute cette pierre, se trouve l'entrée d'un portail, puis que quelqu'un l'ait utilisée pour construire.

Il montra l'église.

Une église ou quelque chose comme ça. Est-ce que cette pierre constitue toujours l'accès au portail ?

Elle s'arrêta de marcher.

— Oh mon Dieu.

L'idée de Wesley avait du sens. Comment un sorcier qui en savait très peu sur leur espèce avait-il pu arriver à cette conclusion ? Mais c'était logique, et cela expliquerait l'existence des portails perdus. Cela expliquerait tellement de choses.

— Quoi ? demanda-t-il.

— Comment l'as-tu découvert ?

Il gloussa.

— Je suis bon pour autre chose que le sexe, tu sais.

Elle sourit et secoua la tête.

— Rentrons à l'intérieur et trouvons le portail.

À l'intérieur de l'église, de la moisissure s'était formée. Personne n'avait fait entrer d'air frais depuis longtemps. Les fenêtres étaient sales, la plupart des bancs manquaient. Il ne restait plus aucune œuvre d'art, juste une grande croix en bois suspendue derrière un autel en pierre. Sur le côté, un vieux confessionnal se tenait là, mais quelqu'un avait enlevé les portes et dépouillé les sièges de leur revêtement, laissant de petites pointes de métal dépasser du bois.

Virginia se dirigea directement vers l'autel, Wesley la suivit. Elle examina la lourde pierre, passa ses paumes sur la surface rugueuse pour trouver le signe qui indiquait que c'était bien le portail. Elle toucha chaque centimètre de sa surface, mais elle ne vit rien. Elle releva la tête, croisant le regard de Wesley.

— Je ne comprends pas. Il doit être ici, dit-elle.

— Vérifions le reste de l'endroit, proposa Wesley, la voix calme comme s'il voulait l'apaiser.

Elle acquiesça et examina chaque mètre carré des murs de l'église, chaque pierre sous ses pieds, tandis que Wesley commençait à l'autre bout du bâtiment. Chaque minute qui passait la rendait plus nerveuse. Avait-elle fait une erreur dans ses calculs ? Une erreur mathématique, et ses coordonnées pourraient s'éloigner de la réalité de plusieurs centaines de kilomètres.

— Je l'ai trouvé !

La voix triomphante de Wesley la fit tourner sur elle-même et pratiquement sprinter jusqu'à l'endroit où il se tenait : au confessionnal. Lorsqu'elle le rejoignit, il pointa du doigt l'intérieur de l'endroit où le prêtre s'asseyait. Elle suivit son doigt et le vit aussi. L'ancienne dague que leur espèce utilisait pour identifier un portail était gravée dans le mur.

Rapidement, elle pressa sa paume contre elle et sentit la chaleur monter en dessous. Quelques instants plus tard, le portail s'ouvrit derrière le banc du prêtre.

Elle regarda par-dessus son épaule, et Wesley lui fit un signe de tête, indiquant qu'elle passait en premier. Virginia enjamba le siège et sauta dans l'obscurité, puis se retourna et tendit la main à Wesley.

Dès qu'il se trouva à l'intérieur du portail, il passa son bras autour de sa taille.

— Conduis prudemment, veux-tu ? J'ai un peu le mal des transports, dit-il avec un clin d'œil.

— Ce sera fini avant que tu t'en rendes compte, promit-elle et elle se concentra sur leur destination.

En quelques secondes, ils arrivèrent. Virginia se dégagea doucement des bras de Wesley et ajusta ses vêtements. Maintenant qu'ils étaient de retour dans le bastion, où dans quelques instants ils côtoieraient d'autres Gardiens de la Nuit, ils devaient absolument éviter que quelqu'un découvre ce qui s'était passé entre Wesley et elle. Si c'était le cas, cela compromettrait sa position. Fraterniser avec un prisonnier – car techniquement, Wesley se trouvait toujours en captivité, et son sort restait à déterminer – équivalait à une trahison.

Virginia sortit du portail et jeta un coup d'œil par-dessus son épaule, observant Wesley qui faisait de même. Elle croisa son regard et prit une inspiration, s'apprêtant à lui expliquer que tout contact physique ou familiarité entre eux devait cesser. Mais elle n'eut pas l'occasion de parler.

Un bip sonore retentit soudain. Elle se figea.

— Qu'est-ce que c'est ? demanda Wes, la panique dans sa voix et dans ses yeux.

Un cri aigu retentit quelque part dans le bâtiment, puis un bruit sourd résonna dans le couloir.

— Merde !

Virginia poussa un juron.

— Des démons ?

Wes se dirigeait déjà vers les escaliers.

— Nous devons les aider.

Elle lui saisit l'avant-bras, le faisant reculer d'un coup sec.

— Nous avons besoin d'armes.

Elle pivota, s'éloignant des escaliers et se dirigeant vers un autre couloir.

— L'arsenal se trouve par là. Dépêche-toi !

Elle fonça, son cœur battant dans sa gorge.

Les démons avaient-ils réussi à attaquer non seulement le bastion du conseil, mais aussi les autres bastions à travers le monde ? Si c'était le cas, elle se demandait si toutes les armes de l'arsenal suffiraient à les vaincre.

16

———

La fosse de l'enfer était un cratère rempli de goudron bouillonnant qui consumait tout ce qui avait la malchance d'y tomber. On ne pouvait pas y survivre ; c'était une mort lente et torturante. Tous les chefs des Démons de la Peur avant Zoltan l'avaient utilisée pour punir les traîtres de leur espèce, et elle était devenue un moyen de dissuasion utile. C'était pourquoi Zoltan aimait rassembler ses démons sur ses bords – pour leur rappeler ce qui se passerait s'ils n'exécutaient pas ses ordres. S'ils ne parvenaient pas à remplir leurs devoirs.

Et ils n'avaient pas réussi.

Pas cette fois-ci.

Ils avaient échoué lamentablement.

— Vous aviez des limiers, et pourtant, vous n'avez pas trouvé les intrus ! Beuglait Zoltan maintenant, sa voix tonnant dans l'espace caverneux.

Quelques centaines de ses démons se tenaient devant lui, la tête baissée, les yeux détournés. Ses autres adeptes, les milliers qui habitaient dans les nombreuses grottes des Enfers, entendraient bientôt parler de cette assemblée et s'estimeraient heureux de ne pas avoir fait partie des personnes chargées de pister les Gardiens de la Nuit qui s'étaient immiscés dans leur monde.

— Qui était responsable des chiens ? Avance !

La foule se déplaça. Zoltan se concentra dessus et observa un démon aux cheveux blond rosé qui se frayait un chemin à travers l'assemblée. Tout le monde semblait vouloir s'écarter de son chemin. Le démon qui supervisait les chenils et dressait les chiens se sépara de ses congénères et s'arrêta à quelques mètres de Zoltan après quelques instants.

Il s'inclina.

— Je suis Klaus, oh Grand Leader.

— Qu'as-tu à dire pour ta défense ?

— Nous avons fait tout notre possible. Les chiens ont repéré une odeur, mais c'était une diversion. Les Gardiens ont dû déguiser leur odeur. Nous n'avons pas pu anticiper cela.

Mauvaise réponse. Zoltan saisit Klaus par la gorge et le repoussa au bord de la fosse. Là, il lui lança un grognement.

— Des excuses ! Je ne veux pas entendre d'excuses. Tu comprends ça ?

— Oui, oh Grand Leader, rampa le démon.

— Maintenant, essaie encore une fois. Pourquoi as-tu échoué ?

— C'était ma faute. Entièrement la mienne.

Zoltan gloussa.

— C'est mieux.

Il jeta un regard en biais à ses sujets qui observaient l'échange avec crainte et trépidation.

— Que faisons-nous des hommes qui me font défaut ?

— On les tue, répondit la foule à l'unisson.

Satisfait que ses sous-fifres suivent toujours la ligne de conduite, Zoltan reporta son regard sur son prisonnier.

— As-tu entendu ce que tes frères exigent de moi ?

Klaus tremblait maintenant, sachant que son destin était scellé. Zoltan sentit la satisfaction rouler sur lui. Il ressentait la peur de l'autre démon, aimait la façon dont elle enveloppait l'homme comme un cocon. Mais ce n'était pas le genre de cocon qui protégeait. C'était le genre de cocon qui détruisait de l'intérieur. Parce que la peur affaiblissait. La peur minait. C'était pourquoi il l'aimait tant : elle transformait ses ennemis en imbéciles pleurnichards incapables de riposter.

Tout comme ce lâche tremblant ne se défendait pas.

Que Zoltan le relâche suffisait pour qu'il bascule en arrière dans la fosse de l'enfer, où le goudron liquide l'engloutirait, subissant une mort atroce. Sa mort servirait d'exemple à ses frères, leur apprenant que l'échec était inacceptable.

Zoltan poussa Klaus plus loin en arrière pour que le haut de son corps soit suspendu au-dessus de la fosse, ses jambes toujours ancrées au sol, mais en déséquilibre. Puis il commença à relâcher sa prise.

— Oh Grand Leader !

Zoltan jeta un coup d'œil par-dessus son épaule et vit Yannick se précipiter dans la grotte.

— Tu ne vois pas que je suis occupé ? Qu'est-ce qu'il y a ?

Yannick fit une révérence de pure forme, puis s'empressa de dire :

— Les hommes que tu as envoyés en mission, l'un d'entre eux est de retour.

Zoltan comprit tout de suite à quelle mission Yannick faisait référence. Il tira Klaus en arrière pour qu'il se tînt à nouveau debout.

— Un seul ?

— Oui, mon Grand Leader.

Il fit un signe vers le tunnel d'où il venait.

— Par ici.

Hochant la tête, Zoltan relâcha sa prise sur le cou de son prisonnier et se tourna pour rejoindre Yannick, lorsqu'il entendit Klaus soupirer de soulagement. Il tourna sur ses talons et lança un regard noir au démon.

— Mauvaise décision.

D'une main, Zoltan poussa Klaus en arrière, l'envoyant dans le vide.

Un cri désespéré se délogea de la gorge du démon alors qu'il tombait dans la fosse de l'enfer. D'autres cris suivirent. Des cris de douleur horrible et de désespoir. Mais Zoltan était déjà en train de sortir de la grotte. Même s'il voulait regarder son sujet souffrir, il avait d'autres tâches plus importantes à accomplir.

Ulric les attendait dans la salle du trône, la plus grande caverne des Enfers. Des flammes rouges scintillaient à travers les fissures des murs de pierre inégaux. Du gaz brûlait des appliques le long de celles-ci, et un trône de pierre massif trônait sur une plate-forme rocheuse, des escaliers menant à la grande salle où ses sujets s'assemblaient pour écouter le Grand Leader. Aujourd'hui, la grande salle était vide.

— Tu peux partir, Yannick, dit Zoltan sans le regarder.

Il attendit que les bruits de pas s'atténuent puis disparaissent complètement. Il regarda alors Ulric. Il semblait plus mal en point, ses vêtements déchirés et du sang vert suintant de diverses blessures.

— Tu es seul ?

Ulric hocha la tête.

— Où se trouvent les autres ?

— Morts, ô Grand Leader.

— Pourquoi ?

— Je n'en suis pas sûr. Nous nous sommes téléportés dans le bastion des Gardiens de la Nuit et nous nous sommes dispersés pour faire notre reconnaissance, quand j'ai entendu une alarme se déclencher, et des bruits d'hommes qui se battaient. Je ne peux que supposer que mes hommes ont été découverts.

Zoltan rétrécit ses yeux en signe de suspicion.

— Pourtant, tu t'es échappé. Quelle chance !

— J'ai essayé de les aider. J'ai fait tout mon possible. La confusion régnait. Trop de Gardiens de la Nuit couraient dans tous les sens, en direction de leur portail. J'ai attendu qu'ils partent dans l'espoir d'accéder à leur portail après eux.

— Humm.

Au moins, cela semblait une idée intelligente. La meilleure qu'Ulric eut probablement de toute sa vie.

— Et ?

— Ils ont lancé une séquence d'autodestruction.

Zoltan aspira une bouffée d'air.

— Ils ont volontairement détruit leur propre bastion ?

Ulric hocha la tête avec enthousiasme.

— Ils l'ont fait. Il ne restait plus rien du portail. J'ai eu de la chance d'en sortir vivant.

— Qu'est-ce qui t'a pris tant de temps pour revenir ? Je t'ai envoyé là-bas il y a plus de vingt-quatre heures.

— L'explosion. Elle m'a fait perdre connaissance. Je me suis dépêché de revenir dès que je suis revenu à moi.

Des pas précipités résonnèrent dans l'un des tunnels menant à la salle du trône. Zoltan fit claquer la tête dans sa direction et vit Vintoq courir vers eux.

— Je suis venu aussi vite que je l'ai entendu, ô Grand Leader, dit Vintoq. Yannick m'a informé que ton équipe de reconnaissance avait attaqué le bastion.

Zoltan tourna la tête vers Ulric, lui lançant un regard noir.

— Tu n'as pas dit que ton équipe avait attaqué en premier.

Les lèvres d'Ulric tremblaient et ses yeux se dirigèrent vers Vintoq, puis revenaient à Zoltan.

— Nous n'avons pas attaqué. J'ai dit à mes hommes de se montrer discrets. Je leur ai conseillé de se cacher, de ne pas utiliser leurs armes. Ils savaient que la mission consistait avant tout en une mission de reconnaissance. Je n'ai jamais donné l'ordre d'attaquer.

— Humm.

Zoltan étudia ses paroles. Ulric mentait-il pour sauver sa peau ?

Vintoq se mit à côté de Zoltan.

— Oh, Grand Leader, ce n'est pas ce qu'Yannick a entendu marmonner par Ulric lorsqu'il est sorti du vortex à son arrivée ici.

— Non !

Ulric protesta et chercha les yeux de Zoltan.

— Tu dois me croire. Je n'ai rien fait de mal. J'ai suivi tes instructions à la lettre.

— Il ment. Punis-le !

Vintoq exigea et tendit la main vers la gorge d'Ulric. Ulric recula.

— Il y a autre chose, dit Ulric, son regard basculant à nouveau sur Zoltan, la panique évidente. Dans ma poche. J'ai trouvé quelque chose juste avant que l'endroit n'explose. Juste à l'extérieur de ce qui ressemblait à une salle de conférence.

— Mensonges ! siffla Vintoq et il serra la gorge d'Ulric, le faisant s'étouffer.

Zoltan s'avança et mit la main dans la poche d'Ulric. Il en tira un appareil brillant. Un téléphone portable recouvert d'un boîtier argenté.

— Vintoq, arrête. Relâche-le !

Vintoq lança un regard à Zoltan, de la défiance jaillissant de ses yeux.

— Mais, oh Grand Leader. C'est un échec. Il n'a pas suivi tes ordres.

Ulric lutta pour trouver de l'air, griffant Vintoq avec désespoir.

— Laisse-le partir ! répéta Zoltan. Ou tu subiras son sort à sa place.

Immédiatement, Vintoq relâcha sa victime. Ulric toussait et respirait fort, aspirant de profondes bouffées d'air dans ses poumons.

Zoltan souleva le téléphone portable, le montrant à Vintoq.

— Ceci compensera largement la mission ratée.

Il alluma le portable et fit défiler sa liste de contacts. Des dizaines de noms et de numéros. Une véritable mine d'or.

Il releva la tête et regarda Ulric.

— Malgré l'échec de ton équipe, tu t'es bien débrouillé.

Parce que ce téléphone valait mieux qu'un plan de l'enceinte des Gardiens de la Nuit.

— Félicitations. Tu vas pouvoir vivre.

Pour l'instant.

17

Armé de deux poignards, Wes s'élança à la suite de Virginia, qui avait déjà atteint la porte de la cuisine d'où provenaient de forts bruits de coups et de voix. Elle regarda par-dessus son épaule et lui fit un signe de tête. Elle portait elle aussi des armes et, à en juger par l'expression féroce de son visage, elle semblait prête à se battre jusqu'à la mort.

Virginia mit la main sur la poignée de la porte, mais Wes l'arrêta et murmura :

— Fumée.

Il posa sa paume sur la porte pour sentir sa température, mais, à son grand soulagement, elle était fraîche.

— C'est froid.

Au moins, ils éviteraient un refoulement, même s'ils ignoraient ce qui les attendait.

— Je vais prendre la gauche, tu prends la droite, indiqua Virginia.

Wes acquiesça, puis Virginia arracha la porte et fonça à l'intérieur. Il la suivit dans la pièce, la fumée lui faisant immédiatement monter les larmes aux yeux. Pourtant, il se préparait à se battre, même s'il avait du mal à garder les yeux ouverts.

— Ugh !

Quelqu'un toussa.

Le son résonnait, il provenait d'une femme, il en était convaincu.

— Virginia ?

Un autre son, cette fois-ci un bruit sourd, puis des cliquetis et le bruit d'une hotte.

Puis un bruit sourd et les sons de deux personnes qui se battaient au corps à corps.

— Putain !

Cette fois, Wesley reconnut la voix féminine.

— Enya ?

Il fonça vers la mêlée, capable de voir les contours des deux personnes qui se battaient.

— Merde, Virginia ! Lâche-la. C'est Enya.

La fumée se dissipait maintenant, aspirée par la puissante hotte au-dessus de la cuisinière.

Il atteignit Virginia et Enya au moment où Virginia lâcha sa camarade Gardienne de la Nuit.

Enya trébucha en arrière.

— Qu'est-ce que c'était que ce bordel ?

Elle lança un regard à Virginia, ses yeux miroirs de fureur.

Par la porte ouverte, Wes perçut le bruit de pas qui se rapprochèrent rapidement.

— L'alarme, expliqua rapidement Wes en tournoyant vers la porte, ses dagues prêtes. Les démons vous attaquent.

— Quoi ? s'étrangla Enya.

Deux hommes firent irruption : Logan et Manus.

— Qu'est-ce qui se passe ici ? cria Logan.

Virginia, qui respirait difficilement, se précipita aux côtés de Wesley.

— Nous avons entendu l'alarme et nous avons supposé que le bastion était attaqué.

Manus s'arrêta et rit.

— Ce n'était qu'une des tentatives d'Enya pour cuisiner.

— Merde, c'était l'alarme incendie ? demanda Wes en tournant la tête vers Virginia, qui fixa les deux hommes, bouche bée.

— Ce n'est pas la peine de rire, espèce d'âne, s'emporta Enya derrière eux. Ce n'est pas de ma faute si les crêpes ont brûlé. J'essayais juste de les garder au chaud.

Logan se dirigea vers la cuisinière. Sur les brûleurs trônait un plateau contenant des crêpes qui ressemblaient aux pierres de lave des Enfers, non pas par leur couleur, mais par leur température : elles dégageaient encore une épaisse fumée. Logan gloussa et désigna les commandes du four, dont la porte restait encore ouverte.

— Tu sais ce que signifie griller, Enya, n'est-ce pas ?

Il tourna le bouton en position d'arrêt et tourna le dos au four.

Enya grogna quelque chose d'inintelligible.

— Bon, ce n'est quand même pas une raison pour débarquer ici et m'attaquer. J'étais en train de m'en occuper.

Elle désigna l'extincteur qui gisait sur le sol.

Virginia cala ses mains sur ses hanches et lança un regard noir à Enya.

— Eh bien, excuse-moi de vouloir sauver votre bastion d'une attaque de démons !

— Pourquoi on ne se calmerait pas tous, hein ?

Le conseil venait d'Aiden, qui venait d'apparaître à la porte.

— On a d'autres chats à fouetter que les crêpes immangeables d'Enya.

Il tourna son regard vers Wesley.

— Tu es vivant.

Et comme s'il ne remarquait Virginia que maintenant, il fit rapidement un geste vers elle et ajouta :

— Toi aussi, conseillère.

Wes acquiesça.

— Ça a été un sacré voyage.

— Nous avons eu vent de l'attaque contre le fief du conseil. Personne n'avait de nouvelles de vous deux. Nous ne pensions pas que vous vous en étiez sortis.

— Oui, et je peux dire à quel point vous vous trompiez tous sur ce sujet, dit Virginia d'une voix glaciale.

Aiden lui jeta un regard de travers.

— Sans vouloir t'offenser, conseillère, nous n'étions pas en train de pleurer, mais nous avons consacré nos efforts à renforcer nos défenses pour protéger notre propre bastion. Nous avons verrouillé tous les bastions du monde ; nous fonctionnons tous selon le protocole d'urgence.

Virginia acquiesça et prit une respiration visible.

— Très bien. Qu'en est-il du reste du conseil ? Ont-ils tous réussi à rejoindre leurs refuges ?

Aiden acquiesça.

— Je viens de parler à mon père il n'y a pas une heure. Aucune perte à signaler. Mais personne ne quittera la sécurité du bastion pendant un certain temps.

— Et ici ? demanda Wes. Tout le monde est là ?

— Hamish ramène Tessa de la mairie en ce moment même. Une réunion importante l'attendait, et elle ne pouvait pas la manquer. Jay et Sean ont emmené leurs protégés dans une maison sécurisée et y resteront avec eux jusqu'à ce que l'affaire se tasse. Pearce se trouve au centre de commandement, surveillant tous les messages qui arrivent des autres bastions.

— Et Leila ? demanda Wes, surpris qu'Aiden n'ait pas encore parlé de sa femme.

— Elle s'est sentie malade ce matin. Elle se repose dans nos quartiers.

Il fit un signe à Enya en souriant.

— C'est pourquoi Enya s'est portée volontaire pour cuisiner, avec des résultats catastrophiques, si je puis me permettre.

— Pourriez-vous arrêter de parler de mes talents en cuisine ?

Enya craqua et lança un regard à ses collègues.

— Et si la conseillère Robson n'avait pas emmené Wesley, je n'aurais pas eu à cuisiner, n'est-ce pas ?

— Je suis là, martela Virginia entre ses dents serrées. Et je ne tolérerai pas ton insubordination.

— Eh bien, je devrais peut-être porter plainte contre toi pour m'avoir attaqué à l'improviste alors que tu pouvais clairement voir que c'était moi ! Qu'est-ce que ça donnerait sur ton dossier impeccable, hein, conseillère ?

Enya rétrécit les yeux, mettant Virginia au défi de répondre.

Et, selon ce que Wesley observait, Virginia allait réagir, ce qui ne ferait qu'envenimer la situation.

— Peut-être que tu peux donner un peu de mou à ta conseillère, vu qu'elle vient de faire un voyage aux Enfers et qu'elle en est à peine sortie vivante.

Cela fit taire tout le monde.

Logan siffla entre ses dents.

— Putain, t'es sérieux ? demanda Aiden, son regard rebondissant entre Wesley et Virginia comme une balle de ping-pong dans un espace confiné.

— C'est impossible, croassa Manus.

— Comment ? demanda Enya. Personne n'est jamais allé dans leur monde.

— Nous serons heureux de vous donner une mise à jour complète et... dit Wes.

— Réunissez tout le monde dans la salle de commandement, je vais vous briefer, l'interrompit Virginia.

Les quatre Gardiens de la Nuit marchaient déjà vers la porte et le couloir, quand Virginia attrapa le bras de Wesley et le retint.

— Tu ne vas pas m'exclure, n'est-ce pas ? demanda-t-il.

Autant dire qu'elle lui avait sauvé la vie.

— Ce n'est pas mon intention. Mais tu dois comprendre une chose : ce n'est pas toi qui commandes ici. C'est mon domaine.

Wes leva un sourcil.

— Tu es inquiète. Quelque chose que je devrais savoir ?

— N'oublie pas que tu es toujours prisonnier, même si je ne t'enferme pas.

Il s'apprêtait à répondre, quand Aiden appela :

— Vous venez ?

— Oui ! répondit Wes et il se précipita dans le couloir, rattrapant les autres.

Logan parlait au téléphone.

— Retrouve-nous au centre de commandement. Oui, dans dix minutes.

Il coupa la communication.

— Hamish sera de retour dans quelques minutes.

— Bien, ça nous évitera de devoir raconter l'histoire deux fois, dit Wes.

— J'ai hâte d'en entendre parler, dit Aiden en donnant une tape dans le dos de Wesley. Je suis vraiment content que tu sois arrivé. Nous avons tous eu un peu peur quand le conseil nous a annoncé ta disparition. Ils soupçonnaient que tu étais impliqué dans l'attaque des démons et que tu avais peut-être tué Virginia.

— J'espère que tu n'as pas cru ça.

Aiden haussa les épaules.

— La partie où tu as aidé les démons, peut-être. Mais quand mon père a dit qu'on croyait Virginia morte et que tu l'avais peut-être tuée, j'ai su qu'il avait tort.

Il se pencha et baissa la voix.

— Tu ne tuerais pas la femme dans le pantalon de laquelle tu veux entrer, n'est-ce pas ?

— C'est vrai.

Même si en ce moment, il était un tantinet énervé contre la femme dont il était déjà entré dans le pantalon, parce qu'elle le traitait comme s'il ne représentait rien pour elle. Mais ce n'était pas les affaires d'Aiden. Il s'en occuperait plus tard.

Hamish se présenta comme promis et les rejoignit au centre de commandement seulement dix minutes plus tard – sans Tessa. Il l'avait emmenée voir Leila au cas où elle aurait besoin de quelque chose. Pearce était assis à la console, gardant un œil sur les messages qui s'affichaient sur les différents écrans. Aiden avait tiré plusieurs chaises autour de la console pour que tout le monde pût s'asseoir. Wes, cependant, sauta sur un bureau et s'y assit à la place, tandis que Virginia s'appuya contre le bureau, gardant ses distances comme si elle ne voulait pas s'approcher trop près.

— Bon, je vais vous donner l'essentiel, commença Virginia qui se lança dans le récit de leur calvaire dans le monde souterrain, y compris la façon dont ils s'étaient échappés. Elle omit toutefois les évènements survenus plus tard au motel.

Une fois ou deux, un gardien l'interrompit pour clarifier une partie de l'histoire, mais la plupart d'entre eux écoutaient attentivement, s'imprégnant de chaque mot. Après avoir secoué la tête, poussé des exclamations d'admiration et prononcé une quantité considérable de jurons, Virginia avait mis les autres gardiens au courant des événements qui s'étaient déroulés dans l'antre des démons.

Un moment de silence s'installa. Puis Aiden dit :

— Je me souviens avoir entendu les pensées de Zoltan dans le vortex quand nous étions en train de sauver Leila. C'est exactement comme tu l'as décrit.

— J'ai lu le rapport il y a un moment, dit Virginia, mais je n'avais pas réalisé que c'était toi.

— Non pas que ces connaissances nous aient aidés en quoi que ce soit, répondit Aiden. Je pense que ce que Wes a découvert est bien plus précieux.

Wesley releva le menton.

— Tu parles de ma théorie sur l'origine des portails perdus ?

Hamish s'écarta de la console sur laquelle il était appuyé.

— J'ai trouvé le premier des portails perdus il y a plus d'un an. Depuis, j'essaie de comprendre comment ils ont pu voir le jour.

Il regarda Virginia.

— Conseillère Robson, je suis sûr que tu te souviens des histoires des Jours Sombres, quand nous avons perdu plusieurs de nos bastions, non seulement à cause de démons, mais aussi à cause de guerres humaines et de catastrophes naturelles. Je soupçonne que les humains ont réutilisé les vieux rochers qui dissimulaient les entrées de nos portails pour construire d'autres structures : des ponts, des monuments, des églises, des entrepôts.

— C'est logique, dit Wes, après tout, il était difficile de trouver de la roche extraite. Les gens ont dû réutiliser tout ce dont ils disposaient, surtout après une guerre.

— Nous devons en informer les membres du conseil, ajouta Virginia.

— Je le fais en ce moment même, confirma Pearce en pianotant sur son clavier.

— Bien. Passons maintenant à autre chose : le conseil suspecte-t-il une méthode par laquelle les démons ont pu trouver et pénétrer dans le bastion ? demanda Virginia.

— Tu veux dire à part le fait qu'on croyait que Wesley les a conduits là-bas ? répliqua Manus.

Logan lui donna un coup de coude dans les côtes et lui marmonna quelque chose d'inintelligible.

— Désolé, on est tous un peu énervés.

— Le conseil n'a aucune piste pour l'instant, dit Pearce en montrant l'écran de l'ordinateur. Mais les autres bastions ont émis de nombreuses théories.

— Je tiens à les entendre, exigea Virginia.

Pearce regarda l'écran et commença.

— Trahison d'un membre du conseil.

Virginia grogna.

— Tu le sais, Virginia, ça a déjà été fait, déclara Aiden.

Virginia fit un signe à Pearce.

— Continue, quoi d'autre ?

— Une compagne humaine soumise au chantage d'un démon. La torture d'un émissaire. La trahison d'un gardien devenu démon. L'imprudence d'un gardien qui se rendait dans le bastion. Une coïncidence.

— Une coïncidence ? répéta Wes en fronçant les sourcils.

Pearce haussa les épaules.

— Un aveugle peut peut-être faire mouche – s'il vise assez souvent. C'est la loi des probabilités. Les démons sont sur notre dos depuis assez longtemps.

— Irréaliste, répondit Virginia d'un air dédaigneux. D'autres théories ?

— C'est quoi un émissaire ? demanda Wes, en se rappelant le mot que Pearce avait lancé plus tôt.

— Un humain qui travaille pour nous, qui nous espionne, qui nous tient au courant des informations importantes, expliqua Aiden. Ils savent qui nous sommes, et ils nous sont loyaux. Mais ils ne trahiraient jamais les membres du conseil.

— Pourquoi ?

— Parce qu'ils ne savent pas où ils se trouvent, répondit Virginia à la place d'Aiden.

Wes lui jeta un regard de travers.

— Alors comment font-ils pour vous contacter quand ils ont des nouvelles pour vous ?

— On leur donne un numéro de téléphone à appeler, et nous prenons contact avec eux lorsque c'est sûr.

— Le numéro, réfléchit Wes, peut-on le tracer ?

— Non, déclara Pearce avec fermeté. Pas la moindre chance.

Cela ne laissait pas beaucoup de théories viables.

— Virginia, tu as dit que la compagne d'un gardien ne saurait pas où se trouve le fief du conseil, c'est ça ?

Wes ne la regarda pas, mais se tourna vers les autres, qui, à sa grande surprise, le fixaient tous soudain comme s'il venait de commettre le plus grand des faux pas. Il jeta rapidement un coup d'œil à Virginia, qui lui lançait un regard sévère.

— La conseillère Robson a raison, confirma Aiden.

Wesley comprit alors pourquoi tout le monde le regardait comme s'il lui avait poussé des cornes. Il avait appelé Virginia par son prénom.

— Oh, pour l'amour du ciel, les gens, maugréa Wes. Pourquoi sommes-nous en train de faire des manières ? Nous pourrions tous être morts demain, pour ce que nous en savons. Alors, ne nous mettons pas dans tous nos états parce que j'ai appelé la conseillère Robson par son prénom. Je pense qu'après l'avoir sauvée des démons, je l'ai mérité.

Pendant une seconde, tout le monde sembla retenir son souffle, puis Virginia regarda les gardiens et dit :

— Je suppose que cela facilite les choses pour tout le monde. Oubliez de m'appeler conseillère.

Quand tout le monde acquiesça, elle s'adressa de nouveau à Wesley.

— Tu disais ?

— Les compagnes humaines des gardiens. Bien qu'elles ne connaissent pas l'emplacement du fief du conseil, elles devraient connaître l'emplacement du bastion où elles ont vécu avec leur compagnon, n'est-ce pas ?

Aiden et Hamish redressèrent tous deux les épaules.

— Qu'est-ce que tu insinues ? siffla Hamish.

— Nos femmes sont irréprochables, grogna Aiden.

Wes leva les mains dans un mouvement de défense. Il n'avait pas l'intention de se mettre Aiden et Hamish à dos.

— Je ne voulais pas suggérer que vos épouses feraient quoi que ce soit pour vous faire du mal, à vous ou à votre espèce. Mais je suis convaincu que vous n'êtes pas les seuls gardiens à entretenir une relation avec une compagne humaine. Chacune d'entre elles pourrait représenter un maillon faible que les démons pourraient exploiter.

— Humm.

Hamish croisa les bras sur sa poitrine.

Aiden fit de même.

Wes soupira.

Manus se leva à présent de sa chaise.

— Ne t'inquiète pas pour ces deux-là. Ils protègent simplement leurs femmes. Mais comme je suis objectif, je peux suivre ta logique.

Hamish se moqua de la remarque de Manus.

— Ce serait une première.

Manus lui jeta un regard fermé, puis dit :

— Alors, Wes, ce que je crois que tu dis, c'est que les démons ont pu atteindre l'une des compagnes humaines, peut-être même sans qu'elle le sache, peut-être en la suivant tout simplement.

— Exactement. Elle ignorait peut-être qu'on la suivait. Elle a peut-être conduit par inadvertance un démon à l'un des bastions, où le démon a trouvé le portail et a accédé au fief du conseil à partir de là. N'est-ce pas possible ? Je veux dire qu'ils peuvent accéder à un portail avec leurs pouvoirs ?

— Nous n'en sommes pas sûrs. En tout cas, aucune alerte n'a été déclenchée, déclara Virginia.

— Et si les démons pouvaient désactiver l'alarme ?

— Humm. Mais ils devraient avoir un Gardien de la Nuit avec eux dans le portail pour le faire fonctionner.

Wes réfléchit à l'affirmation de Virginia. Elle l'avait dit lorsqu'elle l'avait transporté dans l'enceinte du conseil.

— Peut-on entrer dans le bastion par un autre moyen ? Ça a l'air une question idiote, mais as-tu vérifié la porte d'entrée ? Il y a une porte d'entrée ?

Les gardiens hésitaient, puis leurs regards se tournèrent vers Virginia pour obtenir son approbation.

Finalement, Hamish répondit :

— Nous avons des portes, tout simplement parce que nous ne pouvons pas faire passer des humains ou d'autres créatures, comme des sorciers, à travers les murs. Donc, si nous arrivons dans le bastion autrement que par un portail, nous devons utiliser l'une des entrées normales pour faire entrer l'humain. Cela n'arrive pas souvent, car les humains ne sont pas autorisés à entrer dans les bastions.

— Autres que les compagnes humaines, précisa Virginia.

— Oui, consentit Hamish. Nos compagnes humaines doivent de temps en temps utiliser les portes. Mais cela ne veut pas dire que les démons pourraient les trouver.

— Pourquoi pas ? Demanda Wes.

— Parce que les bastions sont invisibles.

Le menton de Wesley s'abaissa.

— Tu veux dire que tout ce bâtiment – il fit un mouvement d'ensemble avec ses mains – est invisible ?

Hamish acquiesça.

— Les vieilles runes que tu vois partout, plus notre virta, notre force vitale, le gardent caché. Les démons ne peuvent pas le voir. Les humains non plus. Ni les sorciers.

— Mais il est là, n'est-ce pas ? Tu peux encore le sentir. Tu peux te heurter à lui."

— Un sort de protection enveloppe tout le bâtiment, qui empêche quiconque de vouloir s'approcher. Ils ne seraient même pas conscients de l'éviter. Ils se contenteraient de faire demi-tour et de partir dans l'autre sens.

— Plutôt sympa, dut admettre Wes. Et tu es sûr que ce sort fonctionne sur les démons ?

Les gardiens échangèrent des regards pleins d'appréhension.

— Vous ne le savez pas ? Alors, les démons pourraient être immunisés contre ce sort, et ils se sont peut-être suffisamment rapprochés du complexe pour trouver un moyen d'y entrer.

— C'est de la pure spéculation, déclara Hamish.

— De même pour tout le reste, dit Logan calmement. Je propose que nous procédions de manière systématique. Nous prenons tous une théorie et nous travaillons dessus. La trahison d'un gardien devenu démon, la compagne d'un gardien suivi, un membre du conseil véreux, un émissaire compromis et un gardien négligent. Ça marche pour tout le monde ?

Comme personne ne protestait, Logan se tourna vers Pearce.

— Sors-nous les listes de tous les émissaires de notre zone, de tous les compagnons humains du monde entier, et de tous les membres du conseil, anciens et actuels, s'ils sont encore en vie.

— Aussi, tous les gardes qui ont déjà servi dans le fief du conseil, ajouta Virginia.

Logan acquiesça.

— Bonne idée. Et envoie un mot aux autres bastions pour qu'ils compilent un rapport sur les rencontres entre les gardiens et les émissaires au cours des sept derniers jours, disons.

— J'ai compris, répondit Pearce. La liste des émissaires de notre zone sera la plus rapide. Vous l'aurez dans deux minutes. Vous pouvez vous y mettre pendant que je travaille sur les autres listes.

Wesley sauta du bureau. Il aimait la façon dont les gars d'ici s'unissaient quand c'était nécessaire. Ils lui rappelaient ses amis de Scanguards – et le fait qu'il ne les avait pas encore appelés pour leur dire qu'il était en vie.

— Et une autre chose, ajouta soudain Virginia. Ne dites à personne que Wesley et moi sommes en vie. Pas même aux membres du conseil. Si nous avons vraiment un traître aussi haut placé, il vaut mieux qu'ils croient que le sorcier et moi sommes morts.

Wes croisa le regard de Virginia. Une réflexion intelligente.

Lorsque tout le monde acquiesça puis se regroupa autour de la console de l'ordinateur, il se pencha vers Virginia et murmura :

— Mon nom est toujours Wesley, ou tu as oublié ?

— Je n'ai rien oublié.

18

Virginia ne put pas s'empêcher d'être impressionnée. Quelques heures après l'arrivée de Wesley et elle au complexe de Baltimore, tout le monde était profondément plongé dans l'enquête sur l'attaque du fief du conseil. Ils s'étaient répartis dans le centre de commandement, travaillant sur les ordinateurs et les téléphones, et surveillant les messages qui arrivaient du monde entier.

Virginia travaillait sur la liste des membres du conseil passés et présents, lorsque la porte du centre de commandement s'ouvrit soudain. Deux femmes entrèrent : Leila et Tessa. Elles portaient des plateaux contenant de la nourriture. L'arôme lui parvint et elle réalisa à quel point elle avait faim.

— C'est l'heure du déjeuner, tout le monde, annonça Leila.

Les gardiens se levèrent de leurs chaises et se dirigèrent vers la table le long du mur, où Leila et Tessa plaçaient les plats, et commencèrent à saisir des assiettes et à y entasser de la nourriture.

Virginia se réjouit de cette pause. Elle regarda autour d'elle à la recherche de Wesley et l'aperçut qui attendait son tour pour la nourriture. Il ne lui avait pas adressé la parole depuis qu'il l'avait réprimandée pour avoir oublié son nom et l'avoir appelé «sorcier». C'était une tentative pour faire croire aux autres gardiens qu'il ne s'était rien passé entre Wesley et elle.

Elle avait voulu expliquer les règles de base à Wesley tout à l'heure pour qu'il comprenne pourquoi elle devait rester distante avec lui devant les autres, mais ils avaient été interrompus par Aiden, et ils n'avaient pas trouvé de bon moment depuis.

Virginia se dirigea vers la table et s'arrêta derrière Wesley. Attrapant une assiette, elle se pencha et murmura :

— Il faut qu'on parle plus tard.

Il jeta un coup d'œil par-dessus son épaule.

— À propos de quoi ?

De toute évidence, il n'allait pas rendre les choses faciles. C'était juste. Elle ne pouvait pas vraiment lui reprocher sa réaction glaciale.

— Sur la façon dont les choses doivent être à partir de maintenant, dit-elle.

— Et qui en décide ?

Elle ouvrit la bouche, mais hésita, ne sachant pas trop comment répondre. La réponse était simple : c'était elle qui dirigeait. Mais en présence de Wesley, elle n'avait pas l'impression de contrôler la situation. Elle se sentait... peu sûre d'elle. Il lui faisait remettre en question ses actions, ses croyances, ses objectifs. Personne ne l'avait jamais fait, et maintenant cet homme, ce sorcier, qui manquait de force, lui tenait tête comme personne avant lui.

— Hé, les gars, vous devez voir ça, cria Pearce depuis la console de commandement où il était assis en train d'engloutir sa nourriture.

Virginia se retourna et marcha vers lui, tandis que plusieurs des autres faisaient de même. Elle s'arrêta derrière le fauteuil de Pearce.

— C'est à propos de Faldo.

Il fit sauter une fenêtre sur l'un des écrans.

— Faldo ? demanda Virginia.

— Un émissaire ici à Baltimore.

Il augmenta le volume, et Virginia se concentra sur l'écran. Une journaliste se tenait devant une maison. Des policiers envahissaient la propriété, et deux hommes sortaient un brancard : il portait un sac mortuaire noir.

— Merde ! siffla Hamish à côté d'elle.

— Environ une heure plus tôt, commença la journaliste à l'écran, la police est arrivée dans ce manoir derrière moi, qui appartient à Anton Faldo, un homme d'affaires qui entretenait des liens avec le crime organisé. Sa femme de ménage l'a retrouvé mort plus tôt dans la journée. Les rapports indiquent qu'il gisait dans une mare de sang dans son bureau, et que des intrus avaient saccagé la maison. L'heure du décès n'est pas encore claire, mais une déclaration de sa femme de ménage, qui était en vacances depuis une semaine, affirme que la victime vivait seule. On peut donc envisager que des tueurs ont tué M. Faldo il y a plusieurs jours. En ce qui concerne la cause du décès, la police n'a pas encore communiqué de détails. Cependant, les premières indications montrent qu'une attaque de la mafia s'est produite.

Derrière elle à l'écran, une femme blanche âgée sortit de la maison, le visage baigné de larmes. Communiquant avec son producteur hors caméra, la journaliste murmura quelque chose, puis regarda par-dessus son épaule, apercevant la femme.

— Et voici la femme de ménage, Mme... euh... Jefferson.

Elle se retourna et fit un pas sur le chemin de la femme.

— Êtes-vous madame Jefferson, la femme de ménage de monsieur Faldo ?

Surprise, la femme s'arrêta, pencha la tête en direction de la caméra, puis revint vers la journaliste. Un peu timidement, elle hocha la tête.

— Carol Jefferson, oui.

Elle sortit un mouchoir en papier de la poche de son manteau et se tamponna les yeux.

— Pouvez-vous nous dire quelque chose sur ce qui a pu arriver à votre employeur ?

Ses lèvres tremblaient, mais elle répondit :

— Je n'étais pas là. Il m'a donné la semaine de congé. Vous savez.

Un sanglot s'échappa de sa poitrine.

— Parce qu'il devait partir. Cela n'aurait jamais dû arriver. Il n'était même pas censé être à la maison.

Visiblement désemparée, la femme de ménage se moucha dans le mouchoir en papier.

La journaliste se retourna vers la caméra.

— Comme vous pouvez le constater, la mort de monsieur Faldo a surpris tout le monde. Nous allons rester sur cette histoire...

Pearce mit le volume en sourdine.

Des jurons rebondissaient sur les murs. Hamish expira vivement.

— C'est Faldo qui nous a alertés sur le fait que Tessa avait besoin de protection.

Il passa son bras autour de sa femme, qui se rapprocha de lui, les larmes aux yeux.

— Je me sens tellement mal, murmura Tessa. Pendant si longtemps, j'ai pensé qu'il n'était qu'un autre mafieux qui profitait de cette ville et de ses habitants, mais il valait mieux que ça. Il s'occupait de moi, de nous.

Hamish déposa un baiser sur le sommet de son crâne.

— Je sais. C'est pourquoi nous allons découvrir ce qui s'est passé. Je te le promets.

Puis il regarda Virginia droit dans les yeux.

— Malheureusement, les démons ont peut-être pu le relier à nous. Ils connaissaient quelqu'un de proche de Tessa qui savait que Faldo était celui qui avait négocié le marché pour sa protection. Lorsque nous avons découvert qui c'était, il était trop tard. Le nom de Faldo aurait pu facilement être transmis aux démons.

Il se maudit.

— C'est ma faute. J'aurais dû le faire déplacer immédiatement.

Virginia fit un mouvement dédaigneux de la main.

— Ne perdons pas de temps sur ce qui aurait pu être.

Elle pointa l'écran du doigt.

— Nous devons découvrir ce que les démons cherchaient chez lui. La journaliste a omis de mentionner la torture subie par Faldo.

— On peut s'en rendre compte assez facilement, déclara Hamish, et il désigna Logan du doigt. Peux-tu descendre à la morgue et jeter un coup d'œil au corps ?

— Je suis capable de le faire, déclara Logan.

— Je vais chez lui, déclara Hamish.

— Pas tout seul, interrompit Virginia. Prends deux gardiens avec toi. Ce sera plus rapide et plus sûr.

—Très bien. Enya, Manus, vous m'accompagnez.

Pearce pivota sur sa chaise.

— Je vais consulter les journaux pour voir avec qui Faldo a parlé ces derniers jours.

Il était déjà en train de taper sur son clavier.

— Je peux aller avec Hamish, dit Wes soudainement.

Virginia le regarda fixement.

— Tu ne vas pas quitter ce...

— Écoute-moi bien, interrompit-il. Si je vais avec eux, je peux utiliser la sorcellerie pour peut-être trouver des traces du coupable. Et peut-être même ce qu'ils cherchaient.

Virginia hésita. Permettre à un prisonnier de se promener librement dans le bastion était une chose, mais le laisser sortir avec son sac à malices, c'était enfreindre les règles à un niveau sans précédent.

— Il a tenu parole la dernière fois, interrompit Aiden. Et il est compétent. Sa magie fonctionne.

Elle le savait, elle l'avait vu de ses propres yeux. Mais pouvait-elle prendre le risque de le laisser en liberté ? Et si quelque chose tournait mal ? Et s'il était blessé ?

Ses propres pensées la surprenaient. S'inquiétait-elle pour Wesley ?

— Allez, Virginia, après tout ce que nous avons traversé, je pense que tu me dois un peu de confiance.

Il la regarda avec ses yeux bleus de bébé, et elle savait à quoi il faisait référence. Non seulement il lui avait sauvé la vie, mais aussi elle s'était abandonnée à lui au lit, et il n'avait pas profité de sa vulnérabilité. Elle se sentait en sécurité avec lui.

Lentement, elle hocha la tête.

— Mais je viens avec toi.

— Non !

La protestation ne vint pas de Wesley, mais de Pearce.

— Excuse-moi ?

— Nous avons besoin de toi ici, clama Pearce en désignant l'écran.

— Qu'est-ce que c'est ? demanda Virginia, instantanément alarmée.

— Le dernier contact de Faldo avec notre espèce était un membre du conseil.

Merde !

— Nous devons accéder aux détails sur les personnes qu'il a rencontrées et sur les sujets abordés.

Virginia prit une respiration tremblante.

— Tu penses qu'un membre du conseil pourrait être impliqué dans ça ?

— Je ne porte aucune accusation, dit Pearce avec prudence. Mais c'est une piste que nous devons suivre. Que tu le veuilles ou non. La situation est délicate. Ce serait préférable que ce soit toi, en tant que membre du conseil, qui t'en occupes.

— Tu as raison.

Elle regarda Wesley.

—Tu iras avec Hamish, Enya et Manus. Sois prudent.

Puis elle relia son regard à celui de Hamish.

— Et toi, veille à ce que Wesley reste en sécurité. Il est précieux.

À plus d'un titre.

19

———————

C'était officiellement le cinquième voyage de Wesley dans le portail des Gardiens de la Nuit, et il s'y habituait de plus en plus. Peut-être que ce n'était pas une si mauvaise façon de voyager après tout. Ou peut-être que le fait qu'il fut agrippé à son sac à dos, qui contenait tous ses outils de sorcellerie, rendait le voyage supportable.

Après le transport vers un entrepôt quelque part à Baltimore, Hamish les guida à une voiture garée à proximité, et avec Manus et Enya, ils partirent.

Anton Faldo vivait dans une banlieue chic de Baltimore, parmi de grandes demeures aux pelouses manucurées et aux arbres matures donnant de l'ombre.

Hamish s'arrêta à un pâté de maisons de la maison et coupa le moteur. Plusieurs véhicules de la police et de la police scientifique étaient encore garés à l'extérieur, mais ils semblaient en train de plier bagage. La camionnette du médecin légiste était déjà partie.

— Nous allons attendre ici, jusqu'à leur départ, décida Hamish. Ça ne devrait plus tarder.

Wesley s'était assis sur le siège passager et se tourna sur le côté maintenant, pour pouvoir regarder les trois Gardiens de la Nuit.

— Alors, j'en déduis que Anton Faldo est un être humain ?

Hamish acquiesça d'un signe de tête.

— C'était un humain.

— Et un émissaire, un espion.

— Il a travaillé pour nous, oui, déclara Hamish.

— Et il savait qui vous êtes ? demanda Wes.

— Faldo le savait, répondit Hamish.

— Mais ce n'est pas le cas de tous, précisa Enya. Nous avons confié nos secrets à certaines personnes, principalement parce qu'elles les ont trouvés d'une manière ou d'une autre. D'autres ignorent tout de notre identité ou de nos activités. Et nous essayons de faire en sorte que cela reste ainsi.

Wesley acquiesça.

— C'est un peu ainsi que nous fonctionnons à Scanguards alors. Des humains savent pour les vampires. Mais nous comptons aussi sur des gens qui travaillent pour nous dans nos divisions humaines, mais qui ignorent pour qui ils travaillent vraiment.

Hamish se tourna vers lui.

— Alors, combien sont-ils à Scanguards ?

— Combien de vampires ?

— Oui.

— À San Francisco, ils sont assez nombreux, plus des hybrides, des humains, et bien sûr, moi, un sorcier. Mais nous avons établi des bureaux dans plusieurs grandes villes américaines, même si San Francisco constitue notre principale plaque tournante. Avant, c'était New York, mais comme Samson, le patron, vit à San Francisco avec sa famille, les choses se sont déplacées."

— Sa famille ?

Manus reprit la parole depuis la banquette arrière.

— Tu veux dire qu'il est marié ou ce que les vampires appellent ça ?

— Lié par le sang, oui, à une humaine en fait. Trois enfants, tous adultes maintenant.

Manus échangea un regard avec ses deux collègues.

— Je croyais que les vampires ne pouvaient pas procréer.

— Ils peuvent le faire s'ils établissent un lien avec un humain. Mais même entre deux vampires, c'est possible maintenant. C'est une longue histoire, mais...

— Je crains que tu ne doives nous le dire une autre fois, interrompit Hamish en pointant du doigt à travers le pare-brise. Le domicile de Faldo est libre. Nous ferions mieux d'y aller.

Il fit un signe à Enya et à Manus.

— Je veux que vous vous occultiez toutes les deux et que vous vous dirigiez vers la maison. Wesley et moi sortirons normalement de la voiture, et une fois que j'aurai vérifié qu'on ne nous observe pas, je nous rendrai invisibles. Nous vous retrouverons à l'arrière de la maison de Faldo.

— J'ai compris, répondit Manus.

Un instant plus tard, Enya et lui avaient disparu et se tenaient prêts à partir. Wesley les entendit se décaler sur leur siège. Quelques secondes plus tard, le silence s'installa. Ils avaient quitté la voiture sans ouvrir les portes, se contentant de les traverser.

— C'est une compétence bizarre, dit Wes. Je suppose que ça ne s'apprend pas, n'est-ce pas ?

Hamish gloussa et secoua la tête.

— Non. C'est juste pour nous. Et ça nous a été utile une fois ou deux.

— Je parie plus d'une fois ou deux.

Hamish haussa les épaules.

— Allons-y. Tu vois cette haute haie et cet arbre sur le trottoir ? Nous allons nous diriger de ce côté, puis je nous occulterai une fois que nous nous serons faufilés entre la haie et l'arbre. Cela devrait nous permettre de nous couvrir suffisamment.

— Ça m'a l'air bien.

Ils sortirent tous les deux de la voiture. C'était la fin de l'après-midi et le soleil se tenait bas sur l'horizon, projetant de longues ombres sur le quartier. Wes jeta un coup d'œil autour de lui, essayant de passer le plus inaperçu possible. Aucun voisin ne semblait dehors.

Tout fonctionnait comme Hamish l'avait promis. Invisiblement, ils atteignirent l'arrière de la maison de Faldo. La cour luxuriante s'étendait sur une grande superficie, mais elle restait intime. Des portes à double battant permettaient de sortir de la maison et d'accéder à une grande terrasse en bois. Lorsqu'ils s'approchèrent, Enya leur ouvrit de l'intérieur et les fit entrer.

La maison de style colonial affichait un décor qu'on pourrait qualifier de mafia-chic : des glands dorés sur les lourds rideaux de brocart et sur tous les meubles, des miroirs bordés d'or, des tableaux et des tables basses mélangés à des choix de couleurs audacieux et à une opulence digne des années quatre-vingt.

— Waouh. C'est... euh... différent.

Wes échangea un regard avec les trois gardiens.

Manus haussa les épaules.

— Ce n'est pas parce qu'il travaillait pour nous qu'il avait bon goût.

— Qu'est-ce que ce type faisait dans la vie ? demanda Wes en suivant Hamish, qui se dirigea vers le couloir.

— Quelque chose dans la construction.

— Ou la gestion des déchets, ajouta Enya. Qui s'en soucie ?

Wes ne put pas s'empêcher de se demander si c'était un code pour le crime organisé.

— Donc, il avait des ennemis.

— Tout le monde a des ennemis, dit Hamish en regardant par-dessus son épaule, puis en désignant une porte. On l'a trouvé dans son bureau.

Il arracha le ruban adhésif que la police avait mis sur la porte et l'ouvrit.

Wes suivit les autres dans la pièce. Plus de décor mafieux-chic. Plus de pompons dorés. Et du sang sur le tapis d'Orient. C'était parfait. Wes espérait voir du sang. Il en avait besoin pour son sort.

Il s'agenouilla à côté de la grande tache où Faldo s'était vidé de son sang et ouvrit son sac à dos, en sortant quelques cristaux. Lorsqu'il leva les yeux, il trouva les trois gardiens qui le regardaient avec des expressions méfiantes.

— J'aurais besoin d'un peu d'aide ici. Que quelqu'un trouve une salle de bains et m'apporte des cotons-tiges ou du coton pour absorber un peu de sang. Et trouvez l'étagère à épices dans la cuisine. J'ai besoin de romarin, de thym et de verveine. Si vous ne trouvez pas de verveine, de la citronnelle fera l'affaire.

— Tu prépares du thé ? demanda Hamish.

— Vous vouliez savoir si des démons se trouvaient ici, n'est-ce pas ? Je ne remets pas en cause tes méthodes, tu ne remets pas en cause les miennes.

Au bout d'un moment, Hamish hocha la tête.

— Manus, la salle de bains. Enya, la cuisine.

— Quelqu'un devrait aussi vérifier toutes les fenêtres et les portes, dit Wes. La police n'a rien dit sur la façon dont le tueur est entré.

Alors que Manus et Enya quittaient déjà l'étude, Hamish semblait hésiter.

Wes leva les yeux au ciel.

— Tu peux me laisser ici tout seul. Ce n'est pas comme si j'allais aller quelque part.

— Il ne vaut mieux pas.

Hamish tourna les talons et disparut dans le couloir.

Pendant ce temps, Wesley étala un tissu noir avec un pentagramme cousu au milieu avec du fil blanc. Il posa un cristal sur chaque point du pentagramme. Le temps qu'il eût terminé, Manus était de retour.

— Tiens, j'ai trouvé du coton.

Wes le prit et tamponna la tache de sang foncé avec, imbibant le coton blanc entièrement du sang de Faldo. Il fit de même avec un deuxième puis un troisième coton, puis plaça les trois au milieu du pentagramme.

— Nous espérons vraiment que ce n'est pas un sort pour conjurer les démons, lança Manus.

Wes sourit, même s'il savait que c'était impossible.

— C'est très peu probable. Mais, au cas où, j'espère que vous portez toutes et tous une arme.

Manus posa la main sur la dague posée sur sa hanche.

— Toujours prêt à tuer un démon.

— Laisse-m 'en aussi, dit-elle en entrant dans le bureau.

Elle portait plusieurs petits récipients en verre contenant des herbes.

— Je n'ai pas trouvé de verveine, mais il y avait de la citronnelle.

Wes acquiesça.

— Super, pose tout ça ici à côté du tissu.

Il prit les récipients un par un et en vida une quantité généreuse sur le centre du pentagramme, recouvrant ainsi les boules de coton ensanglantées. Il venait d'achever ses préparatifs lorsqu'il entendit des pas dans le couloir. Un instant plus tard, Hamish pénétra à nouveau dans le bureau.

— Ça a l'air effrayant, remarqua Hamish en désignant le pentagramme.

Wes haussa les épaules.

— As-tu trouvé comment le tueur est entré ?

Hamish secoua la tête.

— Aucun signe d'effraction.

Il échangea un regard avec ses collègues.

— Et, comme nous le savons, les démons se montrent plutôt maladroits quand ils entrent par effraction. Ils ne se soucient pas des dégâts causés. Faldo a peut-être laissé entrer son assassin, ou il a peut-être trouvé une clé.

— Ou bien le tueur est entré comme vous. En passant à travers les murs.

Cette remarque lui valut un regard grondeur de la part des trois gardiens.

— Je dis ça pour rire. Quoi qu'il en soit, nous allons bientôt trouver une solution.

Wes se leva et se dirigea vers l'imposant bureau en acajou. Il était en désordre, mais il trouva ce qu'il cherchait : un briquet ornemental.

— Qu'est-ce que tu fais ? demanda Enya, en le regardant avec méfiance.

Il lui adressa un clin d'œil.

— Cela fait partie du sort. Un peu de chaleur suffit pour révéler ce que je dois savoir.

— Mmm.

— Tu veux peut-être nous donner un petit aperçu de ce que nous verrons ? demanda Hamish, en jetant un regard circonspect sur le futur petit feu de joie.

Le briquet à la main, Wes s'accroupit à nouveau.

— Une fois que je l'aurai allumé et que les différentes herbes se seront mélangées au sang de Faldo, une toute petite explosion pourrait se produire.

— Une explosion ? siffla Manus. Minuscule à quel point ?

— Juste un petit pouf. Il n'y a pas de quoi s'inquiéter. Mais la couleur de la fumée qui en résultera déterminera quel type de créature a tué Faldo. Surnaturelle ou humaine.

— Nous aussi, nous sommes surnaturels. Et toi aussi. Alors, ça n'élimine que les humains ? Demanda Hamish.

— En gros. Mais s'il s'avère qu'une créature surnaturelle est impliquée dans la mort de Faldo, il y a un moyen de vous sortir de la liste des suspects ainsi que les miens.

— Comment ? demanda Enya.

— En ajoutant de l'ADN de ton espèce et de la mienne.

Enya rétrécit les yeux.

— Tu veux dire que tu veux notre sang ?

— La salive fera l'affaire.

Avant qu'elle ne pût dire quoi que ce soit d'autre, il poursuivit :

— Si la fumée devient rouge, cela signifie qu'un surnaturel a été impliqué. Si c'est le cas, crache dans le feu pendant qu'il brûle encore. Si elle devient noire, c'est qu'un de ton genre est impliqué. S'il reste rouge, je cracherai et j'observerai la même réaction. S'il continue à brûler en rouge, personne, pas même les Gardiens de la Nuit ou les sorciers, n'est impliqué dans sa mort. Les démons seraient donc les coupables les plus probables. Vous avez compris ?

Il regarda les trois gardiens.

Ils hochèrent la tête.

— Allons-y, dit Hamish.

— Reculez un peu, prévint Wes et il s'agenouilla devant le pentagramme.

Puis il se concentra sur le petit tas d'herbes et de boules de coton ensanglantées et inspira. Il n'avait jamais tenté de lancer ce sort auparavant. Il avait intérêt à fonctionner, sinon il aurait l'air vraiment stupide.

Il alluma les herbes avec le briquet orné et regarda la petite flamme consumer le petit bois. Jusqu'ici, tout allait bien. La flamme se reflétait dans les cristaux du tissu. Puis soudain, et sans avertissement, la flamme s'éleva dans les airs, plus haut et plus grand que ce à quoi Wes s'attendait.

Quelques halètements retentirent autour de lui, mais Wes ne quittait pas le feu des yeux.

Quelque chose grésilla bruyamment, et les cristaux semblèrent siffler en réponse.

La flamme toucha les boules de coton imbibées de sang, les faisant jaillir en l'air comme de petits pétards. Les cristaux sifflaient et de la fumée s'élevait. De la fumée blanche. De la fumée blanc pur.

Wesley se détendit et s'assit sur ses talons, puis leva les yeux vers les gardiens.

— Aucune activité démoniaque. En fait, pas d'activité surnaturelle du tout. Le tueur est humain.

Hamish poussa un juron.

— Ce n'est pas exactement ce à quoi je m'attendais. Tu es sûr ?

— À cent pour cent.

Hamish échangea un regard avec Manus et Enya.

Manus grimaça.

— Ça ne veut pas dire que les démons n'étaient pas impliqués. Et s'ils avaient demandé à un humain de faire le sale boulot ?

— C'est possible, répondit Hamish lentement. Faisons le tour de la maison et voyons si nous pouvons trouver d'autres indices. Déterminons si quelque chose semble manquer.

Wes rassembla ses cristaux et le tissu. Les cristaux avaient protégé le tissu avec le pentagramme de la combustion. Il remit tout dans son sac à dos.

Il entendit des pas ; les gardiens quittaient le bureau pour fouiller le reste de la maison.

Lorsque Wes reposa le briquet sur le bureau, il remarqua une indentation sur le tapis de cuir du bureau. Il passa la paume de sa main dessus.

— Presse-papier, murmura-t-il pour lui-même.

— Quoi ? dit Enya derrière lui.

Il pivota.

— Avant, un presse-papier ornait le bureau. Lourd. Probablement en verre ou en métal, je ne suis pas sûr.

— Alors ?

— Vu la quantité de sang sur le tapis, Faldo aurait pu être matraqué.

— Tu penses que le tueur a utilisé un presse-papier ?

Wes acquiesça.

— C'est pour cela qu'il n'est pas ici. La police aura emporté l'arme présumée du crime comme preuve.

— Eh bien, mystère résolu, s'exclama Enya en se tournant vers la porte.

— Dis-moi, Enya, demanda calmement Wes, si tu avais l'intention de tuer quelqu'un, n'apporterais-tu pas ta propre arme du crime, plutôt que de compter sur le fait d'en trouver une convenable chez ta victime ?

Elle se retourna vers lui et contempla ses paroles.

— Plutôt intelligent pour un sorcier. J'appellerai Logan pour qu'il écoute les inspecteurs de police, une fois qu'il aura examiné le corps de Faldo à la morgue.

Enya sortit son téléphone et fit défiler ses contacts, et Wes marcha dans le couloir pour aider les autres dans leur enquête.

20

Tiens. J'ai identifié la dernière personne qui a parlé avec Faldo avant sa mort.

Virginia regarda par-dessus l'épaule de Pearce.

— Qui était-ce ?

— Le membre du conseil Cinead.

Un homme qu'elle respectait énormément. Un homme irréprochable.

— De quoi a-t-on parlé ?

Un froncement de sourcils apparut sur le visage de Pearce.

— C'est justement ça. Le registre ne contient aucune note. De plus, Cinead se trouve bien placé pour en connaître l'importance.

Pearce pointa une entrée sur l'écran, et elle la lut. En dehors de l'heure de la communication, elle ne disait rien. Seulement que Cinead avait passé un appel à Faldo.

Pearce haussa les épaules.

— Je veux dire que, peut-être, à cause de l'attaque du complexe, le journal n'est pas encore mis à jour.

Virginia avait beau vouloir le croire, elle ne le pouvait pas.

— Il a parlé à Faldo plusieurs jours avant cela. Cinead aurait eu tout le temps d'ajouter ses notes au journal.

Elle tapota l'épaule de Pearce.

— Déconnecte-toi et laisse-moi me connecter. S'il a entré une note confidentielle, je devrais pouvoir la voir avec mon habilitation de sécurité.

Pearce suivit ses instructions, puis la laissa prendre place. Un instant plus tard, elle regarda à nouveau le même écran. Une courte note se trouvait là.

— Assister D, lut-elle.

— Sais-tu ce que cela veut dire ?

Elle regarda Pearce.

— Non. Mais je vais le découvrir.

Elle se leva d'un bond.

— À l'heure qu'il est, tous les membres du conseil devraient être rentrés dans leurs domiciles privés. Je vais rendre visite à Cinead.

— Tu devrais prendre Aiden, suggéra Pearce. Je le rappellerai de sa surveillance du périmètre.

— Non, répondit-elle. J'y vais seule. Je ne pense pas que Cinead me dira de quoi il s'agit si j'amène un gardien qui n'a pas le droit d'être au courant de cette note confidentielle.

Pearce semblait hésiter un instant, puis il dit :

— C'est toi la patronne.

— Je serai bientôt de retour.

Elle sortit du centre de commandement, un poignard dans le fourreau à sa hanche, un autre caché dans sa botte.

Le conseil ignorait toujours que Wesley et elle étaient en vie, et elle savait que, lorsqu'elle rendrait visite à Cinead, ce fait ne resterait pas secret bien longtemps. Toutefois, obtenir la vérité de la part du membre le plus âgé du conseil importait plus pour l'instant.

Quinze minutes plus tard, Virginia pénétra dans la maison privée de Cinead, sur la côte brumeuse du nord de la Californie, dans une petite ville appelée Half Moon Bay. À son arrivée, un garde la guida dans la bibliothèque.

Pendant qu'elle attendait dans la grande pièce, à la fois chaleureuse et accueillante, avec un coin salon confortable devant une cheminée et des milliers de volumes de livres, elle se rappela qu'elle n'était plus une femme de main. Elle devait faire attention à la façon dont elle traitait Cinead. C'était un homme bien, un fervent défenseur de leurs lois. Il avait connu beaucoup d'épreuves dans sa vie : il avait perdu son fils unique alors qu'il était bébé, et sa femme bien-aimée des décennies plus tard. Virginia jeta un coup d'œil aux tableaux qui ornaient la cheminée, souvenirs d'une vie plus heureuse.

Au bruit des pas, elle arracha son regard au tableau représentant le fils en bas âge de Cinead, et se retourna pour saluer son collègue membre du conseil.

— Virginia ! Tu es vivante !

Il se précipita vers elle et l'enlaça un court instant.

— Quand le garde a dit que c'était toi, j'ai failli ne pas le croire.

Elle acquiesça.

— Wesley et moi sommes sortis juste avant que le complexe n'explose. Il s'est passé beaucoup de choses depuis que nous...

— Wesley ? Le sorcier ? Où se trouve-t-il maintenant ?

— Dans un endroit sûr.

Et elle n'allait pas révéler où.

Cinead lui jeta un regard évaluateur.

— Je pensais que tu l'avais poursuivi pour le tuer, parce que tu croyais que c'était lui qui avait conduit les démons jusqu'à nous.

— Je l'ai fait, mais un démon m'a attaqué quand je l'ai poursuivi dans la cellule de plomb. Le sorcier a risqué sa propre vie pour sauver la mienne. Stupidement, d'ailleurs.

Parce que sauter sur le dos du démon, en sachant que l'ennemi était plus fort, avait été stupide de la part de Wesley. Idiot, mais aussi courageux.

— J'ai changé d'avis après ça.

Et c'était tout ce que Cinead obtiendrait d'elle lorsqu'il aborderait le sujet de Wesley.

— Alors, maintenant, tu crois qu'il est innocent ?

— De conduire les démons jusqu'à nous, oui. C'est la raison pour laquelle je suis venue te voir. J'ai commencé une enquête pour savoir comment les démons ont pu trouver le complexe.

— Seule ?

Elle secoua la tête. Mais elle n'avait pas l'intention de lui dire qui l'aidait. Pas avant d'être certaine que Cinead n'avait rien à voir avec le plan des démons.

— Mais tu ne vas pas me dire avec qui tu travailles, n'est-ce pas ?

— Toi aussi, tu as été un agent d'exécution à une époque. Tu connais les règles.

— Je le sais. C'est pourquoi je ne te mettrai pas la pression. Maintenant demanda ce que tu es venu me demander.

— Tu as contacté l'un de nos émissaires il y a plusieurs jours, Anton Faldo. Pourquoi ?

Cinead se raidit soudain visiblement.

— Cela n'a aucune importance, je te l'assure.

— Je ne partage pas votre opinion, je vous prie de m'excuser. Faldo est mort.

Cinead interrompit sa respiration et ses yeux s'écarquillèrent. C'était une surprise pour lui.

— Mort ? Comment ? Quand ?

— On l'a abattu à son domicile. Son corps gisait dans une mare de sang. Mes hommes enquêtent actuellement sur les circonstances entourant sa mort et sur l'implication éventuelle d'un démon. Alors, quoi que tu aies dit à Faldo la dernière fois que tu l'as vu, j'ai besoin de le savoir. Cela pourrait s'avérer utile pour élucider son meurtre.

— Je lui avais confié une mission et j'ai décidé à la dernière minute de la retirer et de m'en occuper moi-même. Il n'était impliqué dans aucune affaire pour nous ces derniers jours. Mes relations avec lui ne t'aideront donc pas à résoudre cette affaire.

Virginia croisa les bras sur sa poitrine.

— Laisse-moi en juger. Le registre confidentiel indique « Assister D », et je ne comprends pas le sens de cette mention. Tu sais aussi bien que moi qu'en tant que membre du conseil, j'ai le droit de savoir de quoi tu discutais avec Faldo avant sa mort. Alors, soit tu me le dis maintenant et, si cela n'a rien à voir avec la mort de Faldo, cela restera entre nous, soit je te traîne devant le conseil pour une enquête. À toi de choisir.

Cinead la regarda longuement, semblant analyser ses paroles. Il n'avait pas l'air en colère ou inquiet. Il avait plutôt l'air triste. Comme si ce qu'il avait à dire était difficile. Après quelques instants de silence, il fit signe au canapé.

— Prends un siège, Virginia.

Il s'affala dans un fauteuil. Virginia prit place sur le canapé et attendit.

Cinead prit une longue inspiration, l'expira et commença :

— Comme tu le sais, l'un des sièges vacants du conseil était celui d'une conseillère que nous avons punie pour avoir trahi sa race.

Virginia acquiesça d'un signe de tête.

— Le siège de Deirdre.

— Oui, et elle a agi ainsi malgré le fait qu'elle n'avait aucun contact avec les démons et qu'elle pensait bien faire. Elle est allée à l'encontre d'une décision du conseil et a tenté de prendre les choses en main en éliminant une humaine que nous avions choisi de protéger.

Cinead leva les yeux pour rencontrer les siens.

Virginia acquiesça. Elle avait entendu l'histoire et approuvait la punition du conseil.

— On a relâché Deirdre de sa cellule de plomb il y a quelques jours après qu'elle y ait passé un an.

— Pour la dépouiller de ses pouvoirs, murmura Virginia, presque pour elle-même.

— Oui, pour la rendre humaine et l'envoyer en exil. Elle n'aura plus aucun contact avec l'un ou l'autre d'entre nous.

Il soupira.

— La décision du conseil a été unanime. Nous savions qu'il fallait le faire. Mais tu vois...

Il hésita.

Virginia attendit simplement, ne voulant pas interrompre le cours de ses pensées.

— J'avais chargé Faldo de l'installer dans le monde des humains.

— Assister D. Assister Deirdre, murmura-t-elle.

— Oui, mais je ne pouvais pas le laisser faire. Je voulais la voir une dernière fois.

Il esquissa un sourire triste.

— Tu vois, Deirdre est ma demi-sœur. Elle est toute la famille qu'il me reste.

Elle ne le savait pas, peut-être parce qu'ils ne portaient pas le même nom de famille.

— Tu as parlé à Faldo et tu l'as relevé de sa mission, parce que tu comptais t'en charger toi-même.

Cinead acquiesça.

— J'ai agi ainsi trois jours avant que le complexe ne soit compromis. J'ai amené Deirdre à Portland, dans l'Oregon, je l'ai aidée à s'installer dans une petite maison dans un quartier tranquille, puis j'ai fait mes adieux.

— Était-elle en colère ?

Il effectua un mouvement brusque et saccadé.

— En colère ?

– Pour l'exil.

— Oh non. Deirdre a fait la paix avec nous et avec elle-même. Elle sait qu'elle avait tort.

— Tu en es certain ?

— Bien sûr, je n'ai aucun doute. Je connais ma demi-sœur. Elle a peut-être reçu de mauvais conseils, mais c'est une bonne personne.

Virginia prit une profonde inspiration. Ce qu'elle devait dire n'était pas facile, mais elle devait le dire.

— Je veux que tu m'écoutes, Cinead. Cela ne va pas être facile.

Il haussa les sourcils.

— Deirdre savait où se trouvait l'enceinte du conseil. En fait, elle sait où se trouve chacun de nos bastions. Elle sait tout de nos défenses, de nos règles, de nos habitudes. Si elle cherche à se venger du bannissement, à aider les démons...

— Non !

Cinead se leva d'un bond.

— Tu te trompes. Deirdre ne nous aurait jamais trahis auprès des démons.

Virginia se leva lentement.

— Elle a trahi le conseil une fois. Et elle l'a payé très cher. N'importe qui ressentirait de la colère et voudrait riposter. N'est-ce pas ?

— Comment oses-tu porter une telle accusation ?

— J'ose parce que je me préoccupe de mon espèce. J'ose parce qu'il est de mon devoir de les garder en sécurité. Et la sécurité nous échappe, tant que les démons savent comment nous trouver et comment entrer dans nos forteresses.

Cinead rétrécit les yeux.

— Je ferais très attention, conseillère, à la personne que tu accuses. Je me porte garant de Deirdre.

— Je crains que cela ne soit pas suffisant. Et je n'accuse personne. Mais tu pourrais peut-être ne pas voir ses vrais sentiments parce que tu tiens à elle. Je ne t'en veux pas. Mais je dois faire un suivi. Sa libération dans le monde des humains et les démons qui nous ont attaqués sont arrivés trop près l'un de l'autre.

Cinead continua de secouer la tête. Mais Virginia poursuivit.

— Et même si elle n'est pas impliquée, il y a toujours la possibilité que vous ayez été repérés ensemble. De plus, les démons pourraient avoir trouvé un moyen de l'atteindre. Peut-être la torturer pour qu'elle leur révèle tout ce qu'elle sait.

— Tu m'accuses maintenant d'être négligent ? aboya Cinead.

— Je ne fais rien de tel. Mais même le plus prudent d'entre nous fait une erreur de temps en temps.

Elle en avait certainement fait plusieurs, dont certaines ne remontaient pas si loin dans le passé.

— Même si tu agissais avec prudence, si un démon t'apercevait pendant que tu l'aides à s'installer, il voudrait en savoir plus sur ta relation. Tu veux vraiment que je ne fasse rien ? Je croyais que tu tenais à elle. Si c'est le cas, tu ne veux pas t'assurer de sa sécurité ?

Cinead renifla.

— Tu as une façon intéressante de manipuler les gens.

— Tu le sais, n'est-ce pas ? Tu as reçu la même formation que moi.

— Oui. Et c'est la seule raison pour laquelle je ne te jette pas dehors tout de suite.

Elle acquiesça.

— J'aurai besoin de savoir où trouver Deirdre.

— As-tu un stylo pour noter l'adresse ?

Virginia secoua la tête.

— Je vais l'apprendre par cœur.

— Bien.

21

———

En suivant les gardiens dans le centre de commandement, Wes jeta son sac à dos sur le sol à côté de la porte et regarda autour de la pièce. Pearce et Aiden travaillaient tous les deux sur les ordinateurs de la console. Logan se prélassait sur une chaise à proximité. Tous les trois tournèrent la tête.

— Hé, tu es de retour, s'exclama Aiden. Comment ça s'est passé ?

— Où est Virginia ? demanda Wes.

— Elle a quitté le complexe il y a un moment, déclara Pearce.

— Seule ?

Pearce haussa les épaules.

— Oui.

— Pour aller où ?

Son cœur battait-il un peu plus vite à l'idée que Virginia avait quitté la sécurité de l'enceinte sans prendre personne pour se protéger ?

Pearce donna un coup de coude dans le côté d'Aiden, en souriant.

— Notre ami semble un peu préoccupé par le nouveau membre du conseil.

— Ne t'inquiète pas, Wes, répliqua Aiden d'un ton calme. Elle peut prendre soin d'elle-même.

— Avec tout ce qui se passe, tu la laisses partir toute seule ?

Wes avait envie de frapper quelqu'un pour cette stupidité.

— Ce n'est pas comme si elle nous aurait écoutés de toute façon, lança Pearce. De plus, elle s'est transportée directement dans un autre bastion. Les démons n'ont aucun moyen de la retrouver.

— Hmm, grogna Wesley avec déplaisir, bien que cette information le rassure.

Un bip provenant de l'ordinateur fit se retourner Pearce vers l'écran.

— Elle est de retour.

Logan se leva.

— Qu'est-ce que c'était ?

— Le bip ? demanda Pearce.

— Oui.

— J'ai installé un détecteur de mouvement près du portail comme niveau de sécurité supplémentaire, dit Pearce. Juste au cas où un autre sorcier surpasserait Wesley en intelligence et trouverait comment voyager à travers notre portail sans déclencher l'alarme anti-intrusion. De cette façon, nous recevrons une alerte pour tout mouvement en bas, même si c'est l'un d'entre nous.

— Bonne idée, dit Logan. Attendons qu'elle arrive et je mettrai tout le monde au courant des résultats de mon enquête à la morgue et au poste de police.

Tout le monde acquiesça. Une minute plus tard, la porte du centre de commandement s'ouvrit, et Virginia entra. Wes sentit un souffle quitter sa poitrine, soulagé que rien ne lui fût arrivé. Bon sang, pourquoi s'inquiétait-il autant de son bien-être ? Il savait qu'elle possédait une force infinie, alors il n'avait pas à s'inquiéter qu'elle ne puisse pas prendre soin d'elle-même. Mais il avait aussi vu la force des démons, et les pouvoirs de Virginia avaient leurs limites, surtout si elle se trouvait enfermée dans une cellule de plomb.

— Salut, dit-elle. Son regard parcourut les gardiens rassemblés, puis se posa sur Wes. Elle ne lui dit rien directement, mais le fait qu'elle l'ait regardé dans les yeux pendant une brève seconde le rassura instantanément.

— C'est bien, tu es de retour, dit Logan. J'allais justement mettre tout le monde au courant.

— Nous aussi, nous avons des nouvelles, déclara Hamish.

— Moi aussi, répondit Virginia, puis elle s'adressa à Logan. Tu étais à la morgue ? Qu'as-tu trouvé ?

— J'ai regardé le corps de Faldo à la morgue, commença Logan. On l'a battu à mort. Aucune preuve ne montre qu'il a subi des tortures avant sa mort. On l'a frappé avec un objet lourd. Ce qui correspond aux preuves que la police a récoltées dans la maison.

— Lesquelles ? demanda Hamish.

— Un presse-papier ensanglanté. On dirait que le tueur l'a pris sur le bureau de son cabinet de travail.

Wes acquiesça pour lui-même.

— Donc, le tueur n'a pas apporté d'arme pour tuer Faldo.

Logan croisa son regard.

— On dirait bien. Alors peut-être que ce n'était pas prémédité. Peut-être que quelque chose a mal tourné. Une dispute s'est envenimée. Les choses ont dérapé.

— Ce serait logique, puisque nous n'avons trouvé aucun signe d'effraction, affirma Wes en faisant signe à Hamish, Manus et Enya. Nous avons vérifié partout. Il a peut-être laissé entrer son meurtrier.

— Qu'as-tu trouvé d'autre ? demanda Logan.

Hamish déplaça son poids d'un pied à l'autre.

— Wesley a fait un petit sort pour déterminer s'il y avait une activité démoniaque.

— Et ? demanda Virginia avec impatience.

— Aucune. Ni aucune autre activité surnaturelle. Ce qui veut dire que notre espèce échappe également à tout reproche, tout comme les sorciers.

— Es-tu en train de dire que le tueur était humain ? enchaîna Virginia.

— On dirait bien, dit Hamish.

— Donc, nous revenons au point de départ, dit Logan.

— Pas forcément, répliqua Virginia, attirant les regards de tout le monde sur elle.

— Ce qui veut dire quoi ? demanda Hamish.

— Je viens de voir Cinead.

Hamish haussa un sourcil.

— Je croyais que tu ne voulais pas que quelqu'un du conseil sache que tu es encore en vie.

— Je n'avais pas le choix. Pearce a découvert que Cinead était le dernier à avoir eu des contacts avec Faldo. Et comme il n'a pas noté la raison de sa rencontre avec l'émissaire dans le journal de bord, j'ai dû le découvrir par moi-même.

Elle laissa échapper un souffle.

— Mauvaises nouvelles ? demanda Wes.

— Je n'en suis pas sûre. Mais je connais une humaine qui aurait des raisons de nous vouloir du mal. Et cette humaine connaissait Faldo, devait d'ailleurs le rencontrer, mais Cinead est intervenu et a annulé la mission de Faldo.

— D'accord, répliqua Aiden, et si on se montrait un peu moins énigmatiques ? Qui est cette humaine ?

Wes réprima un petit rire. Aiden était courageux pour s'adresser ainsi à Virginia.

— Deirdre.

Le silence suivit la réponse en un mot de Virginia, et on avait l'impression qu'une ère glaciaire s'était soudain abattue sur la pièce. Wesley regarda les gardiens, mais ils restaient tous là, le visage de pierre.

— Qui est Deirdre ? demanda-t-il enfin.

— Une femme qui a déjà essayé de tuer Leila, grogna Aiden.

Ça expliquait pourquoi Aiden avait l'air de venir d'avaler une huître pourrie.

— Oh.

Wes s'abstint de dire quoi que ce soit d'autre, car il savait que le gardien, par ailleurs sympathique, allait changer d'attitude et lui arracher la tête.

— Cinead a confirmé que Deirdre a recouvré sa liberté il y a quelques jours, expliqua Virginia. Elle a purgé sa peine dans la cellule de plomb. Faldo devait l'installer dans le monde des humains, mais Cinead a décidé à la dernière minute de s'en charger lui-même. Il a donc annulé le voyage de Faldo.

— C'est donc pour ça que la femme de ménage a dit qu'il n'aurait même pas dû être à la maison, murmura Wes pour lui-même.

À côté de lui, Manus demanda :

— Quoi ?

Wes fit un geste du pouce vers le moniteur.

— Tu te souviens quand cette journaliste a interviewé la femme de ménage ? Elle bredouillait que Faldo n'aurait pas dû être là. Elle était désemparée. Elle ne savait pas qu'on avait annulé son voyage.

Manus haussa les épaules.

— Peu importe.

Pearce pivota sur sa chaise et tapa quelque chose sur le clavier.

En attendant, Virginia poursuivit :

— Je pense que nous devons envisager la possibilité que Deirdre éprouve du ressentiment à l'égard des Gardiens de la Nuit et qu'elle veuille se venger. En tant qu'ancien membre du conseil, elle connaît tout ce qu'il faut savoir sur notre espèce. Si elle se range du côté des démons...

Plus de silence. Wesley se pencha de nouveau vers Manus.

— Ancien membre du conseil ? Une humaine ?

— Je t'expliquerai plus tard.

— Explique-lui maintenant, déclara Virginia. Je veux que tout le monde se trouve sur la même longueur d'onde. Cela inclut Wesley.

— Laisse-moi m'en occuper, dit Aiden, la voix glacée.

Il tourna son visage vers Wesley.

— Tout ce que tu dois savoir, c'est que Deirdre siégeait autrefois au Conseil des Neuf, notre organe dirigeant. Mais il y a environ un an, elle est allée à l'encontre de la décision du conseil et a essayé de tuer ma femme, même si elle n'était pas ma femme à l'époque. La justice l'a condamnée à un an dans une cellule de plomb. Comme tu l'as peut-être déjà compris, le plomb draine temporairement nos pouvoirs. Mais une exposition prolongée rend les dommages irréversibles. Au bout d'un an dans une cellule de plomb, un Gardien de la Nuit aura perdu tous ses pouvoirs surnaturels et se sera entièrement humanisé. C'est ce qui est arrivé à Deirdre.

Wes hocha la tête, laissant l'information s'imprégner.

— C'est une punition sévère.

— C'est une question de point de vue, répondit Aiden.

— En tout cas, interrompit Virginia, elle est humaine, et, comme tu n'as trouvé aucune activité surnaturelle sur la scène de crime, tout accuse cette personne.

— Pas tout, en fait, déclara Pearce depuis la console.

Wes se tourna vers Pearce, comme tous les autres.

Le geek de l'informatique pointa du doigt l'écran.

— Je viens de revoir l'interview de la femme de ménage. Tu vois, elle pleure et se sent profondément touchée par la mort de Faldo.

Virginia s'approcha et regarda par-dessus l'épaule de Pearce.

— Et alors ? Elle a probablement travaillé pour lui pendant quelques années. Bien sûr, sa mort la bouleverse. Ne le serais-tu pas, dans sa situation ?

Wes tapa sur l'épaule de Pearce.

— Refais-le, sans le son.

— Bien sûr.

La vidéo recommença à tourner depuis le début. Wes se concentra sur la femme de ménage, ne regardant même plus la journaliste. L'absence de son permettait de ne voir que les expressions du visage de la femme.

Il pointa du doigt l'écran.

— Tu vois comment elle évite le contact visuel avec la journaliste ?

Virginia se pencha vers l'ordinateur.

— Oui ?

— Et comment elle s'agite. Elle se montre nerveuse. Pearce, exécute-la maintenant avec le son, en commençant là où elle parle.

Pearce tourna le micro vers le haut.

— Carol Jefferson, oui.

— Pouvez-vous nous dire quelque chose sur ce qui aurait pu arriver à votre employeur ? Demanda la journaliste.

— Je n'étais pas là. Il m'a donné la semaine de congé. Vous savez.

Un sanglot.

— Parce qu'il devait partir. Cela n'aurait jamais dû arriver. Il n'était même pas censé être à la maison.

— Arrête ici, Pearce.

Le silence s'abattit sur la pièce et Wesley se retourna pour regarder les autres.

— Elle se sent coupable. Comme si c'était de sa faute. Vous avez entendu comment elle a dit que Faldo n'aurait pas dû être à la maison ?

Les autres acquiescèrent, et Virginia dit :

— Parce que Cinead l'avait envoyé en mission. Mais Cinead l'a annulée.

Wesley lui jeta un regard de travers.

— Et si Faldo avait oublié de lui dire que son voyage était annulé, et qu'elle comptait faire quelque chose pendant sa période d'absence ?

Hamish et Aiden échangèrent un regard et se firent un signe de tête.

— Je vais aller voir ce qu'elle fait, proposa Aiden. J'ai besoin de prendre l'air de toute façon.

Il se dirigeait déjà vers la sortie.

Personne ne l'arrêta.

Après que la porte se fût refermée derrière lui, Wes demanda :

— Et cette Deirdre ? Qu'est-ce qu'on va faire d'elle ?

— Surveillons-là pour l'instant, dit Virginia. Nous devons savoir où elle va, qui elle rencontre.

— Je peux le faire, déclara Pearce. Où vit-elle maintenant ?

— J'ai une adresse à Portland pour elle. Quel est ton plan ?

— Je vais installer quelques mouchards dans son appartement, d'autres dans ses chaussures et son sac à main. Ainsi, quand elle partira, on saura où elle va. Ça devrait être facile. Elle ne peut pas me détecter quand je suis invisible.

— Bien. Fais-le.

Pearce regarda sa montre.

— Je me rendrai à Portland juste après le dîner.

Puis il regarda Manus.

— Peux-tu m'apporter quelques affaires de la salle du matériel en attendant ?

— Bien sûr, dit Manus et rejoignit Pearce qui était déjà en train de griffonner une liste.

Wesley s'éloigna et s'approcha de Virginia.

— Je suppose que cela signifie que nous ne pouvons pas faire grand-chose jusqu'à ce qu'Aiden revienne avec des nouvelles pour nous.

Elle acquiesça.

— Oui, nous pourrions aussi bien dîner tous ensemble.

— Je suis certain que Leila est déjà en train de préparer quelque chose, dit Logan en marchant vers la porte. Enya, tu viens ? Donnons-lui un coup de main ainsi qu'à Tessa.

— Hamish, dit Virginia. Je prendrai la chambre dans laquelle j'ai dormi l'autre nuit. Mais nous devons trouver une chambre d'amis pour Wesley. Est-ce que quelqu'un a préparé quelque chose ?

Hamish s'approcha.

— Ne t'inquiète pas, je vais lui trouver quelque chose de confortable.

Wes essaya de croiser le regard de Virginia, mais elle évitait de le regarder. Au moins, elle ne le faisait plus dormir dans la cellule de plomb. C'était une amélioration.

— Fais-moi savoir où il va dormir, que je puisse garder un œil sur lui, dit-elle d'une voix ferme.

Garder un œil sur lui ? Le traitait-elle toujours comme un prisonnier même si elle ne l'enfermait pas dans la cellule ?

Il était temps d'en parler avec elle. Le plus tôt serait le mieux.

Lorsque Hamish acquiesça et se dirigea vers la porte, Wes se connecta enfin au regard de Virginia. Ses joues semblaient un peu rougies, bien que la salle de commandement fût plus fraîche que le reste du bâtiment.

Il n'y avait aucune raison pour que Virginia eût chaud. Ni qu'elle eût l'air si remarquablement discrète. À moins que...

Il réprima le gloussement qui montait dans sa poitrine.

Virginia avait menti à Hamish.

Et Wes se doutait bien pourquoi.

22

───────

Après le dîner, Wesley se retira dans la chambre que Hamish avait choisie pour lui. Aiden n'était pas encore rentré au bastion, et Leila avait l'air un peu pâle, mais avait affirmé qu'elle allait bien. Apparemment, la mention de la femme qui avait essayé de la tuer avait réveillé des souvenirs douloureux. Pearce s'apprêtait à se rendre à Portland pour placer des appareils d'écoute dans la maison de Deirdre. Tous les autres tentaient de se reposer en attendant d'autres nouvelles.

Wes prit une douche pour laisser l'eau évacuer la tension qui s'était accumulée toute la journée. Il était en train de se sécher lorsqu'il entendit un bruit dans la chambre. Il enroula une serviette autour de sa taille et sortit de la salle de bains.

Il n'était pas surpris de voir sa visiteuse, mais il s'étonnait qu'elle ne se fût pas glissée dans quelque chose de plus confortable. Alors que Virginia semblait avoir enfilé d'autres vêtements, ses cheveux encore humides aux pointes, elle avait l'air de s'apprêter pour la bataille.

Il remarqua qu'elle jetait un coup d'œil sur son corps à moitié nu.

— Virginia.

Elle leva son regard pour rencontrer le sien.

—Il faut qu'on parle.

— Je m'en doutais au vu de ton attitude aujourd'hui.

Elle prit une inspiration.

— Mon attitude ?

– Me traiter de sorcier, te montrer froide, tu sais, ce genre d'attitude. Comme si ce qui s'était passé au motel n'était jamais arrivé.

— Eh bien, tu ne peux pas vraiment t'attendre à ce que je me comporte comme une groupie en mal d'amour devant les autres. Ce sont mes subordonnés. Je dois maintenir une, une –

— Une attitude coincée ? suggéra-t- il et se rapprocha d'un pas.

Elle plissa les yeux en le regardant.

— Eh bien, si tu penses que je suis une garce si coincée, pourquoi as-tu couché avec moi ?

— Je n'ai jamais dit que tu étais garce coincée. Et c'est toi qui m'as sucé dans la douche.

— Je n'ai pas remarqué que tu résistais à mes avances.

Il franchit d'un pas la distance qui les séparait encore.

— C'est difficile de résister à une femme dont le feu brûle en elle.

Il passa ses yeux sur son visage chauffé et glissa ses doigts dans ses cheveux, puis reposa sa paume sur sa nuque.

— Une femme qui peut m'exciter avec un seul regard brûlant. Bon sang, Virginia, j'allais te dire que je n'apprécie pas que tu me traites comme un étranger devant tes collègues, mais je m'en contenterai, tant que tu continueras à partager mon lit.

Il se pencha.

— Je ne peux pas faire ça.

Il recula de quelques centimètres.

— Quoi ?

— Ça ne marchera jamais. Nous sommes trop différents.

— Différent, c'est bien.

— C'est contraire à toutes les règles.

— Oui, et alors ? Tu n'as jamais enfreint de règles ?

Une expression d'horreur apparait sur son visage, une seconde, puis disparut la seconde suivante.

— Je dois préserver mon intégrité, prétendit-elle.

— Et en couchant avec moi, tu penses que tu ne peux pas ? C'est beaucoup de conneries. Pourquoi ne me dis-tu pas ce qui ne va vraiment pas, hein ?

Ses yeux se déplacèrent sur le côté, pour l'éviter.

— Bon sang, Virginia, est-ce que je ne mérite pas une réponse ? Nous nous sommes sauvé la vie l'un l'autre. Nous avons échappé aux démons. Nous avons fait l'amour hier soir. Est-ce que ça ne compte pas ?

Il l'entoura d'un bras et la rapprocha, de sorte que ses seins touchaient sa poitrine.

— Bébé, on est bien ensemble. On se sent tellement bien.

Il lui caressa la nuque et remarqua que ses paupières papillonnaient. Oui, elle réagissait encore à son contact, elle y était encore sensible.

Virginia croisa finalement son regard.

— Mais si...

— Chut. Pas de questions sur ce qui se passe.

Wes laissa sa bouche planer sur la sienne.

— J'ai envie de toi. Et tu me veux aussi, sinon tu ne te serais pas faufilée dans ma chambre.

Virginia soupira, mais un instant plus tard, ses lèvres se séparèrent.

— C'est ma copine, murmura-t-il.

Un souffle derrière lui le fit tourner sur lui-même. Enya se tenait dans la pièce, son sac à dos à la main. Elle avait baissé le menton et ses yeux s'étiraient comme des soucoupes.

— Tu as laissé ton sac à dos au centre de commandement, dit-elle presque robotiquement, mais elle ne le regardait pas.

Elle fixait Virginia, et lentement, son expression passait d'un état de choc à un état de jubilation.

— Euh, merci, Enya, répondit Wes. Virginia s'assurait juste que j'avais tout ce dont j'avais besoin pour la nuit.

— Oui, je vois ça, déclara Enya.

Virginia frotta ses paumes sur ses cuisses comme pour redresser ses vêtements.

— Oui, euh, bon, puisque tu t'es bien installé, je vais, euh, te laisser te reposer.

La tentative de Virginia pour paraître professionnelle était un échec cuisant sur tous les fronts. Ses joues rougissaient comme une tomate, sa voix manquait de force et de conviction, et son langage corporel criait l'embarras.

— Virginia, dit Enya lentement et délibérément.

Virginia hésita.

— Je ne pense pas que Wesley ait encore tout ce dont il a besoin.

Enya jeta un regard délibéré sur la serviette qui entourait la taille de Wesley.

— Pourquoi ne t'occupes-tu pas d'abord de ça, sinon je doute qu'il se repose beaucoup ce soir.

Enya avait clairement remarqué le bourrelet sous la serviette, et s'amusait à regarder Virginia se tortiller. Elles s'évitaient depuis que Virginia avait attaqué Enya dans la cuisine. Apparemment, Enya était encore un peu fâchée de cet incident.

Avec un sourire triomphant, Enya tourna sur le talon, jeta le sac à dos sur une chaise voisine et franchit la porte sans l'ouvrir.

— Je suppose que le pot aux roses est découvert, lâcha Wes en haussant les épaules et en se retournant vers Virginia.

— Oh mon Dieu, je n'aurais jamais dû venir dans ta chambre.

Elle avait l'air absolument terrifiée et prête à s'enfuir. Mais il ne l'entendait pas de cette oreille. Avant qu'elle ne pût s'enfuir, il l'attrapa par les épaules.

— Écoute-moi bien. Ce n'est pas exactement ainsi que je voulais que les autres l'apprennent, mais ce qui s'est passé s'est passé. Au moins, maintenant, nous n'avons plus à le cacher. Alors, n'exagérons pas les choses.

— Exagérer les choses ?

Elle se dégagea de son emprise.

— Wesley, tu ne comprends pas. J'ai enfreint les règles. Des gens meurent quand j'enfreins les règles.

— Tu ne trouves pas que c'est un peu trop dramatique ?

Elle le regarda dans les yeux, et il remarqua soudain les reflets humides sur ses iris.

— Des gens sont morts, parce que j'ai enfreint les règles et fait confiance à la mauvaise personne.

À son aveu, son cœur s'arrêta un instant. Il reconnaissait maintenant la douleur et l'angoisse que tout le monde percevait. Il comprenait maintenant que le fait que Virginia ne lui fit pas confiance provenait de quelque chose qui s'était passé dans son passé, et non de lui. Pour la première fois depuis qu'il l'avait rencontrée, il vit la créature vulnérable qui se cachait derrière une façade de règles et de règlements, derrière un mur d'acier et de détermination. Et il ne voulait rien de plus que la protéger.

Sans un mot, il ramena Virginia dans ses bras et frotta doucement ses mains sur son dos.

LE DOUX CONTACT de Wesley était apaisant. Virginia reposa sa tête contre son torse et se laissa imprégner de sa force. Mais elle savait qu'elle ne le méritait pas. Prenant une respiration tremblante, elle releva la tête et recula, mais le regard de Wesley la retint.

— Évite de le faire, murmura-t-il. Ne me mets pas à l'écart. Je vois bien que tu as mal. Et ça me fait mal aussi.

Il plaça ses doigts sous son menton et le souleva.

— Aide-moi à comprendre pourquoi tu ne peux pas me faire confiance. Dis-moi ce qui s'est passé.

— Personne ne le sait. Personne à part mon père. Tous les autres sont morts.

Morts, à cause de son erreur. Elle devrait être morte, elle aussi. Elle aurait dû payer le prix fort pour son erreur.

— Viens, parle-moi, dit-il en la conduisant vers le coin salon devant la fausse cheminée.

Elle s'enfonça dans le coin du canapé et Wes s'assit à côté d'elle, le corps à moitié tourné, une main serrant la sienne. Il porta la main de Virginia à sa bouche et déposa un baiser sur le dos de la main.

Virginia se força à sourire. Pourquoi Wesley devait-il se montrer si doux, si gentil envers elle ? Pourquoi manifestait-il tant de compréhension ? Ou est-ce que tout n'était qu'un jeu de rôles ? Comme l'affection de Jonathan à son égard avait fini par être un faire du théâtre.

— Dans les années 1960, on m'a affectée à un bastion à San Francisco. Nous étions une grande famille heureuse, éliminant les démons à gauche et à droite, protégeant les humains. Puis l'été de l'amour est arrivé. Le Flower Power et tout ça.

Elle laissa échapper un rire sans éclat.

— Je ne sais pas pourquoi, mais j'ai aussi attrapé le virus. C'était contagieux, tout cet amour libre dans la ville. Je ne pouvais pas rester à l'écart, parce que soudain, l'avenir semblait tellement plus radieux. L'espoir planait partout.

— Je n'étais même pas encore né, dit Wes avec un doux sourire et il lui passa la main dans les cheveux, un geste dont elle avait de plus en plus envie. Tu as vu tellement de choses de l'histoire.

— Trop de choses que j'aurais aimé ne jamais voir.

Et encore plus de choses qu'elle aurait faites différemment.

— J'ai rencontré un homme cet été-là. Un humain. Je suis tombée amoureuse de lui, même si, avec le recul, je pense que c'est l'idée de l'amour qui m'attirait plus que lui. Mais il représentait tout ce que je pensais que l'amour serait. Et dans une certaine mesure, je peux aussi blâmer le rasen pour la façon dont j'ai agi, bien que je ne cherche pas d'excuses. Tout était de ma faute.

— Le Rasen ? demanda Wesley.

— L'appel de l'accouplement que nous ressentons tous vers nos deux cents ans, certains un peu plus tôt, d'autres un peu plus tard. Il m'a frappé trop tôt. Je n'étais pas préparée, je suppose.

Elle s'arrêta et chercha les yeux de Wesley.

— Mais je n'ai aucune excuse pour ce que j'ai fait.

Il lui serra la main et hocha la tête en silence.

— J'ai passé de plus en plus de temps avec Jonathan. J'ai commencé à lui faire confiance. Il semblait si innocent. Sans ruse. Il ne parlait que de paix, d'amour et d'espoir. Et de la façon dont ce monde évoluerait un jour. Comment tout le monde vivrait en harmonie. Il avait l'air de ne pas se soucier du monde. Mes épaules, en revanche, se sentaient alourdies par mon devoir envers mon espèce. Par ma promesse de défendre ma race.

— C'est beaucoup de choses à gérer. Les démons, les batailles constantes, dit-il, les yeux brillants de compréhension.

— Oui, mais j'ai été formée pour cela. Pourtant, quand j'étais avec Jonathan, j'aspirais à une vie plus facile. Il m'a dit qu'il m'aimait et m'a poussée à partir avec lui dans une communauté quelque part. C'est alors que je lui ai avoué mon identité, que mon devoir m'empêchait de partir. Que j'avais des obligations. Je doute qu'il ait vraiment compris le sens de cela. Mais il m'a dit qu'il me soutiendrait.

Elle soupira.

— À l'époque, la marijuana et le LSD étaient les drogues de prédilection. Je ne m'en suis pas rendu compte au début, mais le LSD semblait permettre aux démons d'influencer plus facilement les humains. J'ai fait jurer à Jonathan qu'il ne prendrait jamais de LSD. Mais alors même qu'il le jurait, il en avait déjà pris. Et il a continué à en prendre chaque fois que je m'absentais. Je ne sais pas quand ils l'ont atteint, mais ils y sont parvenus. Les démons ont très vite compris que Jonathan et moi formions un couple. Ils nous ont vus ensemble. Et mon aura m'a trahie. Ils l'ont influencé. Un jour, Jonathan a dit qu'il voulait voir où je vivais. Bien que ce soit contraire aux règles, j'ai emmené Jonathan au bastion. J'ai enfreint la seule règle que je n'aurais jamais dû enfreindre, parce que je pensais qu'il m'accepterait enfin en entier, pas seulement la fille qui s'amuse, mais aussi la guerrière, la femme qui porte des responsabilités.

Une larme roula sur sa joue et elle l'essuya.

— Des démons nous ont suivis. C'est ainsi qu'ils ont trouvé notre emplacement. Ils nous ont attaqués quelques heures plus tard. La communauté n'était pas préparée. Chacun de mes camarades est mort dans l'attaque. J'aurais dû mourir aussi. Mais la vie se montre parfois injuste, et j'ai survécu dans les décombres de mon bastion.

— Et Jonathan ?

Elle secoua la tête.

— Personne ne l'a jamais revu. On n'a jamais retrouvé de corps. Peut-être que les démons ont emporté son corps avec eux. Peut-être qu'il a brûlé dans l'explosion. Je ne sais pas.

Wesley soupira.

— Je suis vraiment désolé, Virginia. Je suis tellement désolé que tu aies eu à subir cela.

— Ce n'est pas tout, renifla Virginia. Je voulais avouer que c'était de ma faute. Que je devais assumer la responsabilité de tous ces décès. Alors, je suis allée voir mon père. Je lui ai tout raconté. Il était déçu. Et en colère. Je m'attendais vraiment à ce qu'il me traîne lui-même devant le Conseil des Neuf pour être punie et exilée, voire exécutée, mais il s'en est abstenu. Il m'a dit de garder le secret, quoi que je fasse. Non seulement cela déshonorerait ma famille, mais cela tuerait ma mère. Il se fichait de mes tentatives d'atténuer ma culpabilité. Je ne pouvais pas faire de mal à ma famille, à ma mère en particulier. J'avais déjà fait du mal à tant de gens, à tant de familles. Alors, j'ai fait ce qu'il fallait : J'ai juré de ne plus jamais faire confiance, de ne plus jamais aimer, et je me suis inscrite chez les exécuteurs pour subir l'entraînement le plus brutal auquel un guerrier puisse survivre. Je me suis donné pour mission de faire respecter nos règles. Pour que personne d'autre ne meure.

Elle déglutit et plongea son regard dans les yeux bleus de bébé de Wesley.

— Et maintenant, j'enfreins les mêmes règles que j'ai juré de faire respecter.

Un sanglot s'échappa de sa poitrine. Et cette fois, elle ne put pas le retenir.

Les bras de Wesley l'enlaçaient un instant plus tard. Il la souleva sur ses genoux et la berça contre sa poitrine, et elle se laissait faire.

23

Wesley sentit le corps de Virginia trembler sous la force de ses sanglots, tandis qu'il la tenait dans ses bras pour la réconforter. La femme la plus forte qu'il eût jamais rencontrée craquait sous la pression, et tout ce qu'il voulait, c'était apaiser sa douleur.

Tant de choses s'éclaircissaient pour lui maintenant. Elle n'était pas la femme adepte de la discipline au caractère bien trempé dont les autres membres de l'équipe auraient préféré se débarrasser. C'était une femme dont la culpabilité l'épuisait, une culpabilité qu'elle essayait d'expier depuis des décennies. Et de son propre aveu, elle se confiait rarement à d'autres après avoir parlé à son père, qui, selon toute apparence, ne l'avait pas réconfortée.

Wesley passa sa main sur ses longs cheveux, essayant de la calmer par son contact.

— Tu as dû sauver tant de vies depuis, murmura-t-il doucement.

— Ce n'est pas assez, murmura Virginia.

— Depuis, tu as protégé ton espèce. Tu as fait tant de bien. Ne penses-tu pas que le temps est venu de te pardonner ?

Il plaça ses doigts sous son menton et lui souleva la tête pour pouvoir regarder son visage. La peau autour de ses yeux avait viré au rouge et gonflé, ses yeux encore pleins de larmes. Ses lèvres tremblaient.

— Tu ne peux pas savoir. Nous commettons tous des erreurs, admit-il, en cherchant ce qui, il l'espérait, pourrait la réconforter.

— Mais mon erreur a coûté la vie à des gens.

— Comment sais-tu que c'est vrai ? soupira-t-il. Les démons qui t'ont vue avec Jonathan, ce n'était pas de ta faute. Qui sait combien de démons errent là-bas, essayant de trouver un moyen de détruire ton espèce ? Cela aurait pu arriver à n'importe qui.

— Mais ça m'est arrivé.

— Et cela se reproduira, pour quelqu'un d'autre. Tu n'es jamais à l'abri d'une détection. Ton aura t'identifie en tant qu'être surnaturel. On ne peut identifier les démons que par leurs yeux verts. Et s'ils portent des lunettes de soleil ? Et ce n'est pas comme si tu pouvais les sentir. Tu es désavantagée à moins de rester invisible. Et tu as dit toi-même que cela demandait beaucoup d'énergie.

Il passa ses doigts sur ses joues pour essuyer le reste de ses larmes.

— Ce que j'essaie de dire, c'est que tu ne devrais pas laisser cette culpabilité te détruire. Tu vaux mieux que ça. Tu es forte, et tu es bonne.

— Mais je dois être punie pour cela.

— Tu t'es assez punie toi-même. Ce n'est pas en te faisant du mal que tu vas récupérer tes amis. Cela n'aidera personne. Sors-toi ça de l'esprit et pense au bien que tu as accompli, aux vies que tu as sauvées, à l'avenir qui t'attend.

Elle renifla.

— Mais si je refais la même erreur ? Et si je l'ai déjà répétée ?

Virginia croisa alors son regard, et il y lut la question. La question qui se posait depuis leur première rencontre.

— Je ne peux pas te forcer à me faire confiance. Tout ce que je peux faire, c'est te dire que je ne te ferai jamais de mal, ni à toi ni aux gens de ton espèce. Mais je comprends qu'il t'est difficile de faire confiance à un étranger après ton expérience. Sache-le : Je ne t'abandonnerai pas. Je ferai tout pour te prouver que tu peux me faire confiance. Peu importe le temps que cela prendra. Parce que tu en vaux la peine. Et parce que je te veux.

Elle leva la main et prit sa joue dans sa main. Wes tourna son visage pour déposer un baiser dans sa paume.

— Pourquoi te montres-tu si compréhensif ? Pourquoi ne me condamnes-tu pas, comme l'a fait mon père ?

— Il n'aurait jamais dû te condamner. Il aurait dû être présent pour t'aider à surmonter cette épreuve. Mais je suis là maintenant. Je te rappellerai chaque jour si nécessaire que tu n'as plus à te sentir coupable. Tu t'es rachetée cent fois depuis. Tu mérites le bonheur. Si je peux t'aider à en trouver un peu, alors j'agirai en ce sens.

Pour la première fois depuis que Virginia était venue dans sa chambre, un petit sourire se formait sur ses lèvres.

— Tu es si bon avec moi.

Il gloussa.

— Je peux devenir encore meilleur, enfin, si tu le veux.

Elle pencha la tête sur le côté.

— Est-ce que tu essaies de me draguer ?

— Est-ce que ça marche ?

— Je ne sais pas, qu'en penses-tu ?

Virginia posa sa main sur son torse et fit courir ses doigts doux sur sa peau, la faisant picoter d'impatience.

— Peut-être que je devrais travailler un peu plus fort mon pouvoir de séduction.

Il lui adressa un clin d'œil.

— Vraiment ?

Elle se déplaça sur ses genoux et glissa sa main jusqu'à son entrejambe, où sa queue commençait à soulever la serviette.

— Plus fort que ça ?

— Oh, oui, beaucoup plus fort que ça.

Virginia détacha la serviette et la décolla pour pouvoir caresser sa main sur son érection. Wes gémit et sentit sa queue tressaillir et pomper encore plus de sang.

— Bébé, tu ferais mieux de faire attention avec ça.

Elle glissa de ses genoux et posa ses mains sur ses genoux, les écartant.

— Ah oui ? Peut-être que dans ce cas, je devrais utiliser quelque chose de plus doux, comme ma bouche.

Elle se mit à genoux devant lui.

— Attends !

Il lui prit la tête entre les mains et l'arrêta.

— Je pensais que tous les hommes aimaient ça.

— Oh, j'adore ça, sourit-il. Mais pourrais-tu m'accorder une faveur en te mettant nue pour moi d'abord ? Je veux regarder ton corps sexy pendant que tu me suces.

Elle lui sourit et se leva. Puis elle se déshabilla, se débarrassant d'un vêtement après l'autre, jusqu'à ce qu'il ne lui restât plus que son soutien-gorge et sa culotte noirs.

— Arrête, exigea-t-il. C'est parfait comme ça. Absolument parfait.

Il attrapa sa main et la tira entre ses jambes. Son pouls s'accélérait maintenant, et sa queue était raide et lourde, courbée contre son ventre. Prête à exploser.

Il regarda Virginia dans sa lingerie moulante, l'air innocent et séduisant à la fois. Il attira sa tête vers lui et déposa un long baiser sur ses lèvres rouges, avant de la relâcher et de plonger son regard dans ses yeux noisette. Les taches vertes qu'ils contenaient semblaient scintiller.

— Suce-moi, bébé, fais-toi plaisir sur mon corps, mais ne me laisse pas jouir. Je veux jouir dans ta belle chatte quand tu seras prête pour moi. Peux-tu me le promettre ?

— Je ne peux rien te promettre, murmura Virginia avec un sourire séducteur. Seulement que tu y prendras du plaisir.

— Je n'en ai jamais douté.

Et puis la femme aux cheveux roux baissa la tête jusqu'à son entre-jambe et lécha le bout de sa queue, tandis que ses longs cheveux caressaient ses cuisses.

— Putain !

Il s'agrippa aux coussins du canapé à sa gauche et à sa droite, se préparant à l'assaut sensuel.

— Mmm.

Elle enroula ses lèvres autour de son érection et glissa lentement sur lui, jusqu'à ce qu'il fût profondément enfoncé dans sa bouche humide et chaude.

Ayant besoin de la toucher, il passa ses mains dans ses cheveux, lui prit la tête doucement, veillant à ne pas prendre les devants. Il voulait que Virginia prît les choses en main, qu'elle décidât de la force et de la rapidité avec lesquelles elle le sucerait. Il voulait se soumettre à elle.

Virginia commença à monter et descendre sur lui, d'abord lentement et avec très peu de pression, en le lubrifiant avec sa langue humide. Il avait l'impression de s'enfoncer dans un trou rempli de crème chaude. Chaque glissement surpassait le précédent. Il ne se souvenait pas qu'une femme ne lui eût jamais accordé une telle tendresse, et il ne s'attendait pas à cela de la part de Virginia.

— C'est magnifique, bébé. J'adore ça.

Il serra la mâchoire, repoussant le besoin de se laisser aller et de céder à l'envie de pousser fort et profondément dans sa bouche. Au lieu de cela, il regarda droit devant lui, vers la porte en verre de la fausse cheminée, où le reflet de Virginia sur ses genoux le titillait.

Son cul gainé d'un string bougeait d'avant en arrière à chaque mouvement de sa tête. Elle ne lui cachait rien et l'excitait encore plus. Le besoin de la toucher devint insupportable, et il descendit le long de son torse jusqu'à l'endroit où son soutien-gorge retenait ses seins. Il passa ses doigts sur eux et trouva ses mamelons durs. Il les pinça, Virginia gémit et le suça soudain plus fort.

— Tu aimes ça, hein ? Tu aimes qu'on joue avec tes beaux seins.

Il n'avait pas besoin qu'elle répondît. Au lieu de cela, il recommença, cette fois en glissant ses doigts sous le tissu.

— Tu es faite pour le sexe, lui dit-il en la félicitant, et il fit glisser ses mains vers son dos pour trouver le fermoir de son soutien-gorge.

Il l'ouvrit, puis ramena ses mains sur son front et décolla le tissu de ses seins, les laissant tomber librement. Il les prit dans ses deux mains et les serra.

— Putain, j'adore tes seins.

Son regard dériva à nouveau vers le reflet dans le verre.

— Et ton cul.

Mais comme il ne pouvait pas atteindre son beau cul, il continua à jouer avec ses seins, à les presser, à pincer ses tétons, à taquiner d'autres gémissements sur les lèvres de Virginia pour qu'ils rebondissent contre sa queue endolorie. Il la stimula.

Et Virginia continuait, continuait à le sucer comme si c'était un sport olympique et qu'elle était bien décidée à remporter une médaille. Mais chaque seconde, la bataille pour repousser son orgasme imminent devenait de plus en plus impossible à gagner.

— Bébé, gémit-il, bébé, tu dois arrêter, je t'en supplie.

Elle l'aspira profondément dans sa bouche, puis le lentement relâcha avec un plop audible et leva son visage pour regarder vers le haut.

— Je suis surprise que tu aies tenu aussi longtemps, gloussa-t-elle.

—C'était de la pure torture", dit-il en la tirant vers le haut.

Virginia se débarrassa du soutien-gorge en haussant les épaules, puis elle accrocha ses pouces à sa culotte et l'enleva en se trémoussant.

Wes déglutit difficilement à cette vue. Il avait toujours rêvé d'une femme comme Virginia, mais n'avait jamais osé croire que son rêve se réaliserait. Apparemment, il était un fils de pute chanceux.

— Dis-moi ce que tu désires, murmura-t-elle, ses cils heurtant presque ses sourcils.

— Monte-moi, s'exclama-t-il. Pour que je puisse sucer tes seins et y enfouir mon visage.

Virginia posa sa main sur son épaule et le poussa à s'adosser au dossier du canapé, puis elle se mit à califourchon sur lui en s'appuyant sur ses genoux.

— Comme ça ?

— Tu te moques, comme si tu ne savais pas.

Elle pencha son torse plus près, de sorte que ses seins touchaient presque son visage. Il s'avança et enfonça son visage dans son décolleté. La chair douce de ses seins l'enlaça, caressant ses joues, le berçant. Il respira son parfum et lécha un chemin vers le milieu, tout en levant les mains et en appuyant sur l'extérieur de ses seins pour les serrer l'un contre l'autre.

Puis il souleva ses paupières et vit comment elle le regardait, les lèvres écartées, les yeux brillants, la luxure débordant en eux.

— Tu as vraiment envie de moi. Tu n'as pas d'arrière-pensée, n'est-ce pas ? murmura-t-elle comme si elle n'y avait pas cru jusqu'à présent.

— Je suis un homme simple, Virginia. Tout ce que je veux, c'est entrer en toi, et y rester aussi longtemps que tu voudras bien de moi.

Et ce désir éclipsait même son devoir envers Scanguards, et son espoir qu'ils pussent forger une alliance avec les Gardiens de la Nuit.

— Wes, murmura-t-elle en s'abaissant sur sa queue, s'appuyant sur lui d'un seul coup continu.

Ses muscles se resserraient autour de lui.

Son geste l'éloigna de ses seins et amena le visage de Virginia au niveau du sien.

— Je te veux, Wesley.

— Tu m'as, bébé.

Corps et âme. Bien qu'il ne pût pas lui dire cela. Elle n'était pas prête à l'entendre. Au lieu de cela, il fit glisser ses lèvres sur les siennes et prit sa bouche pour l'embrasser. Elle le reçut avec la même passion qu'elle prenait sa queue dans son corps, et il s'abandonna à elle.

Le plaisir de la sentir le chevaucher, de ses hanches qui montaient et descendaient, de ses seins qui rebondissaient à chaque mouvement, faisait brûler encore plus fort le feu dans son corps. Les cheveux de Virginia caressaient sa peau, tandis que ses mains se posaient sur son torse, le caressant doucement. Ses mouvements étaient rythmés et mesurés. Doux et lents. Mais en ce moment, il voulait quelque chose d'autre. Il était déjà au bord du gouffre. Combien de temps allait-elle le torturer avec ses mouvements lents et doux, alors qu'il avait déjà senti sa force et à quel point elle pouvait le chevaucher ?

Il arracha sa bouche de la sienne.

—Bon sang, Virginia, ne me taquine pas ! Baise-moi ! Ou dois-je te jeter sur le dos ?

Une lumière semblait s'allumer dans ses yeux, et elle le pressa fortement contre le dossier.

— Suce mes seins, et peut-être que je te chevaucherai plus fort.

— Maintenant, tu parles.

Il lui prit les seins à deux mains, puis captura un mamelon entre ses lèvres et le suça.

Virginia rejeta la tête en arrière et gémit.

— Oui, comme ça.

Ses encouragements l'incitèrent à sucer plus fort et à lécher le mamelon pour l'apaiser, avant de faire la même chose avec l'autre sein. Cette fois, il frotta ses dents sur sa peau et la sentit frissonner en réponse. Pendant un instant, il aurait aimé être un vampire pour pouvoir la mordre et ressentir ce genre de connexion, le lien profond qu'avaient les vampires. Mais à défaut, il dut se contenter d'aspirer son mamelon profondément dans sa bouche et de presser ses seins jusqu'à ce qu'elle augmente enfin son rythme et le chevauchait plus rapidement. Elle s'enfonça plus profondément.

Toujours en train de lui lécher les seins, il posa ses mains sur ses hanches pour la plaquer encore plus fort, tout en secouant ses hanches vers le haut pour doubler l'impact. Le résultat était explosif. Sa queue brûlait, prête à libérer sa semence en elle, prête à la remplir de tout ce qu'il possédait.

Il passa la main entre leurs corps et glissa ses doigts dans les poils humides qui gardaient sa chatte, pour trouver son clitoris. Le petit organe était gonflé. Parfait. Il frotta dessus.

Virginia poussa un cri et pressa son entrejambe contre ses doigts. Il continua à frotter son bouton sensible, continua à lécher ses seins, continua à enfoncer sa queue au plus profond de sa grotte accueillante. Plusieurs poussées supplémentaires, et Virginia haleta soudain. Au même moment, ses muscles intérieurs commencèrent à se contracter et à se serrer autour de sa queue. Il jouit instantanément, projetant son sperme au plus profond d'elle, et tout son corps tremblait sous l'effet de son orgasme.

Virginia s'affaissa contre lui, et il attira sa tête à lui, embrassant ses lèvres, ses joues, ses paupières. Pendant quelques instants, il ne put même pas parler, il ne put que respirer et remplir ses poumons. Il l'enlaça, la pressant contre lui, ses mamelons durs chatouillant sa poitrine.

— Oh, bébé, murmura-t-il en l'embrassant dans le cou. C'était...

Il n'avait pas de mots pour exprimer l'incroyable intensité de leurs ébats. Il prit sa tête entre ses mains et la regarda dans les yeux.

— C'est l'expérience la plus incroyable que j'ai jamais vécue. Rien n'a jamais été aussi délicieux.

— Je sais que tu es un dragueur, Wesley, mais s'il te plaît, ne dis pas des choses juste parce que tu penses que j'ai envie de les entendre.

Ce n'était pas une réprimande, plutôt une déclaration sobre.

Il soupira.

— Tu as raison, je suis un dragueur. Je l'ai toujours été. Mais tu devrais savoir autre chose à mon sujet. Je peux flatter une femme pour l'amener au lit, mais une fois dedans avec elle, je ne dis que la vérité. Je ne dis que ce que je ressens. Si je ne le ressens pas, je me tais et je fais semblant de dormir.

Il sourit.

— Et comme tu peux le voir, je ne dors pas en ce moment. En fait, je n'ai pas l'intention de dormir.

Un sourire se construisit sur les lèvres de Virginia.

— Tu le penses vraiment ?

— Que je n'ai pas l'intention de dormir ?

Elle roula des yeux.

— Ça, c'est évident. Non, que tu ne mens pas au lit.

— Oui.

— Alors nous devrions peut-être aller au lit, suggéra-t-elle en désignant le grand lit qui se trouvait dans l'autre partie de la grande pièce.

— Je pense que c'est une idée brillante.

Il déposa un baiser sur ses lèvres.

— Je suppose que tu en profiteras pour m'interroger.

Elle sourit.

— Ne me donne pas d'idées.

Il la souleva et se leva avec elle dans les bras, la portant jusqu'au lit. Il la laissa tomber à ses pieds et tira la couette vers l'arrière. Virginia se glissa sous la couverture légère et Wes la suivit, l'attirant contre la courbe de son corps.

— Peux-tu me promettre une chose ? demanda-t-il.

Elle tourna la tête pour le regarder.

— Mmm ?

— Reste ici toute la nuit. Réveille-toi avec moi. Quand je me suis réveillé au motel, tu t'étais déjà levée.

— C'est tout ? sourit-elle.

— En fait, puisque tu demandes.

Il appuya sa queue à moitié dure contre ses fesses.

— Je pourrais être un peu excité pendant la nuit, puisque tu es nue et si sacrément chaude. J'espère que tu es d'accord pour que je te réveille pour te faire l'amour.

— Un peu excité ? gloussa Virginia. Wes, tu es excité depuis le moment où je t'ai rencontré.

— Alors, c'est oui ?

Lorsque Virginia commença à rire, il la fit taire en l'embrassant.

24

W es l'avait en effet réveillée – deux fois – pour lui faire l'amour. La troisième fois, Virginia s'était réveillée au lever du jour avec la queue de Wesley en elle, glissant doucement d'avant en arrière, tandis qu'il lui caressait tendrement les seins et déposait de doux baisers sur sa nuque et ses épaules. Elle s'était pliée à ses exigences, se délectant de l'affection dont il l'avait comblée. Elle pourrait s'habituer à être réveillée ainsi tous les jours.

Sous la douche, ils s'étaient lavés tout aussi tendrement, et elle aurait aimé se cacher dans la chambre de Wesley bien plus longtemps, mais elle savait qu'elle ne pourrait pas éviter les autres gardiens éternellement.

— Ça va aller, murmura Wesley alors qu'ils se dirigeaient vers la porte.

Elle tourna la tête pour le regarder.

— Comment – ?

— Tu es un livre ouvert, Virginia.

Il brossa quelques mèches de ses cheveux derrière son épaule et caressa sa joue avec son pouce.

— Personne ne va penser du mal de toi simplement parce que tu couches avec moi. Tu pourrais faire pire, tu sais.

Il lui lança un clin d'œil, et elle sourit involontairement.

— Tu ne te prends pas trop au sérieux, n'est-ce pas ?

— À quoi bon ? La vie est suffisamment sérieuse.

Il lui tendit la main.

— Maintenant, prenons le petit déjeuner. Je suis affamé. J'ai brûlé quelques calories hier soir. Et j'ai besoin de me ressourcer, sinon tu me jetteras quand je ne pourrai pas assurer ce soir.

Virginia secoua la tête.

— Oh mon Dieu, tu penses vraiment tout le temps au sexe.

Wes se pencha vers elle.

— Seulement parce que je te trouve si attirante.

Devant la porte, elle hésita.

— À propos de ce que je t'ai dit hier soir...

— C'est seulement entre toi et moi. Personne ne le saura jamais.

Elle vit la vérité dans ses yeux et acquiesça.

— Merci... pour tout.

Le sourire qu'elle avait appris à aimer apparut sur son visage, et il se pencha pour effleurer ses lèvres. Automatiquement, elle écarta les lèvres et accepta son tendre baiser, car chaque fois que Wesley l'embrassait, ses inquiétudes semblaient se réduire, et l'espoir que tout se passerait bien se répandait.

Wes décolla ses lèvres des siennes et appuya son front sur le sien.

— Hmm. Tu me transformes en créature insatiable.

— J'ai l'impression que tu as toujours été insatiable.

— Peut-être, mais personne ne m'a jamais fait plaisir comme toi.

Elle gloussa.

— Je n'arrive pas à le croire. Je suis convaincue que tu as dû enchaîner les conquêtes féminines pour assouvir tes moindres caprices.

Après tout, ses yeux bleus de bébé suffisaient à faire baver n'importe quelle femme normalement constituée.

— Je refuse de répondre à cette question.

— Ce n'était pas une question. C'était une déclaration.

— Alors, tu penses me connaître, hein ?

Elle bascula la tête en arrière et le regarda dans les yeux.

— Je te connais mieux que je ne te connaissais il y a quelques jours, mon sorcier sexy.

Il rit.

— Maintenant, tu vois ? Le fait que tu m'appelles sorcier ne constitue plus un gros mot.

Elle se frotta contre lui, se montrant délibérément provocante.

— À quoi ça ressemble maintenant, sorcier ?

Wesley laissa tomber ses mains sur ses fesses et la pressa contre lui.

— Pour l'instant, on dirait que tu veux sauter ce sorcier.

— Et on dirait que ce sorcier s'apprête à ça.

Elle se dégagea de son étreinte et fit glisser sa paume sur le bourrelet dur de son pantalon. Elle appréciait la rapidité avec laquelle Wesley pouvait s'exciter, car cela confirmait qu'elle détenait du pouvoir sur lui. Le même genre de pouvoir qu'il exerçait sur elle.

Il laissa tomber son regard sur sa main et sourit.

— Si tu persistes, maîtresse, nous n'arriverons jamais au petit-déjeuner.

Elle sourit et se tourna vers la porte, puis la franchit directement pour entrer dans le couloir. Un instant plus tard, la porte s'ouvrit derrière elle et Wesley sortit.

— Très drôle, répliqua-t-il sèchement.

Côte à côte, elles se dirigèrent vers la cuisine. Virginia pouvait déjà entendre les voix des autres Gardiens de la Nuit derrière la porte fermée. Elle prit une grande inspiration et entra, Wesley derrière elle.

Tout le monde tourna les yeux vers elle, interrompant leurs activités. Enya n'avait pas perdu de temps pour raconter à ses collègues ce qu'elle avait vu dans la chambre de Wesley. Virginia ne s'attendait pas à un autre résultat.

— Bonjour, se força-t-elle à dire.

Puis elle regarda vers le comptoir.

— Oh bien, vous avez préparé du café.

Au moins, elle pouvait s'occuper à quelque chose, et stabiliser ses mains tremblantes en tenant un mug de café chaud.

Quelques « bonjour » vinrent en réponse, tandis que Virginia se versait une tasse.

— Les gars, dit Wesley d'un ton enjoué, n'y a-t-il rien à manger ?

— Nous attendions que tu nous fasses des crêpes, lança Enya en lançant un regard de travers à Virginia. Puisque ma dernière tentative ne s'est pas très bien passée.

Hamish gloussa.

— Oui, on ne laissera plus jamais Enya s'approcher du fourneau.

Enya lui tira la langue.

— Comme si tu excellais en cuisine.

— Je m'en occupe, dit rapidement Wes en se dirigeant vers le réfrigérateur.

Pendant qu'il sortait quelques ingrédients, il dit :

— Je ne vois pas Leila. Elle ne se joint pas à nous ?

Aiden secoua la tête.

— Elle ne se sent pas bien ce matin.

Attrapant un bol et un fouet, Wesley se tourna vers l'îlot.

— Ne t'inquiète pas, quand ma belle-sœur attendait un enfant, ses nausées matinales n'ont duré qu'un mois. Ça passera.

Virginia fit claquer sa tête vers Wesley, puis vers Aiden, dont le menton s'était abaissé.

— Comment... murmura Aiden.

Logan donna une tape sur l'épaule de son ami.

— Pourquoi tu ne nous l'as pas dit ?

— Leila est enceinte ? demanda Manus, les yeux écarquillés.

Hamish et Tessa échangèrent un regard. Virginia le vit immédiatement, bien qu'il n'y eût pas d'autres signes extérieurs que l'amour dans leurs regards : les deux étaient bel et bien liés. Les soupçons que Virginia avait eus plus tôt, à savoir que Tessa avait menti pour éviter à Hamish d'être puni pour l'avoir autorisée à rester au bastion, se révélaient infondés.

— Je ne voulais rien dire, avoua Aiden, il est encore tôt, et Leila voulait attendre d'avoir franchi l'obstacle des trois mois.

Il fit signe à Wes qui est en train de fouetter la pâte à crêpes.

— Comment l'as-tu su ?

Wes sourit.

— Toutes les runes autour de cet endroit m'empêchent peut-être de lancer des sorts, mais je peux quand même sentir certaines choses.

Aiden secoua la tête en gloussant.

— Fils de pute.

— Eh bien, je te félicite, déclara Virginia. J'espère que tout se passera bien.

Et elle le pensait vraiment.

— Merci.

Hamish tapota l'épaule de son ami.

— Je suis heureux pour vous deux.

— J'apprécie, déclara Aiden. Mais je ne veux pas te détourner de tout ce qui se passe par ailleurs. Nous avons des choses à régler.

Virginia prit place autour l'îlot.

— As-tu des nouvelles de la femme de ménage ?

Aiden hocha la tête.

— Logan, tu peux appeler Pearce ici ? Je n'ai pas envie de m'y reprendre à deux fois.

Logan sauta de son tabouret de bar et se dirigea vers l'interphone situé à côté de la porte. Il appuya sur un bouton.

— Pearce. On a besoin de toi dans la cuisine.

Un grésillement statique dans le haut-parleur, puis :

— J'arrive dans cinq minutes.

— Maintenant, insista Logan, puis il ajouta : Wes est en train de faire des crêpes.

— Pourquoi ne l'as-tu pas dit tout de suite ?

Logan reprit sa place. Quelques instants plus tard, Pearce entra dans la cuisine, une tablette à la main.

— Bonjour tout le monde.

Il posa la tablette sur l'îlot, pour pouvoir voir ce qui se passait sur l'écran, et prit place.

— Désolé, je dois surveiller les communications, au cas où nous recevrions des messages urgents.

Puis il fit signe à Wes, qui se tenait maintenant devant la cuisinière, en train de faire chauffer de l'huile dans une casserole.

— Hé, Wesley, j'en prendrai trois, s'il te plaît.

Manus donna un coup de coude dans le côté de Pearce.

— Fais la queue comme tout le monde.

Wesley jeta un coup d'œil par-dessus son épaule.

— Il y en a assez pour tout le monde.

Puis il fit un geste en direction d'Aiden.

— Allez, ne nous tiens pas en haleine. Que s'est-il passé avec la femme de ménage ? A-t-elle tué Faldo ?

— Non, répondit immédiatement Aiden. Mais je sais qui l'a fait.

Virginia leva les yeux avec intérêt. Enfin une piste.

— Je me suis renseigné sur Mme Jefferson. Elle est veuve et vit dans une petite maison à l'ouest de Baltimore. Ce n'est pas vraiment le meilleur quartier. Elle garde une maison soignée, et rien ne semblait déplacé. Ses enfants ont quitté la maison ; le fils vit à Philadelphie, et la fille vient d'avoir un bébé et a emménagé avec son petit ami. Mme Jefferson était chez elle, en train de pleurer pour s'endormir, profondément bouleversée par la mort de Faldo. Je suppose qu'il était bon pour elle. Il la payait bien aussi, selon ses relevés bancaires. Maintenant, elle est au chômage. Ça doit la frapper durement.

Virginia soupira.

— Tu as dit que tu savais qui l'avait tué.

— Je suis en train d'y arriver. Elle a deux neveux. J'ai trouvé leur adresse dans ses papiers, alors je leur ai rendu visite. Ils louent ensemble un petit appartement. Il est rempli de marchandises volées. Tout, des téléphones portables aux montres en passant par les ordinateurs.

— Quelque chose de chez Faldo ? demanda Logan, en levant les yeux des crêpes que Wes lui avait servies entre-temps.

— Je n'ai pas pu le dire, avoue Aiden, mais ce que j'ai trouvé, c'est du sang. Sur une paire de chaussures de tennis.

— As-tu prélevé un échantillon ? demanda Manus. Je pourrais le passer dans le système.

— Non. J'ai fait encore mieux. J'ai appelé la police et je leur ai donné un tuyau anonyme.

Hamish siffla entre ses dents.

— Bien joué. Les ont-ils arrêtés ?

— J'ai attendu que la police arrive et les emmène. Avec les biens volés dans leur appartement, les policiers disposent d'assez de preuves pour les garder un moment. En attendant, je suis convaincu que la police scientifique va les relier au meurtre de Faldo. Tout cela est logique.

Wesley plaça une autre assiette remplie de crêpes sur l'îlot pour que tout le monde se serve.

— Il n'y avait aucun signe d'effraction. Tu penses qu'ils ont récupéré la clé de leur tante ?

Aiden acquiesça.

— C'est ce que je pense. Elle a probablement mentionné que Faldo allait s'absenter pendant une semaine, alors ils se sont dit qu'entrer et cambrioler l'endroit serait facile.

Manus grogna.

— Faldo a dû les surprendre, alors ils ont saisi toutes les armes qu'ils pouvaient et l'ont tué.

— Le presse-papier du bureau, suggéra Wes.

Logan acquiesça.

— Exactement. La police l'a pris comme pièce à conviction. Le sang de Faldo le recouvrait, et il aurait pu porter leurs empreintes digitales, à moins qu'ils n'aient porté des gants.

— Comment pouvons-nous en être certaines ? demanda Virginia.

Aiden se tourna vers elle.

— Nous devrons attendre que la police communique cette information. Je suis certain que ça ne prendra pas longtemps.

Il fit un geste du pouce par-dessus son épaule, et Virginia jeta un coup d'œil dans la direction qu'il avait indiquée : une grande télévision fixée au mur dans le salon, en sourdine et tournée vers une chaîne locale.

— Je suppose que ce sera bientôt aux nouvelles.

— Je suppose que nous devrons attendre alors. En attendant, dit Virginia en reportant son regard sur Pearce. Que s'est-il passé hier soir avec Deirdre ?

— Tout s'est bien passé. J'ai posé des micros chez elle pendant qu'elle dormait. Nous saurons à qui elle parle et qui lui rend visite. Et j'ai mis des traceurs dans plusieurs de ses chaussures et dans son sac à main. Nous saurons où elle se trouve à tout moment. Nous sommes couverts.

Virginia hocha la tête.

— Bon travail. As-tu remarqué quelque chose d'étrange chez elle ?

Pearce haussa les épaules.

— Étant donné qu'elle dormait, je n'ai rien pu détecter. Mais tout ce qui se trouve chez elle avait l'air normal. L'endroit est peu meublé, mais c'est normal, puisqu'elle y vit depuis seulement quelques jours.

— Humm.

Virginia analysait ses paroles.

— Et si elle n'avait pas l'intention de rester là longtemps ? Elle reste ma principale suspecte. Elle sait où se trouvent les bastions.

— C'est le cas de beaucoup de gens, interrompit Hamish.

— Mais elle a un motif, déclara Virginia. Et qui d'autre est là ? On ne peut pas vraiment mettre ça sur le dos de Finlay, il est mort.

— Qui est Finlay ? demanda Wesley.

Hamish mit sa fourchette de côté, jeta un coup d'œil à Aiden, puis dit :

— C'était un traître. Un membre du Conseil des Neuf. Il y a un peu plus d'un an, il a conclu un pacte avec les démons. Il allait leur livrer Leila en échange de sa prise de pouvoir sur les démons.

— Pourquoi ? fit Wes en regardant Aiden. Sans vouloir te vexer, Aiden, je sais que tu aimes ta femme, mais pourquoi les démons voudraient-ils d'elle ?

— Parce que c'est une scientifique brillante, répondit Aiden. Elle développait un médicament contre la maladie d'Alzheimer, un vaccin, qui, s'il avait obtenu l'autorisation de commercialisation, aurait rendu l'humanité si vulnérable à l'influence des démons qu'ils auraient pris le contrôle du monde en quelques mois. Nous n'aurions rien pu faire d'autre que de rester impuissants.

— Oh.

Hamish acquiesça d'un signe de tête.

— Oui. Mais heureusement, nous avons découvert le plan de Finlay et nous avons pu l'arrêter.

— Qu'est-ce qui s'est passé ?

— Finlay a kidnappé Leila et l'a emmenée rencontrer les démons, poursuivit Hamish.

— Tu as oublié de mentionner qu'il a d'abord coupé mon tendon d'Achille et qu'il m'a enfermé dans une cellule de plomb pour que je ne puisse pas le suivre, interrompit Pearce.

— Putain, maugréa Wes en regardant Pearce. Ça a dû faire mal.

— Oui, il a tranché en plein dedans avec sa dague.

Puis il haussa les épaules.

— Heureusement, nous guérissons vite.

— En tout cas, dit Hamish, nous les avons trouvés juste à temps. Finlay est mort, tué par Zoltan, en fait, qui est maintenant le Grand Leader, le chef des démons. Il n'a jamais eu l'intention de respecter sa part du marché.

— Alors, vous avez vu Finlay mourir ? demanda Wes.

Tous les membres du complexe de Baltimore hochèrent la tête.

— Il était mort de chez mort, grogna Aiden. Il le méritait.

— Et le corps ? Qu'est-ce qu'il est devenu ? demanda Wes.

— Où veux-tu en venir ? s'interposa Virginia.

Wes la regarda, puis se retourna vers Aiden.

— Et s'il transportait quelque chose susceptible de tomber entre les mains du démon, comme son téléphone portable ?

Pearce secoua la tête.

— Désolé, impossible.

— Mais...

— Nous avons récupéré le téléphone portable de Finlay après sa mort. Ce n'est pas une mauvaise idée, mais c'est une impasse.

Wes soupira.

— Humm, alors je ne sais pas non plus.

Il jeta quelques crêpes dans son assiette et commença à manger.

Pendant quelques instants, personne ne parla, et seuls les couverts cliquetaient contre la porcelaine, tandis que tout le monde avalait son petit déjeuner.

Le bruit de la porte qui s'ouvrit incita Virginia à regarder par-dessus son épaule. Leila entra, et Virginia se figea.

À l'autre bout de l'îlot, Wes laissa échapper un souffle.

— Oh mon Dieu ! Leila ?

25

———

Wesley dut y regarder à deux fois. La femme qui entrait dans la cuisine ressemblait vraiment à Leila, mais en même temps, ça ne pouvait pas être elle. Parce que la Leila qu'il connaissait n'avait pas la peau dorée. Pas dorée à la *Goldfinger*, mais éclatante comme si un million de grains de lumière scintillaient sous son teint rosé.

Il glissa de son tabouret de bar et se dirigea vers elle, tandis que les autres lui souhaitaient le bonjour comme s'ils n'avaient même pas remarqué son apparition. S'arrêtant à quelques mètres d'elle, Wes capta son regard.

— Tu vas bien, Leila ?

— Merci de demander, je vais bien. J'ai senti l'odeur des crêpes et ça m'a donné faim.

Il acquiesça automatiquement, toujours incapable d'arracher son regard à son visage, à son cou et à ses bras nus. Il jeta rapidement un regard aux gardiens les plus proches de lui autour de l'îlot, Manus et Logan, mais ils parlaient entre eux comme si rien ne s'était passé.

Hamish chuchotait quelque chose à Tessa, et Enya enfournait encore plus de nourriture dans sa bouche, tandis que Pearce fixait la tablette et la parcourait du doigt.

— Arrête de la dévisager, murmura soudain Virginia derrière lui.

Wes se retourna. Il n'avait pas remarqué que Virginia avait sauté de son tabouret de bar pour s'approcher de lui.

— Mais, manifestement, quelque chose ne va pas chez elle. Pourquoi personne n'intervient-il ? demanda-t-il en essayant de rester aussi silencieux que Virginia, mais l'inquiétude qu'il ressentait soulevait sa voix. C'est peut-être la grossesse.

Un souffle de Leila le fit pivoter vers elle.

Leila regarda Aiden d'un air accusateur.

— Tu lui as dit ?

Aiden se leva et se dirigea vers sa femme.

— Je ne l'ai pas fait. Wesley l'a deviné.

— Oh.

Puis elle sourit et haussa les épaules.

— Je suppose que les gens devaient le découvrir.

Dès qu'elle le dit, tous les autres commencèrent à parler les uns au-dessus des autres, à féliciter Leila pour sa grossesse, à lui exprimer leurs vœux et leur surprise. Tessa et Enya serraient même dans leurs bras la femme de leur camarade de chambrée. Pourtant, personne ne faisait la moindre remarque sur sa peau dorée.

Pendant un moment, Wesley resta planté là, en silence. Peut-être était-il le seul à voir la lueur dorée ? Cela pouvait-il signifier qu'il sentait que quelque chose n'allait pas chez Leila ? Quelle était peut-être malade ?

Il tendit la main vers Aiden, saisissant son avant-bras, attirant son regard sur lui.

Wesley se pencha vers lui.

— Quelque chose ne va pas avec ta femme.

Les yeux d'Aiden s'écarquillèrent.

— Quoi ?

— Écoute, je ne sais pas ce que c'est, et évidemment, aucun d'entre vous ne peut le voir, donc ça doit être mes sens de sorcier. Mais je pense que ta femme est malade.

Une main lourde se posa sur l'épaule de Wesley. Ce dernier tourna la tête et Hamish s'approcha d'eux.

Hamish sourit.

— Tu ne ferais pas allusion, par hasard, au fait que Leila brille d'un éclat doré ?

Le menton de Wesley s'abaissa.

— Tu le vois aussi ?

Hamish esquissa un sourire, puis échangea un regard avec Aiden.

— Veux-tu expliquer à Wes ici présent ce que tu as fait à ta femme ?

— Ça ne le regarde pas, dit sèchement Aiden, les joues rougies.

— Qu'est-ce qui se passe, bordel ? jura Wes. Est-ce que quelqu'un peut m'expliquer en quoi cela consiste ? Parce que quoi que ce soit, ce n'est pas normal.

— Oui, eh bien, les vampires qui mordent leurs compagnons, ce n'est pas normal pour nous non plus, dit Hamish sèchement. Nous avons des pratiques sexuelles qui peuvent te sembler un peu bizarres.

Puis il se pencha et baissa la voix jusqu'à chuchoter.

— Et qui sait, peut-être que tu le découvriras de première main un jour.

— Oh.

Il comprit. Hamish savait pour lui et Virginia, et insinuait que cette dernière l'initierait à la pratique sexuelle à laquelle il faisait référence.

La question que se posait Wesley, cependant, était de savoir pourquoi elle ne l'avait pas déjà fait.

Wes se tourna vers l'endroit où Virginia se tenait devant l'îlot de cuisine. Elle les regardait. Elle les avait observés. Lentement, il détacha ses yeux d'elle et reporta son regard sur Aiden et Hamish. Ce n'était pas le moment ni l'endroit pour discuter de cela avec Virginia. Mieux valait détourner l'attention de tout le monde.

— Mais Leila est humaine. Est-ce que tu es sûr qu'elle va bien ? demanda-t-il à la place.

Aiden sourit.

— Je suis touché que tu te préoccupes autant du bien-être de ma femme, mais je t'assure qu'elle va très bien.

Il détourna le regard, et Wesley le suivit pour apercevoir Leila qui leur souriait.

— Ça te dérange si je la félicite ?

— Vas-y.

Wes se fraya un chemin parmi les personnes qui le félicitaient. Leila le regarda.

— Je suis très heureux pour vous deux.

Il lui tendit la main et elle l'accepta.

— Merci, Wesley. Si tu veux vraiment faire quelque chose pour moi, quelques crêpes seraient parfaites.

Elle le gratifia d'un large sourire.

— Viens, je vais t'en faire des fraîches, dit-il en lui prenant le coude, quand quelqu'un le heurta par-derrière.

Il perdit l'équilibre et trébucha en avant, vers Leila. Elle le rattrapa et, en se redressant, la main de Wesley glissa vers son ventre. Il n'y avait pas encore de bosse visible, mais il y avait senti quelque chose d'autre. Il n'en était pas certain à cent pour cent, puisque le contact avait été si bref.

Wes se redressa.

— Tout va bien ? dit Aiden derrière lui.

Wes acquiesça, mais ne se retourna pas, et regarda plutôt Leila.

— Leila, je sais que cette demande peut paraître étrange, mais cela te dérange si je pose ma main sur ton ventre ?

— Pourquoi ?

Aiden marcha pour se tenir à côté de sa femme, bien qu'il n'eût pas passé son bras autour d'elle comme il le faisait d'habitude lorsque Wes les voyait ensemble.

— J'ai remarqué quelque chose à propos de la grossesse lorsque nous nous sommes croisés à l'instant. Je veux m'en assurer.

Leila et Aiden échangèrent un regard, puis Leila hocha la tête.

— D'accord.

Wes regarda Aiden, pour s'assurer qu'il donnait lui aussi sa permission. Un hochement de tête à peine perceptible lui dit que c'était bon, alors Wes posa sa paume sur le ventre de Leila, puis il ferma les yeux et se concentra.

Un instant plus tard, il ouvrit les yeux et retira sa main.

— J'entends deux battements de cœur.

— Bien sûr, le mien et celui du bébé, déclara Leila.

Wes sourit et secoua la tête.

— Deux battements de cœur provenant de ton utérus. Tu vas avoir des jumeaux. Félicitations.

— Des jumeaux ? murmura Leila en regardant son mari. Oh, Aiden.

On aurait dit qu'elle voulait passer ses bras autour de lui, mais elle s'en abstint, tout comme lui.

— Allez, Aiden, qu'est-ce qui ne va pas chez toi aujourd'hui ? Tu ne vas même pas faire un câlin à ta femme ?

Aiden soupira.

— Quelqu'un pourrait-il expliquer à Wes pourquoi je ne peux pas le faire ?

Il regarda autour de lui.

— Logan ?

— Bien sûr, dit aussitôt Logan en passant son bras autour de l'épaule de Wesley et en l'entraînant vers le salon.

— C'est quoi tout ça ? demanda Wes, un peu agacé par tous ces secrets.

— Écoute, Virginia pourrait peut-être t'expliquer cela, mais il semble évident que vous n'en êtes pas encore à ce stade de votre relation, dit Logan avec précaution et plutôt calmement.

Wes leva un sourcil mais ne le contredit pas.

— Quoi qu'il en soit. Entre couples, il y a le sexe et puis il y a le sexe à la manière des Gardiens de la Nuit.

— À la manière des Gardiens de la Nuit ?

— Oui, c'est intense. Dans leur cas, expliqua Logan en faisant un geste en direction du couple, Aiden a versé sa virta, sa force vitale, dans Leila pendant qu'ils faisaient l'amour. C'est ce qui la fait briller d'un éclat doré pendant des heures. Mais c'est aussi ce qui la fait jouir à chaque fois qu'il la touche.

— Mais tout le monde l'a prise dans ses bras, et je l'ai touchée aussi.

— Cela n'arrive que si la personne qui la touche est la même que celle qui lui a donné sa virta.

Wes secoua la tête en signe d'incrédulité stupéfaite.

— Waouh, c'est complètement fou. Est-ce que ça marche aussi dans l'autre sens ?

Logan éclata de rire.

— Tu veux dire quand le Gardien de la Nuit est une femme ?

Wes se racla la gorge.

— Oui, juste, tu sais, par intérêt.

— Je laisse à Virginia le soin de t'expliquer cela, déclara-t-il en souriant.

– Allez, fais preuve d'amitié.

– Hé, ce n'est pas à moi de m'en charger, dit Logan en levant les mains. Si elle veut que tu saches ce qui arrive à un gars si et quand elle le fait, elle te le dira.

Il se tourna et retourna vers l'îlot de cuisine.

Wes soupira. Maintenant qu'il connaissait cette pratique particulière des Gardiens de la Nuit, il avait hâte d'être seul avec Virginia pour lui poser des questions à ce sujet. Hélas, l'occasion ne se présenterait pas tout de suite. Leila demandait des crêpes, et le reste de la bande en voulait aussi des nouvelles. Pendant la demi-heure qui suivit, il resta collé aux fourneaux, remplissant les commandes comme s'il était le cuisinier d'un restaurant très fréquenté.

Et, une fois que tout le monde eut terminé son petit-déjeuner, Manus et Tessa se portèrent volontaires pour faire le ménage. Quelqu'un alluma alors le son de la télévision, attirant l'attention de tous sur le reportage qui se déroulait à l'écran. La journaliste de la veille parlait à la caméra, tandis qu'un bandeau rouge indiquant Nouvelles de dernière minute défilait en bas de l'écran.

« La police a arrêté deux suspects lors d'une descente dans l'ouest de Baltimore la nuit dernière. Ils sont détenus dans le cadre du meurtre brutal d'Anton Faldo, un homme d'affaires de Baltimore, que la police a découvert battu à mort hier. »

L'écran se sépara et les photos d'identité de deux voyous apparaissaient d'un côté, tandis que la journaliste poursuivit : « Michael Brown et James Brown sont les neveux de Carol Jefferson, femme de ménage de M. Faldo. La police a trouvé des objets appartenant à M. Faldo dans l'appartement des suspects, ainsi que des preuves médico-légales qui pourraient les relier directement à la mort de M. Faldo. Une source policière a également confirmé que Mme Jefferson, que nous avons interviewée dans cette émission hier, est devenue une personne centrale dans l'enquête, et elle aurait pu donner à ses neveux l'accès à la maison. La police attend actuellement que les preuves ADN soient analysées, mais une source proche de l'enquête nous a dit que les deux suspects seront inculpés de meurtre et d'une série d'autres crimes. »

Quelqu'un coupa le son de la télévision.

Wes regarda l'assemblée. Il avait été témoin de nombreuses affaires criminelles et avait travaillé suffisamment souvent avec la police de San Francisco pour savoir quelles preuves la police de Baltimore possédait.

— Si la police s'apprête à divulguer qu'elle va inculper ces deux-là pour meurtre, elle possède déjà suffisamment de preuves, même sans les résultats de l'ADN, pour monter un dossier. Une fois qu'ils l'auront, ce sera un coup sûr.

Virginia croisa son regard.

— Je suis d'accord. C'est donc une impasse pour nous. Les démons n'ont pas atteint Faldo ; une bande de voyous l'a fait.

— Alors, et maintenant ? demanda Wesley.

— Nous allons devoir attendre que Deirdre bouge, déclara Virginia.

— Rester assis et attendre ?

Il n'aimait pas ça du tout.

— Il faut faire quelque chose.

— Virginia a raison, confirma Hamish. Nous devons attendre. En attendant, nous allons prendre des nouvelles des autres bastions. Voir s'ils ont des nouvelles pour nous. Tout le monde a les yeux et les oreilles ouverts.

Bien que Wes acquiesça pour donner raison à Hamish, il savait qu'il ne pouvait pas rester les bras croisés. Il devait réfléchir à ce qu'il était possible de faire d'autre. Peut-être était-il temps de convaincre les Gardiens de la Nuit qu'ils n'avaient pas à mener cette bataille seuls.

26

———————

Vintoq déposa une pile de papiers sur le bureau de Zoltan.

— Les rapports que tu cherchais, ô Grand Leader.

Zoltan hocha la tête.

— Des quatre dernières semaines ?

— Oui. Il comprend toutes les observations possibles des Gardiens de la Nuit, comme nos espions et nos propres hommes les ont enregistrées.

— Dans le monde entier ?

— Comme tu l'as demandé.

— Bien. Prends une chaise et assieds-toi. Tu peux m'aider à les passer en revue.

Vintoq rapprocha la chaise et s'assit.

— Qu'est-ce que je cherche ?

— Des noms.

— Des noms ?

– Oui, note le nom de toute personne mentionnée dans les rapports, note si c'est un humain ou un Gardien de la Nuit, et l'endroit où on les a repérés.

Vintoq acquiesça consciencieusement. Puis il regarda à nouveau la pile.

— Et, si je peux me permettre, quel est son but ? Ces rapports ont déjà produit des effets, mais sans résultat. Les Gardiens de la Nuit repérés sont partis depuis longtemps de l'endroit où on les a vus, et les humains ne nous servent à rien pour l'instant.

Zoltan jeta un long regard évaluateur à son sous-fifre.

— Au contraire.

Il saisit le téléphone portable qui se trouvait à côté de lui.

— Tu te souviens de ça ? Ulric me l'a apporté. Il appartient à un Gardien de la Nuit, et sa liste de contacts contient beaucoup de noms.

Il claqua la main sur la pile de rapports.

— Quelqu'un ici doit correspondre à un contact de ce téléphone. Je n'ai qu'à en trouver un pour que nous soyons dans la partie. Maintenant, commence.

— Bien sûr, mon Grand Leader.

Vintoq prit une partie de la pile et la plaça devant lui, puis commença à feuilleter les rapports.

— Cela va prendre un certain temps.

Zoltan grogna.

— Hmm. La persévérance mène au succès.

Et la patience. Mais il n'avait pas beaucoup de patience. Le temps lui manquait. Il devait agir rapidement, sinon cette fenêtre d'opportunité se refermerait, comme cela s'était produit pour d'autres.

Il jeta un coup d'œil à la dague qui reposait à nouveau sur la table basse, à côté de ses autres trophées. Elle n'avait plus d'utilité, mais il la gardait pour se rappeler qu'il ne pouvait pas échouer à nouveau. Il avait vendu la destruction du bastion des Gardiens de la Nuit comme une victoire à ses sujets, même s'il savait que c'était un échec, car il n'avait pas atteint l'objectif le plus important : détruire les gardiens de l'intérieur. La destruction d'un seul bastion, alors qu'ils auraient pu en atteindre plusieurs autres, si son équipe préparatoire n'avait pas foiré, constituait un échec aux proportions épiques. Mais il ne l'admettrait jamais devant ses démons. Ils devaient croire que c'était un succès.

La propagande se révélait cruciale. Une mauvaise propagande pouvait faire tomber un chef. Une bonne propagande pouvait lui donner du pouvoir.

Toute la journée, un sentiment de calme avant la tempête régnait au bastion de Baltimore. Wesley avait observé les gardiens dans leur travail : ils vérifiaient le périmètre toutes les heures, surveillaient les communications avec les autres complexes, regardaient les nouvelles pour tout ce qui semblait bizarre et, en général, attendaient simplement que quelque chose se produise. Mais rien ne bougeait.

Lorsque le soleil s'était couché et que le dîner s'était terminé, Wes se sentait à bout de nerfs.

— Nous ne pouvons pas rester assis à attendre, dit-il aux gardiens qui se prélassaient dans la salle de séjour.

Pearce leva les yeux de sa tablette, avec laquelle il surveillait toujours les mouvements de Deirdre.

— Désolé, mon pote, mais, que veux-tu qu'on fasse ? Si tu as une idée, fais-la nous connaître.

Il haussa les épaules et laissa retomber son regard sur son appareil.

C'était peut-être la meilleure invitation qu'il eût jamais eue. Wes prit une profonde inspiration, puis se prépara à l'opposition que son idée allait susciter.

— Mettre Scanguards dans le coup, c'est le moment. Les vampires peuvent nous aider.

Toutes les têtes tournèrent dans sa direction. Au moins, tout le monde le regardait. Il ne lui restait plus qu'à faire valoir son point de vue.

— Le conseil ne l'autorisera pas, pas dans un moment comme celui-ci, affirma Hamish d'un ton calme.

— Je ne demande pas au conseil, je vous demande à vous, dit Wes.

Lorsque plusieurs d'entre eux ouvrirent la bouche pour protester, il leva la main.

– Écoutez-moi, avant que vous ne formuliez des objections. Ce n'est pas comme si vous faisiez autre chose d'important en ce moment.

Quelques regards répondirent à ses paroles, mais Wes les ignorait. Au lieu de cela, il regarda Virginia. Au moins, elle ne lui jetait pas un coup d'œil.

— Très bien, nous allons t'écouter, déclara Virginia.

Il ne put pas s'empêcher de remarquer que même Enya avait l'air surprise, bien que Virginia n'eût pas l'air de s'en apercevoir.

— En tant que personne extérieure, je regarde tout cela et je me demande ce que nous laissons passer, commença Wesley. Je me suis creusé la tête toute la journée. Et je crois que j'ai trouvé.

Quelques regards sceptiques se posèrent sur lui.

— Maintenant, je n'ai pas la prétention d'en savoir plus que vous sur les démons. Mais, n'étant pas moi-même un gardien, je pense pouvoir aborder certains sujets différemment. Les démons semblent omniprésents, n'est-ce pas ? Je veux dire qu'ils ont leur propre réseau d'espions, composé d'êtres humains et démoniaques, qui nous observent, et qui remettent probablement des rapports à leur supérieur.

Hamish haussa les épaules.

— Oui, et alors ? Nous le savons déjà. C'est pourquoi nous faisons preuve d'une grande prudence quand nous sortons et nous restons invisibles chaque fois que nous le pouvons.

Wes acquiesça.

— C'est ce que je pensais. Mais, lorsqu'ils peuvent vous repérer, ils peuvent vous reconnaître à votre aura, alors que les démons eux-mêmes n'ont pas d'aura surnaturelle que vous ou moi pourrions voir. Cela vous désavantage.

— Tu oublies leurs yeux verts, dit Enya, presque ennuyée.

Il répondit à son commentaire par un hochement de tête.

— Non, je n'oublie pas. Mais les yeux peuvent bénéficier d'une protection, soit par des lunettes de soleil, soit par des verres de couleur.

— Nous le savons, dit Enya, mais beaucoup des démons que nous rencontrons ne semblent pas prendre cette précaution.

— Enya a raison, ajouta Virginia. Même si j'ai affronté de plus en plus de démons qui semblaient emprunter la voie des lunettes de soleil au cours des derniers mois.

— Exactement. S'ils veulent vraiment se cacher de vous, ils peuvent se déguiser. Et alors, vous ne pouvez pas les reconnaître avant qu'il soit trop tard. Ils pourraient vous suivre n'importe où et vous ne le sauriez pas.

Comme ils avaient suivi Virginia il y avait tant de décennies.

La poitrine de Virginia semblait se soulever comme si elle craignait qu'il ne dévoilât son secret.

— Où veux-tu en venir, Wesley ?

— Et si un autre moyen de reconnaître un démon, même s'il s'est déguisé, existait ?

— Tu veux dire comme lorsqu'ils plongent un poignard dans l'un d'entre nous ? demanda sèchement Logan.

Wes sourit.

— Il serait un peu trop tard à ce moment-là, n'est-ce pas ? Non. Mais les démons ont une odeur. Ce n'est pas quelque chose que nous pourrions distinguer, mais une espèce peut reconnaître n'importe qui grâce à son odeur.

— Des vampires, murmura Virginia.

— Oui, et je compte parmi mes amis plusieurs d'entre eux. Et ce n'est pas tout : ce sont des gardes du corps très entraînés, habitués à combattre le mal.

— Et pourquoi une bande de suceurs de sang nous aiderait-elle ? demanda Enya, la voix pleine de dégoût.

— Tu ne devrais probablement pas les appeler des suceurs de sang, prévint Wes. Ils pourraient se sentir offensés.

Logan se leva.

— Je me pose la même question qu'Enya. Pourquoi nous aider ? Les vampires ne s'allient jamais avec personne. Ils ne se lient pas d'amitié avec les autres. Bon sang, ils se battent déjà bien assez entre eux.

— Je suis l'exemple vivant de leur capacité à se faire des amis. Ils sont loyaux. La moitié de ma famille est composée de vampires. Mon frère en est un, ma sœur est liée à un autre. J'ai une nièce et un neveu, tous deux hybrides. Je connais ces gens. J'ai vécu avec eux pendant plus de vingt ans. Ils sont justes. Ils ont du cran. Et ils se battent pour la même chose que vous : éradiquer le mal. Et en ce moment, ils sont probablement morts d'inquiétude, car ils n'ont plus de mes nouvelles depuis près de deux semaines. Si je reviens vers eux maintenant, ils seront si heureux de me revoir en vie qu'ils accepteront tout ce que je leur proposerai. Laissez-les vous aider à combattre les démons, et vous verrez que vous pouvez aussi leur faire confiance. Laissez-les vous prouver que l'alliance entre nos deux espèces sert l'intérêt de tous.

— Et si tu as tort ? demanda Hamish en échangeant un regard avec Aiden, qui avait l'air dubitatif lui aussi.

Aiden ajouta :

— Nous ne pouvons pas nous permettre de perdre qui que ce soit, Wes. Les démons sont déjà plus nombreux que nous. Nous ne pouvons pas prendre le risque de rencontrer des vampires. Nous pourrions tomber dans une embuscade.

Il jeta un coup d'œil à sa femme qui était assise sur le canapé à côté de lui.

— Je ne demande pas que tout le bastion vienne avec moi, dit Wesley rapidement. J'ai juste besoin qu'une personne me fasse confiance. Qu'un seul d'entre vous vienne avec moi et démontrez aux Scanguards vos capacités, et que vous venez en paix, et je peux vous garantir qu'ils accueilleront favorablement l'idée d'unir leurs forces. Une seule personne.

Le silence s'abattit sur la pièce. Les gardiens échangèrent des regards. Wes ne pouvait pas en vouloir à Aiden et Hamish de ne pas vouloir l'accompagner. Ils devaient s'occuper de leurs femmes. C'était eux qui avaient le plus à perdre.

— Allez les gars, lança-t-il aux autres. Pourquoi vous vous dégonflez tous d'un coup ?

Manus poussa un soupir.

— Nous ne nous dégonflons pas. Mais il y a des règles.

Il jeta un regard en biais à Virginia.

— Le conseil aura notre peau s'il l'apprend. Et ils le découvriront.

En riant, Virginia se leva brusquement.

— Maintenant, tu vantes les règles ? C'est drôle, Manus, particulièrement pour toi. D'après ton dossier, tu as enfreint à peu près toutes les règles qui existent.

— Je conteste, conseillère, s'exclama Manus, le visage rouge.

Virginia secoua la tête.

— Ne prétends pas tous que tu aimes soudain suivre les règles, juste parce que je suis là, à te surveiller. Que ferais-tu si je n'étais pas là ? Si tu n'étais pas surveillé ?

Les regards que les gardiens échangèrent trahissaient leurs véritables sentiments. Wes pouvait le voir. Et apparemment, Virginia le pouvait aussi.

— C'est bien ce que je pensais.

Elle laissa échapper un souffle.

— Mais aucun d'entre vous n'ira voir les Scanguards.

Wes ouvrit la bouche.

— Mais...

— Je pars avec Wesley, interrompit Virginia. Et vous autres, vous nous couvrirez. Est-ce que je me fais bien comprendre ?

Personne ne la contredit.

Et Wesley ressentait une joie immense. Virginia avait enfin décidé de lui faire confiance.

27

J'espère que je ne le regretterai pas, murmura Virginia à Wesley une heure plus tard.

Après avoir discuté de tous les détails avec ses collègues et établi certains protocoles si les choses tournaient mal, Virginia et Wesley s'étaient équipés et se tenaient maintenant devant le portail, prêts à se téléporter vers Scanguards. Hamish et Logan, qui les avaient tous deux équipés d'armes, elle et Wesley, les attendaient.

Wes mit en bandoulière son sac à dos contenant ses outils de sorcellerie.

— Fais-moi confiance. Il ne t'arrivera rien. Je ne te quitterai pas.

Il lui serra le bras pour la rassurer.

— Virginia, cria Pearce en descendant les escaliers.

Elle regarda au-delà de Wesley.

— J'ai programmé un nouveau téléphone portable pour toi. C'est une ligne sécurisée. N'utilise que celle-ci pour nous contacter. Et si la ligne sonne, décroche. Ce ne peut être que nous. Personne d'autre ne connaît ce numéro.

Elle acquiesça et accepta le téléphone portable. Elle le glissa dans la poche intérieure de sa veste, une veste que Tessa lui avait prêtée. Elle se sentait un peu serrée, mais c'était mieux que rien si elle ne voulait pas grelotter. Apparemment, le temps à San Francisco, où ils se rendaient, se caractérisait par un froid et une humidité extrême. C'était la saison des pluies en Californie, avait expliqué Wesley.

— Peux-tu trouver un portail à San Francisco ? demanda Hamish. J'ai consulté le registre des portails perdus, et pour l'instant, nous n'en avons pas encore trouvé.

— Si la théorie de Wesley est correcte, à savoir que les portails perdus sont des vestiges d'anciens bastions, alors il y en aura un à San Francisco. J'ai été affecté à un bastion là-bas dans les années 1960. Le complexe a été détruit après qu'on l'ait compromis.

Elle ravala les mauvais souvenirs.

— Je compte sur le fait que les ouvriers ont réutilisé la pierre qui entourait le portail dans la construction quelque part à San Francisco.

Hamish laissa échapper un souffle.

— Eh bien, bonne chance. Envoie-nous un texto quand tu seras arrivée pour qu'on ne s'inquiète pas.

Virginia croisa son regard. Ce qu'elle vit dans les yeux de Hamish la surprit. Il pensait vraiment à ce qu'il disait.

— Je ne savais pas que l'un d'entre vous se souciait de ce qui m'arrive.

Les trois Gardiens de la Nuit échangèrent un regard. Puis Hamish fit un clin d'œil.

— Oh, on ne s'inquiète pas pour toi.

Il fit un geste du pouce en direction de Wesley et grimaça.

— On s'habitue juste à ce que Wes nous fasse des crêpes. On ne veut pas perdre le meilleur cuisinier qu'on ait jamais eu. Pas vrai, les gars ?

Les deux autres acquiescèrent.

— Alors, garde-le en sécurité.

Virginia surprit Wes en train de lever les yeux au ciel.

— Nous resterons en contact, dit Virginia et appuya sa main sur la dague gravée dans la paroi de pierre du portail.

Quelques secondes plus tard, le portail était ouvert. Elle entra à l'intérieur et Wesley la suivit.

Il passa immédiatement son bras autour de sa taille, avant qu'elle ne pût l'en empêcher. Un rapide coup d'œil à ses trois collègues, dehors dans le couloir, lui confirma qu'ils avaient remarqué le geste intime. Mais à sa grande surprise, personne ne semblait s'en soucier. Ils ne diraient à personne qu'elle aussi avait enfreint certaines règles.

Elle les salua d'un signe de tête, puis voulut que le portail se refermât. Les ténèbres les engloutirent.

Wesley l'attira dans une étreinte plus étroite, et pendant un instant, elle résista.

— Seulement pour que tu ne me laisses pas derrière, murmura-t-il à son oreille. Qui sait où nous allons atterrir cette fois-ci.

— As-tu peur ?

— Pas tant que je peux te sentir.

Elle passa ses deux bras autour de lui et appuya sa tête contre la sienne.

— Mmm, c'est mieux, murmura-t-il et l'embrassa sur la joue.

Virginia se concentra sur San Francisco, sur son ancien bastion, sur tout ce qu'elle en savait, ses points de repère, ses nombreuses collines, ses rues et ses bâtiments. Elle sentit l'air s'agiter autour d'elle et sut qu'ils étaient en train de bouger. Le portail les emmenait ailleurs. Vers l'endroit où elle avait fait la plus grosse erreur de sa vie. Une erreur qu'elle espérait ne pas répéter.

— Nous sommes arrivés, annonça-t-elle à Wesley.

— Je ne vois rien. Il fait trop sombre.

— Je n'ai pas encore ouvert le portail. Nous devons être prêts à tout.

Elle se dégagea doucement de ses bras.

— Prépare ton arme.

— Très bien, accepta-t-il. Je suis prêt.

— On peut y aller, murmura-t-elle et voulut que le portail s'ouvre.

Un bruit fort lui perça immédiatement les tympans, tandis que des lumières vives s'engouffrèrent dans l'ouverture. Son cerveau prit une seconde pour comprendre. Un train passait en trombe devant eux.

— Nous nous trouvons dans un tunnel de métro, dit Wesley à côté d'elle.

Le train étant passé, Wes sortit maintenant la tête du portail et regarda le long du tunnel.

— Il y a une gare à quelques centaines de mètres seulement.

Virginia regarda dans la même direction et vit les lumières de la station de métro, où le train s'était arrêté.

— Allons-y avant que le prochain train n'arrive.

Elle jeta un coup d'œil à l'autre bout du tunnel, mais ne vit aucune lumière au détour d'un virage.

— D'accord, dit Wes. Mais rangeons nos armes. Nous ne voulons pas avoir l'air suspects lorsque nous atteindrons la station.

Elle remit sa dague dans son fourreau.

— Fais attention où tu mets les pieds, conseilla-t-il. Il n'y a qu'un mince rebord.

— Vas-y, je te suis.

Marchant prudemment sur le bord du tunnel, elle suivit Wesley en direction de la gare. Le train s'apprêta à partir, ses portes se fermèrent. Il y avait beaucoup de monde de l'autre côté du quai, même si ce côté-ci était en train de se vider. Pourtant, trop de gens les verraient, Wesley et elle, sortir du tunnel.

Wes regarda par-dessus son épaule.

— C'est la station BART de la Seizième Rue. Nous sommes au milieu de la Mission. Le QG des Scanguards se trouve juste au coin de la rue.

— Mon ancien bastion se trouvait dans ce quartier.

Ils n'avaient donc pas déplacé les débris trop loin de leur site d'origine ; ils les avaient réutilisés dans la construction du système BART, le système de transport en commun rapide intra-urbain qui reliait les villes de South Bay à Oakland et à East Bay, en passant par San Francisco.

Juste avant qu'ils n'atteignent l'endroit où les lumières de la station tombaient dans le tunnel et risquaient de les mettre à nu, Virginia posa sa main sur l'épaule de Wesley.

— Attends, murmura-t-elle. Je vais nous rendre invisibles.

— Bonne idée.

Il se retourna et lui prit la main, et lentement, ils sortirent du tunnel et marchèrent sur le quai.

Wesley les fit passer devant les quelques personnes qui attendaient le prochain train. Il suivit celles qui se dirigeaient vers les escaliers roulants, en prenant soin de ne s'approcher de personne. Un citoyen pourrait, après tout, se heurter soudain à un obstacle invisible.

Lorsqu'ils atteignirent le niveau suivant, où se trouvaient les tourniquets et les guichets, une foule se pressait. Wes désigna les tourniquets et se pencha pour chuchoter à l'oreille de Virginia :

— Sans billets, on ne peut pas sortir. Peux-tu me garder invisible pendant que je saute par-dessus et ensuite t'aider ?

— Pas de problème.

L'obstacle se franchissait aisément, et quelques instants plus tard, ils émergeaient à l'extérieur de la station, à une intersection très fréquentée du quartier de Mission. Il pleuvait et il faisait sombre ici aussi. D'après la circulation et le nombre de personnes sur le trottoir, c'était l'heure de pointe.

— Merde ! jura Wes. La pluie va nous faire ressembler à Chevy Chase dans *L'homme invisible*.

Virginia comprit tout de suite. Leurs silhouettes allaient devenir visibles.

— Par ici.

Elle entraîna Wesley vers une ruelle, où plusieurs poubelles les protégeaient des regards.

— Je dois nous rendre visibles, sinon c'est fichu.

— Fais-le, acquiesça Wesley.

S'assurant que personne ne pouvait les voir, elle débloqua Wesley et elle-même.

— OK, nous sommes prêts. Laisse-moi dire aux autres que nous sommes arrivés à bon port.

Elle tapa rapidement un message texte et l'envoya. La réponse arriva immédiatement. « *Tiens-nous au courant, s'il te plaît* ».

— Où allons-nous maintenant ?

Wes lui prit la main.

— Par ici.

Il la conduisit le long d'un trottoir très fréquenté, prit plusieurs virages et traversa la rue à deux reprises. En tout, ils marchèrent probablement quatre ou cinq pâtés de maisons jusqu'à ce que Wes s'arrête à l'arrière d'un grand bâtiment qui semblait occuper la moitié du pâté de maisons.

— C'est notre parking. Nous pourrions passer par l'entrée principale, mais elle sera aussi très fréquentée, et qui sait comment les gardes vampires vont réagir à ta présence. Je préfère prendre l'entrée arrière et monter directement à l'étage de la direction. Si tu es d'accord ?

Pendant un instant, elle réfléchit à la question.

— C'est toi qui connais le mieux ton peuple.

Puis elle pointa du doigt la grille qui bloquait l'entrée d'un garage souterrain.

— Comment on entre ?

Wes sortit quelque chose d'une poche de son sac à dos et l'agita devant elle.

— Avec une carte d'accès.

Il la passa devant le lecteur de cartes. La lumière dessus passa au vert, mais le portail ne se levait pas.

Virginia allait faire un commentaire, quand elle vit Wesley appuyer son pouce sur le lecteur. Il lui jeta un coup d'œil.

— Procédure de sécurité, juste au cas où quelqu'un volerait nos cartes.

— J'aime bien.

Le portail se leva, Wes lui reprit la main et la guida à l'intérieur. Derrière eux, la grille s'abaissa. Virginia regarda autour d'elle. C'était bien un garage, bien éclairé et propre.

Wes pointa du doigt l'autre extrémité du grand espace.

— Les ascenseurs se trouvent là-bas.

Alors qu'ils marchaient vers eux, Virginia serra instinctivement Wesley de plus près. Il s'arrêta et se tourna vers elle, saisissant son biceps.

— Ça va, chérie ?

Elle sentit son cœur battre la chamade. Et pourquoi ne devrait-il pas battre ? Elle était sur le point d'entrer dans un nid de vampires.

— Est-ce qu'ils t'écouteront ?

— Ils le feront. De plus, je pensais ce que j'ai dit : Je ne te quitterai pas. Je te protégerai de tous ceux qui te veulent du mal.

— Pourquoi ? Tu entretiens une amitié plus longue avec eux qu'avec moi.

À ce moment-là, il gloussa.

— Virginia, ai-je vraiment besoin de te l'expliquer en détail ?

— Expliquer quoi ?

Il prit son visage dans ses deux mains.

— Je suis en train de tomber amoureux de toi.

— Amoureux ? s'exclama-t-elle. Mais...

— J'admets que, au début, tout était physique, et j'avais hâte de coucher avec toi. Mais les choses ont changé. Je veux dire que j'ai toujours envie de coucher avec toi, crois-moi. Mais survivre à un voyage dans le monde des démons avec toi m'a fait changer de perspective. Je veux profiter de la vie au maximum, alors je ne vais pas la gaspiller en courant après une jupe. Je veux quelque chose de vrai.

La mâchoire de Virginia se décrocha. Wesley voulait plus que du sexe ? Un bruit soudain provenant de l'ascenseur lui évita d'avoir à répondre. Son regard se dirigea vers l'ascenseur et son pouls s'accéléra.

— Quelqu'un arrive.

Elle attrapa son poignard.

Les portes de l'ascenseur s'ouvrirent et deux hommes en sortirent précipitamment. Deux vampires. Tous deux armés de pistolets, deux créatures de grande taille, l'un avec de longs cheveux noirs, l'autre avec des cheveux courts.

Instinctivement, elle serra plus fort sa dague lorsqu'elle sentit la main de Wesley s'enrouler autour de son poignet. Elle lui lança un regard. Était-ce là qu'il allait la trahir ?

Son cœur fit un bond dans sa gorge et menaça de l'étouffer.

— Fils de pute ! dit le vampire aux cheveux longs en souriant. C'est vraiment toi.

L'autre vampire se simplement dirigea vers lui et tira Wesley dans une étreinte d'ours, le soulevant de ses pieds.

— Mon frère, tu aurais pu appeler.

Il donna une gifle à Wesley derrière la tête.

— Ta sœur est folle d'inquiétude.

— C'est bon de te voir aussi, Blake.

Le vampire, Blake, le laissa retomber sur ses pieds.

— Nous avons reçu une alerte quand tu as utilisé ta carte d'accès. On s'est dit qu'il valait mieux s'assurer que tu n'étais pas forcé par qui que ce soit. Mais on dirait que tout va bien.

Il tourna son regard vers Virginia.

— Et ça, c'est l'un des Gardiens de la Nuit que tu cherchais.

Wes attrapa la main de Virginia et la serra.

— Voici Virginia Robson, l'une des neuf membres de leur conseil.

Les deux vampires regardèrent leurs mains jointes, puis fixèrent à nouveau Wesley, une question tacite sur les lèvres.

Wesley esquissa un sourire.

— Et ma petite amie.

— Sacré Wesley.

Le vampire aux cheveux longs et à la voix traînante du Sud secoua la tête.

— C'est un plaisir de te rencontrer, Virginia.

— Virginia, voici John Grant, présenta-t-il l'homme qui avait pris la parole. Et voici Blake Bond.

Blake lui tendit la main pour qu'il la serrât.

— Alors, tu es tombée sous le charme de ce coureur de jupons, et personne ne t'a mise en garde contre lui. Toutes mes excuses.

Elle tourna la tête vers Wesley, qui était déjà en train de donner un coup de poing dans le bras de son ami.

— Tu veux bien arrêter ça ? Virginia a une bonne opinion de moi, et j'aimerais que cela reste ainsi.

Blake rit.

— Oui, bonne chance pour ça.

Puis il cligna des yeux à Virginia.

— Tu aurais pu trouver pire. Il n'est pas si mauvais que ça.

— Tu m'aides beaucoup, reconnut Wes d'un ton sec.

Puis il la tira plus près de lui.

– Ne prête pas attention à ses paroles. Il est le fléau de mon existence depuis que j'ai rejoint Scanguards.

John se racla la gorge.

— Nous devrions monter. Samson voudra te voir.

Virginia prit une profonde inspiration. Maintenant qu'elle avait vu Wesley interagir avec les deux impressionnants vampires, elle se sentait un peu plus en confiance. Ils semblaient partager une affection et une amitié sincères. Une amitié inter espèces. Pour la première fois depuis qu'elle avait entendu parler de Wesley et de son association avec Scanguards, l'espoir fleurissait dans sa poitrine que peut-être sa propre espèce pourrait surmonter ses préjugés face aux vampires.

28

C'était agréable d'être de retour.

— Alors, quoi de neuf ? demanda Wes à ses collègues. Quelque chose est-il arrivé pendant mon absence ?

John et Blake échangèrent un regard. Ils souriaient tous les deux.

— Quoi ? Crache-le déjà.

— Roxanne s'est mariée, dit Blake.

— Tu te fous de ma gueule ! La princesse des glaces ?

Blake gloussa.

— Il y a mieux. Son homme est un sorcier. Un sorcier assez puissant aussi.

— Quoi ? Roxanne déteste les sorciers.

John et Blake tous deux éclatèrent de rire.

— Apparemment, ce n'est pas le cas, déclara Blake.

John ajouta :

— On dirait qu'elle ne ...

D'un regard noir, Wes empêcha John de terminer sa phrase. Parce qu'il savait exactement ce que John avait voulu dire : ne t'aimait pas.

John se racla la gorge.

— Je ne savais pas qu'elle aimait les sorciers.

Wes jeta un coup d'œil à Virginia, sentant qu'il devait s'expliquer. Après tout, il n'avait avoué que quelques instants plus tôt à Virginia qu'il était en train de tomber amoureux d'elle. Et maintenant, lui et ses collègues parlaient d'une autre femme. Une rousse pour laquelle il avait déjà eu le béguin. C'était mal vu.

— C'est une collègue. Scanguards emploie aussi bien des vampires femmes et hommes.

La tactique de diversion semblait fonctionner, car Virginia demanda :

— Combien y en a-t-il ?

— Nous employons des...

La main de Blake sur l'épaule de Wesley l'arrêta.

— Tout un tas, s'exclama Blake en souriant à Virginia. Je vais laisser Samson, notre patron, te renseigner sur tout ce dont tu as besoin de savoir sur nous.

— OK.

Elle hocha la tête fermement.

L'ascenseur s'arrêta et les portes s'ouvrirent.

Wes fit entrer Virginia dans le couloir et se pencha plus près d'elle alors qu'ils se dirigeaient vers le bureau de Samson.

— Ne le prends pas personnellement, mais ils ne te connaissent pas comme je te connais. Ils doivent d'abord apprendre à te faire confiance.

À sa grande surprise, elle tourna la tête et lui adressa un doux sourire.

— Je le sais bien. Mais tu ne peux pas me reprocher d'essayer de connaître les lieux. Après tout, c'est moi qui entre dans un nid de vampires.

— Nous n'appelons pas ça un nid ici, affirme Blake.

Virginia jeta un coup d'œil par-dessus son épaule.

— J'avais oublié que les sens de votre espèce sont exacerbés.

— Je ne voulais pas écouter aux portes, dit Blake. Mais c'est difficile de ne pas le faire.

— Je garderai cela à l'esprit.

Arrivé à la porte du bureau de Samson, Wes frappa brièvement.

— Entrez.

— On se verra plus tard, dit Blake, et John et lui entrèrent dans un autre bureau.

— Nous y voilà, murmura Wesley à Virginia en lui lançant un regard rassurant, avant d'ouvrir la porte et d'entrer.

Samson n'était pas seul. Amaury se trouvait avec lui, appuyant ses fesses contre le bureau de Samson.

Samson se leva de sa chaise, puis se figea au milieu de son mouvement, son regard fixé sur Virginia.

— Ils m'ont prévenu que tu étais de retour. Ils n'ont pas mentionné que tu avais amené une... invitée.

Wes sentit Virginia se raidir à côté de lui, tandis que ses yeux allaient de Samson à Amaury, qui se tenait maintenant devant le bureau, tout aussi immobile.

— Voici Virginia Robson, membre du Conseil des Neuf, l'organe directeur des Gardiens de la Nuit. J'ai garanti sa sécurité.

Finalement, Samson s'avança vers eux.

— Et j'honorerai cette garantie.

Il tendit la main à Virginia.

— Samson Woodford. Je suis le propriétaire de Scanguards. S'il te plaît, appelle-moi Samson. Nous sommes plutôt décontractés ici.

Virginia lui serra la main.

— Merci.

Samson fit signe à Amaury, le vampire de la taille d'un linebacker qui était aussi son meilleur ami.

— Amaury LeSang, mon associé.

— Enchanté, répliqua Amaury en serrant la main de Virginia.

Puis il adressa un sourire à Wesley.

— Tu as réussi à revenir. On était en train de faire des paris, tu sais.

Amaury lui tapota l'épaule et lui lança un clin d'œil.

— J'ai perdu celui-là. Tu m'as coûté vingt dollars.

Wes rit.

— Tu devrais apprendre à ne pas parier contre un gagnant.

Puis il regarda Samson.

— C'est bon d'être de retour.

Samson posa sa main sur l'épaule de Wesley et la serra.

— Je suis content que tu sois arrivé. Nous t'attendions avec impatience.

Il fit un signe à Amaury.

— Même ceux qui ont parié contre toi.

— J'ai hâte de voir tout le monde, s'exclama Wes. Où est Haven ?

— Il est en mission ce soir. Blake l'aura déjà informé de ton retour. Je suis convaincu qu'il se présentera dès que Blake aura désigné quelqu'un pour le remplacer.

Wes regarda Virginia.

— Haven est mon frère. Un vampire.

Puis il regarda Samson et Amaury.

— J'ai déjà parlé un peu de nous à Virginia, mais elle doit encore rattraper beaucoup de choses. De plus, je dois vous dire des choses sur leur race.

— À en juger par le fait que toi, Virginia, tu as accepté de venir nous voir, commença Samson, je suppose que Wesley a réussi à convaincre ton peuple qu'une alliance entre nos deux espèces profiterait à tout le monde.

— En fait, dit Wes en grimaçant, nous ne sommes pas allés aussi loin.

Samson et Amaury échangèrent un regard, puis Samson dit :

— Cela fait bientôt deux semaines que tu es parti. Sans un mot.

Wes soupira.

— Oui, à ce propos...

Il jeta un coup d'œil à Virginia.

— C'est compliqué. D'abord, je me suis retrouvé enfermé, puis j'ai aidé un groupe à combattre des démons. Ensuite, Virginia s'est pointée et m'a enfermé à nouveau, et on m'a amené devant le conseil. Qui m'a enfermé à nouveau.

Samson haussa les sourcils.

Wes haussa les épaules.

— J'ai passé beaucoup de temps enfermé. Et puis les démons ont attaqué et l'un des bastions des Gardiens de la Nuit a explosé. Virginia et moi avons atterri dans les enfers et nous en avons réchappé de justesse. Le conseil ignore notre présence.

Samson haussa les sourcils et s'adressa à Virginia.

— Alors, tu n'es pas une envoyée officielle de ton peuple ?

Virginia secoua la tête.

— Pas pour l'instant. En fait, je ne peux pas négocier avec toi, mais je suis venue te demander ton aide.

— Je pense que j'aimerais d'abord entendre la version longue de ce qui s'est passé.

— Je me doutais que tu dirais ça, répondit Wes en reprenant son souffle. Peut-être qu'on devrait s'asseoir pour ça.

Samson fit signe vers le coin salon composé d'un grand canapé et de deux fauteuils avec une table basse au milieu. Alors qu'ils s'asseyaient, Samson dit :

— Où sont mes manières ? Veux-tu manger ou boire quelque chose, Virginia ?

— En fait, peut-être quelque chose à boire.

— Amaury ?

Amaury retourna vers le bureau et décrocha le téléphone.

— Je vais commander une sélection au salon.

Le temps que les boissons arrivent, Wesley était déjà en train de raconter sa première rencontre avec les Gardiens de la Nuit depuis le bastion de Baltimore. Wesley consacra deux bonnes heures à donner à ses patrons tous les détails de son aventure. La seule chose qu'il laissa de côté, c'était la façon dont Virginia et lui étaient devenus amants. Ce n'était l'affaire de personne. Cependant, il n'était pas dupe : il savait que Samson et Amaury l'avaient vu tenir la main de Virginia en entrant dans le bureau. Ils pouvaient en tirer leurs propres conclusions.

Lorsque Wes eut terminé, Samson s'adossa à sa chaise et hocha lentement la tête.

— Des démons, hein ? Cela fait longtemps que nous n'en avons pas eu à San Francisco. Je me souviens en avoir rencontré lorsque j'ai emménagé ici au début des années 90. Mais ils ont disparu.

Virginia, qui avait aidé Wesley à raconter son histoire en lui rappelant des détails qu'il avait presque oubliés, lui dit :

— J'ai l'impression de savoir pourquoi.

— Oui ? demanda Samson avec impatience.

— Je suppose que tu n'es pas le seul vampire à avoir déménagé à San Francisco dans les années 90 ?

— J'ai amené plusieurs de mes associés et nous avons créé une filiale ici. Quelques décennies plus tard, nous avons transféré le siège social de New York ici. Donc, oui, nous étions nombreux à l'époque.

— Alors, c'est logique. Même les démons craignent les vampires à cause de leur rapidité et de leur férocité au combat. De plus, ils se disent qu'une ville qui grouille de vampires a déjà beaucoup de mal et de peur à revendre. Alors, leur travail est terminé.

Wesley poussa un petit rire en entendant cela.

— Je suppose que les démons vont avoir une surprise. Grâce aux Scanguards, cette ville figure parmi les plus sûres du pays.

Virginia croisa son regard, avant de le faire pivoter vers Samson et Amaury.

— Malgré nos problèmes initiaux, j'ai fini par faire confiance à Wesley. Et d'après ses interactions avec toi et les autres vampires que j'ai rencontrés ce soir, je peux voir que vous êtes les hommes honorables qu'il a promis que vous seriez. C'est pourquoi je vais poser un geste de foi et vous demander de l'aide.

— En vainquant les démons ? demanda Samson, bien que cela ressemblât plus à une affirmation.

— Je ne peux pas vous demander autant, non. C'est une discussion entre le conseil et vous-mêmes. Ce que je vous demande, c'est de m'aider à trouver le traître qui a vendu le fief du conseil aux démons. Wesley a suggéré que vous pourriez détecter les démons d'une manière qui nous échappe. Par leur odeur.

Samson et Amaury échangèrent un regard. Une conversation silencieuse semblait passer entre eux, bien que même Wesley sût qu'ils ne pouvaient pas communiquer par télépathie. Mais leur lien d'amis de toujours leur permettait de se comprendre sans mots.

Amaury acquiesça.

— Nous pouvons constituer une équipe spéciale, leur transmettre ce qu'ils doivent savoir sur les démons et les envoyer en patrouille. On dirait que Baltimore est un peu le centre des démons, hein ?

— Je crois bien, dit Virginia, même si je pense que nous avons besoin d'yeux et d'oreilles dans chaque grande ville où nous avons déjà détecté l'activité des démons. Les endroits où la criminalité peut prospérer les attirent. Ils s'en servent pour attiser les troubles.

— Ce n'est pas un problème, déclara Samson. Nous possédons des filiales dans de nombreuses villes.

— En ce qui concerne le paiement de ces services, ajouta Virginia. Bien que je ne sois actuellement pas autorisée à vous rémunérer pour...

Samson leva la main.

— À ce stade, accepte nos services comme une main tendue d'un ami à un autre.

— C'est très généreux de ta part.

— Merci, Samson, ajouta Wes.

— Ne me remercie pas encore.

Samson regarda Virginia.

— Si nous sommes effectivement en mesure de vous aider, je veux ta parole que tu m'obtiens une séance avec ton conseil pour négocier une alliance. Une entente selon laquelle nous nous porterons mutuellement secours chaque fois que ce sera nécessaire.

— Je te le promets, affirma Virginia, en tendant la main au-dessus de la table basse.

Samson la secoua.

— Bienvenue dans notre monde, Virginia.

Wes passa ses bras autour de Virginia et la serra contre lui.

Samson se leva.

— Convoquons une réunion et mettons tout le monde au courant.

Amaury se leva.

— Je vais demander à Quinn de me donner les horaires, et je vais mobiliser tous les collègues qui se trouvent en congé.

— Fais-le, et ensuite…

La porte s'ouvrit d'un coup sec. Wesley jeta un regard vers elle, mais le vampire qui y entrait fonça sur lui à la vitesse d'un vampire, le soulevant du canapé et le projetant en l'air comme s'il manipulait une poupée de chiffon.

— Tu aurais pu nous appeler pour nous dire que tu allais bien, grogna Haven. As-tu la moindre idée de l'inquiétude que nous avions ? Non, parce que tu ne penses qu'à toi, espèce d'idiot ! Ne refais plus jamais ça !

Wes donna une tape sur l'épaule de son frère.

— Tu peux me poser maintenant. Et j'aurais appelé si je ne m'étais pas retrouvé enfermé la moitié du temps de mon absence.

Avec un autre grognement, Haven le remit sur ses pieds, puis regarda au-delà de lui vers le canapé. Il fit un signe de tête à Virginia qui s'était recroquevillée dans un coin du canapé.

— Blake me dit que tu as eu le temps de te trouver une petite amie. Mais pas le temps de dire à ta famille que tu es en vie. C'est logique.

Wes jeta un coup d'œil à son frère.

— Pourrais-tu être civilisé un instant ?

Il lança un regard d'excuse à Virginia, espérant ainsi apaiser son inquiétude.

— Virginia, ce grand dadais est mon frère. Haven. Je dois m'excuser pour lui. Il a manifestement oublié ses manières.

Haven se racla la gorge, puis semblait se calmer un peu.

— Excuse mon emportement, Virginia, mais je crains que des années passées à sauver mon frère de lui-même n'aient eu raison de ma patience.

Avec un regard en biais vers Wesley, il ajouta :

— Et il aurait été bien qu'il fasse preuve d'un peu de considération pour sa famille et qu'il envoie au moins un mot pour dire qu'il est en vie.

Virginia se leva d'un bond.

— C'est entièrement de ma faute, Haven. Wesley m'a constamment suppliée de le laisser t'appeler, mais je ne pouvais pas le permettre. Nous devions d'abord établir sa véritable identité et qu'il n'avait pas l'intention de trahir notre position à qui que ce soit. C'était une mesure de sécurité. S'il te plaît, pardonne-moi de t'avoir causé, à toi et à ta famille, une telle angoisse.

Wes regarda fixement Virginia. Bien qu'il eût demandé aux gardiens du bastion de Baltimore de le laisser passer un appel téléphonique, il n'avait jamais réitéré sa demande. Et il n'avait certainement jamais supplié. Virginia avait menti. Elle avait menti pour lui afin que Haven ne lui en voulût pas. Personne n'avait jamais fait cela pour lui. La seule explication possible : Virginia tenait à lui.

— Il t'a supplié de le laisser passer un appel ? demanda Haven, le menton tombant.

— Plusieurs fois, mentit Virginia. Il a dit qu'il ne voulait pas que toi ou ta sœur Katie vous inquiétiez.

— Mmm-humm.

Sa profonde tristesse l'a rendu incapable de manger ou de dormir.

Haven jeta un regard en biais à Wesley, puis sourit.

— Elle est douée. Comment as-tu réussi à la convaincre de te couvrir ?

Wes lança un clin d'œil à son frère.

— C'est mon charme.

Virginia commença à protester.

— Mais...

Haven lui coupé l'herbe sous le pied avec un regard.

— J'ai failli te croire. Mais quand tu as dit qu'il mangeait à peine...

Il secoua la tête et s'esclaffa.

`– Mon frère ne perd jamais l'appétit, peu importe la raison.

Wes donna une tape sur l'épaule de Haven.

— C'est bon de te voir, mon frère

Haven se tourna entièrement vers Wesley, qui tournait maintenant le dos à Virginia.

— Je suis content que tu sois en vie.

Puis il fit un clin d'œil et baissa la voix.

— Une rousse, hein ?

Wes sourit d'une oreille à l'autre.

— Tout ce que j'ai toujours voulu.

— Un bâtard chanceux. Je suis très fier de toi, Wes.

Wes croisa le regard de Haven, s'étranglant devant ces éloges sincères. Aucun mot n'était requis pour transmettre à son frère l'importance de cela pour lui.

29

Virginia avait l'impression d'avoir atterri dans un autre monde. À chaque nouveau vampire qu'on lui présentait, elle se demandait de plus en plus pourquoi son propre peuple avait de tels préjugés à leur égard. Ils semblaient parfaitement civilisés, bien que parfois un peu turbulents.

Haven l'avait d'abord effrayée lorsqu'il était entré dans le bureau de Samson. Bien qu'elle se fût préparée à se rendre invisible pour s'échapper, elle avait rapidement reconnu que Haven ne réagissait que par amour et par inquiétude pour son frère. Elle pouvait sentir la confiance qui régnait entre eux, comme une colle qui les maintenait ensemble comme une grande famille. Tout comme sa propre espèce, qui avait juré de se défendre les uns les autres contre leur ennemi commun.

Alors qu'une réunion était organisée à la hâte, Virginia se tenait à côté de Wesley dans le coin d'une grande salle de conférence.

— Désolé pour mon frère tout à l'heure, déclara Wes en haussant les épaules. Il m'a pratiquement élevé après que des vampires ont tué notre mère, et parfois il agit encore comme mon père. Les grands frères peuvent être exaspérants parfois.

— Ta mère a été tuée par un vampire ? Alors comment ton frère et toi pouvez vous travailler avec eux ? Je veux dire, en sachant que c'était l'un des leurs ?

C'était incompréhensible pour elle.

Le sourire bienveillant de Wesley ne se démentit pas.

— Tu dirais la même chose si c'était un sorcier qui avait tué ma mère, ou un humain ? Ou un Gardien de la Nuit qui aurait tué un autre Gardien de la Nuit ? Tu ne peux pas condamner une race entière pour les actes d'un seul individu. Ce n'est pas juste de blâmer les autres pour ses actions. Lui seul était responsable, pas ses amis, ni sa famille, ni les autres membres de son espèce, soupira-t-il. Le vampire qui l'a tuée voulait protéger sa propre race. Il pensait que c'était pour le bien de son peuple. Je ne peux pas le blâmer pour cela. C'est un homme bon. Il a fait ce qu'il pensait être nécessaire.

— Tu sais qui c'est ?

Wes hocha la tête.

Stupéfaite, elle demanda :

— Tu ne voulais pas te venger ? Lui faire subir le même sort que celui qu'il a réservé à ta mère ?

— Œil pour œil ? Oui, c'était mon souhait. Quand j'étais jeune et stupide. Haven et moi voulions tous deux la venger. Haven est devenu un tueur de vampires. Il en a tué beaucoup. J'aurais bien fait de même, mais je manquais de talent. Haven devait constamment m'aider à me sortir d'un pétrin ou d'un autre. Mais, peu importe ce que nous faisions, cela ne me donnait pas la paix que je recherchais. C'était avant que je comprenne la raison pour laquelle ma mère devait mourir. Ce n'est qu'à ce moment-là que j'ai pu faire la paix avec moi-même.

Une tristesse emplissait les yeux de Wesley, qu'elle aurait aimé pouvoir effacer.

— Je suis vraiment désolée.

— Ne le sois pas. Les choses arrivent pour une raison. La soif de pouvoir possédait ma mère. Elle nous a privés, mon frère, ma sœur et moi, de nos pouvoirs, dans l'espoir d'exploiter le Pouvoir des Trois pour elle-même. Haven et moi n'avons jamais su que nous étions des sorciers. Et Katie...

Un regard douloureux traversa son visage.

— Le vampire l'a kidnappée pour s'assurer que le Pouvoir des Trois ne pourrait jamais être ressuscité. Pendant longtemps, nous avons cru que Katie était morte.

Il sourit soudain.

— Mais nous l'avons retrouvée. Et les gens de Scanguards nous ont aidés. La tentative de ma mère de voler notre pouvoir était mal avisée. Si le vampire qui l'a tuée n'avait pas agi, elle aurait détruit le monde tel que nous le connaissons. Et je ne serais jamais devenu l'homme que je suis aujourd'-hui. Ma sœur et mon frère n'éprouveraient pas non plus autant de bonheur que maintenant : liés à leurs compagnons vampires.

— Tu n'as vraiment pas de rancune envers les vampires ?

— Ils sont ma famille maintenant. Ils mourraient pour moi. Et moi pour eux.

Virginia ravala la boule qu'elle avait dans la gorge. Un tel honneur. Une telle fierté. Comment aurait-elle pu se méfier de cet homme ? Chaque os de son corps parlait de vérité. De paix. Et d'amour.

— Wes, murmura-t-elle.

— Hum ?

— Ce que tu as dit dans le garage quand nous sommes arrivés...

— Oui ?

— Tu le pensais vraiment ?

Ses yeux bleu layette pétillaient encore plus qu'avant, ou peut-être était-ce simplement la façon dont la lumière du plafond se reflétait dans ses iris.

— Pourquoi ne pas en parler plus tard, quand on sera chez moi ?

Il hocha la tête.

— Je préfère que mes collègues ne m'entendent pas.

Elle jeta un coup d'œil aux vampires qui avaient commencé à remplir la pièce, et en vit effectivement quelques-uns qui tournaient maintenant la tête.

— J'ai compris.

— D'ailleurs, ajouta Wesley en se penchant plus près, il y a quelque chose que je voulais te demander à propos de ce miroitement doré.

Sa respiration s'arrêta. Elle savait qu'il finirait par lui demander. Mais était-elle disposée à s'engager avec lui ? Voulait-elle donner autant d'elle-même à un homme qu'elle connaissait à peine ? Même si cet homme s'avérait correspondre à ses rêves les plus fous. Pourrait-elle prendre ce risque ?

— N'aie pas l'air si effrayé, bébé, murmura Wes. C'est juste une question, pas l'inquisition espagnole.

C'était facile à dire pour lui. En fait, tout semblait si facile pour Wesley. La façon dont il l'avait présentée comme sa petite amie à Blake et John, la façon dont il lui tenait ostensiblement la main, sans se soucier que quelqu'un la vît, la façon dont il semblait accepter cette relation naissante entre eux. Comme si c'était tout à fait naturel et normal. Alors qu'elle savait que c'était tout sauf ça. Ils venaient de mondes différents. Ils ignoraient tant de choses l'un sur l'autre. Tant de bagages dans leurs vies respectives. Pourtant, Wesley avait réussi à se débarrasser des chaînes de son passé et à trouver un moyen de vivre librement. Pourrait-elle faire de même avec son aide ? Se libérer de sa culpabilité et accepter enfin que tout le monde fasse des erreurs ?

Wes lui serra le bras et Virginia hocha la tête.

— D'accord, on en reparlera plus tard.

Du coin de l'œil, elle remarqua que Blake s'approchait d'eux. Elle se tourna à moitié, et il s'arrêta devant elle et Wesley.

— Hé ! s'exclama Blake. Nous allons commencer dans une minute. J'ai appelé Katie tout à l'heure.

— Où est-elle ? demanda Wesley.

—Luther et elle sont en train de revenir de Grass Valley. Ils devraient arriver dans quelques heures. La circulation est mauvaise à cause de la pluie. Quelques routes sont emportées par les eaux.

— J'espère qu'ils conduisent prudemment.

Puis Wes s'adressa à elle :

— Mon beau-frère, Luther, partage son temps entre les Scanguards et la prison des vampires dans les Sierras. Il y travaille comme consultant en matière de sécurité.

La surprise l'envahit.

— La prison des vampires ?

— Oui, c'est le conseil des vampires qui s'en occupe. Et on n'a jamais de pénurie de détenus. C'est un moyen pour nous de protéger l'humanité des pires et des plus violents délinquants de la population vampire, répondit Wes.

— Ça a l'air tellement... normal, admit-elle. Presque humain.

Blake sourit.

— Nous essayons de nous intégrer autant que possible. Une bande de vampires voyous dehors représente un danger pour tout le monde. Cela pourrait nous exposer, et personne ne le souhaite. Alors nous nous occupons de ces problèmes avant qu'ils ne se transforment en catastrophes.

— Est-ce que Scanguards est impliqué dans la gestion de la prison ? Je croyais que vous étiez des agents de sécurité privés et des gardes du corps.

— Nous le sommes, admit Blake. Et nous avons conclu un contrat avec la ville pour patrouiller dans les rues la nuit. Le seul lien avec la prison des vampires est Luther. Et seulement parce qu'il y a passé plus de vingt ans.

Les yeux de Virginia s'écarquillèrent tandis qu'elle fixait Wesley.

— Ton beau-frère est un ancien détenu ? Un vampire violent ? Comment peux-tu lui faire confiance pour ne pas faire de mal à ta sœur ?

Wes et Blake échangèrent un petit rire.

— Même les vampires ont une deuxième chance. Luther a payé pour ses crimes. Quant à Katie : elle le mène tellement par le bout du nez que je suis surpris qu'il ne suffoque pas.

Blake donna un coup de coude sur le côté de Wesley.

— Tu ferais mieux de ne pas lui laisser entendre ça. Luther pense qu'il porte la culotte dans cette relation.

— Alors nous ferions mieux de ne pas détruire son illusion.

Incrédule, Virginia secoua la tête.

— Vous êtes une drôle de bande. Je ne pensais pas dire ça un jour, mais vous n'êtes pas si différents de nous.

Blake rit.

— Dans le personnage, peut-être, mais j'ai entendu dire que les gens de ton espèce possèdent des compétences plutôt cool pour lesquelles certains d'entre nous ici tueraient.

Lorsqu'elle se raidit, il s'empressa d'ajouter :

— Au sens figuré, bien sûr.

Elle hocha la tête.

— Maintenant, que le spectacle commence. Excusez-moi.

Blake se dirigea vers l'avant de la salle, où il rejoignit Samson, Amaury et un autre vampire aux cheveux en queue de cheval et à la large cicatrice en travers de la joue.

— C'est Gabriel ; il est commandant en second à Scanguards, expliqua Wesley.

La réunion dura deux bonnes heures au cours desquelles Samson et Amaury relayèrent une partie des informations que Wes et Virginia leur avaient fournies. Ils se concentraient principalement sur les démons, leur motivation, leurs aptitudes au combat, leurs tactiques, la façon dont ils se déplaçaient d'un endroit à l'autre grâce à leurs vortex, et avant tout, comment les reconnaître à leurs yeux verts.

— En tant que vampires, dit maintenant Samson, nous possédons un avantage, car nous pourrons reconnaître les démons à leur odeur, même s'ils cachent leurs yeux en portant des lunettes de soleil ou des lentilles colorées. C'est pourquoi les Gardiens de la Nuit nous ont demandé de l'aide.

Il fit maintenant un signe à Virginia.

— Virginia a accepté de nous faire une rapide démonstration des pouvoirs de sa race, afin que nous y soyons préparés. Virginia, tu veux bien ?

Tout le monde tourna la tête vers elle. Elle se tenait au fond de la salle.

— Je peux me rendre invisible.

C'était ce qu'elle fit, et des halètements parcoururent l'assemblée.

— Mais se rendre invisible ne signifie pas que vous ne pouvez pas m'entendre, continua-t-elle, toujours invisible. De plus, vous pouvez toujours me sentir.

Quelques-uns des vampires reniflèrent, puis hochèrent la tête.

— Dans le passé, les démons ont utilisé des chiens pour nous débusquer lorsque nous devenions invisibles, parce que les chiens peuvent nous sentir. Cela nous indique que les démons eux-mêmes n'ont pas ce sens de l'odorat. C'est votre avantage.

Elle se rendit à nouveau visible, puis saisit le bras de Wesley.

— Nous pouvons aussi rendre les autres invisibles.

Wesley disparut sous les yeux de tout le monde.

— Waouh ! s'exclamèrent plusieurs vampires.

— Soit par notre toucher, soit par notre esprit, ce qui demande plus d'énergie.

Elle rendit Wesley visible et il s'inclina devant ses collègues comme si c'était lui qui avait réalisé le tour.

— Frimeur ! cria Blake à Wes.

Virginia sourit, puis poursuivit :

— Pour nous sortir de situations délicates, nous pouvons traverser les murs, les portes, tout ce qui est solide.

Elle omit de préciser qu'un Gardien de la Nuit ne pouvait pas traverser quoi que ce soit de tapissé de plomb. Il valait mieux ne pas dévoiler leur seule faiblesse.

— Laissez-moi vous faire une démonstration.

Elle se dirigea vers le mur le plus proche et y passa la main, puis suivit avec son corps. Dans la pièce voisine de la salle de conférence, elle se matérialisa.

Une femme vampire poussa un cri et se leva de son bureau.

— Désolée, dit Virginia rapidement, puis elle retraversa le mur pour entrer dans la salle de conférence et se matérialisait à nouveau.

Elle fit un geste du pouce vers le mur derrière elle.

— Je crois que je viens de faire peur à quelqu'un.

Quelques vampires gloussèrent.

— Des questions ?

Tout le monde leva la main.

30

—Tu as fait une sacrée impression à mes collègues, dit Wesley en faisant glisser sa main sur la cuisse de Virginia.

Il conduisait en direction de son domicile dans le quartier de Corona Heights à San Francisco, avec Virginia sur le siège passager.

Virginia posa sa main sur la sienne.

— Ce soir a marqué un tournant pour nous tous, je crois. Je ne pensais pas que des vampires comme tes collègues existaient. Ils semblent respecter un code d'honneur. Je ne m'attendais pas à cela de la part d'une créature qui se définit par sa soif de sang.

— Définit ?

Wes lui jeta un regard de travers.

— Eh bien, ils le sont, n'est-ce pas ? Je suppose qu'ils boivent encore du sang humain.

— C'est le cas. Les vampires qui s'unissent à des humains boivent celui de leur partenaire humain.

Il lui lança un clin d'œil.

— Et c'est assez fort, pour les deux partenaires. Mais beaucoup d'autres boivent du sang en bouteille. Tu sais, du sang donné. Scanguards achète du sang par l'intermédiaire d'une société de fournitures médicales et le vend ensuite à ses employés au prix coûtant.

— À prix coûtant ? C'est généreux.

— Samson compte parmi les personnes les plus riches, comme plusieurs autres directeurs de Scanguards. Il est venu pour autre chose que l'argent. Il veut la paix. Et un avenir pour ses enfants.

— À propos de la morsure...

— Oui ?

— T'es-tu déjà fait mordre ?

Wesley soupira. Il aurait dû s'attendre à cette question.

— Eh bien...

— Si tu ne veux pas répondre à la question...

Il lui serra la cuisse.

— Non, c'est vrai. Je n'ai aucun secret pour toi.

Il haussa les épaules.

— Je me suis fait mordre. Par des vampires hommes et femmes.

Il sentit le regard surpris qu'elle posait sur lui.

— Je me suis porté volontaire.

— Qu'est-ce que tu veux dire ?

– Un vampire nouvellement transformé se trouvait là ; il avait grand besoin de sang humain pour survivre. Samson m'a demandé si je voulais bien le laisser boire de moi. J'ai donc accepté, en échange de ma participation au programme d'entraînement des gardes du corps à Scanguards.

Il la regarda.

— Et avant que tu ne poses la question, non, je n'ai pas eu l'impression de faire quelque chose de sexuel, même si je dois admettre que je peux voir comment cela peut devenir sexuel si tu ouvres ton esprit à cela. Mais ça ne me correspond pas. C'est un marché que j'ai passé.

— Et les femmes ?

Wesley se racla la gorge. Ces incidents, il ne pouvait pas les expliquer par des affaires.

— Virginia, je veux que tu saches que tout ce qui fait partie de mon passé y restera.

— Tu n'as pas à...

— Oui. Je suis sorti avec quelques femmes vampires, et je les ai laissées me mordre, parce que je voulais expérimenter ce que tout le monde évoquait. Quand tu vis avec des vampires, c'est ton monde. Ce sont les gens que tu fréquentes, la compagnie que tu as.

Il lui caressa la cuisse.

— Mais peu importe à quel point c'était excitant, c'est dérisoire en comparaison du bonheur que tu me procures quand je suis avec toi.

— Wes, tu...

– Attends qu'on soit au lit. Je le répéterai, et alors tu me croiras, n'est-ce pas ?

Il se gara dans l'allée de sa maison et appuya sur l'ouvre-porte du garage. Pendant que le portail se soulevait, il regarda Virginia.

— Je te crois, lui dit-elle doucement en levant la main sur sa joue. Même lorsque nous ne sommes pas au lit.

Il fit glisser sa main plus haut le long de sa cuisse.

— Je pense que nous devrions quand même aller nous coucher. Nous avons besoin de nous reposer.

Virginia effleura ses lèvres contre les siennes.

— Pourquoi ai-je l'impression que nous aurons peu de repos au lit ?

— Ce n'est pas de ma faute. Enfin, pas entièrement en tout cas.

Il l'embrassa.

— Tu ne peux pas être comme tu es et t'attendre à ce qu'un mec garde ses mains pour lui.

— Alors, tu me fais des reproches maintenant ?

— Yep. C'est mon histoire, et je m'y tiens.

Au milieu des doux rires de Virginia, Wes entra dans le garage, abaissa le portail derrière eux et éteignit le moteur. Avant même que le portail ne se fût complètement refermé, ses lèvres se posaient déjà sur celles de Virginia, la réduisant au silence. Elle se moula immédiatement à lui, et il adora cette sensation. À contrecœur, il la relâcha.

— Montons à l'étage, avant que j'oublie toutes mes manières.

Il sortit de la voiture, puis aidé Virginia à en sortir. Puis il la guida jusqu'à une volée de marches et poussa la porte du foyer. À sa grande surprise, la lumière du couloir était allumée. L'avait-il laissée allumée deux semaines plus tôt ?

— Wesley ! Oh mon Dieu, tu es enfin là !

Katie arriva en courant du salon et se jeta dans ses bras, manquant de le faire tomber de ses pieds.

— Hé, petite sœur !

Il la serra fort dans ses bras et l'embrassa sur la joue.

— Tu vois, je t'avais dit que je reviendrais en un seul morceau.

Katie leva les yeux au ciel.

— Tu promets beaucoup de choses. J'étais inquiète.

Luther apparut dans l'arche qui menait au salon.

— Inquiète est un euphémisme.

— Hey, Luther, c'est bon de te voir.

Wes relâcha Katie et tendit la main à Virginia.

— Katie, Luther, voici Virginia.

Et puis, juste parce qu'il en avait envie, il ajouta :

— Ma petite amie.

Luther et Katie échangèrent un regard complice. Apparemment, cette explication s'avérait superflue. Quelqu'un les avait déjà mis au courant. Rien ne restait longtemps secret chez Scanguards, comme dans n'importe quelle famille.

Katie tendit la main à Virginia, qui la serra.

— Blake nous a déjà mis au courant. Je suis vraiment contente de te rencontrer.

— Merci, Katie, c'est très gentil, répondit Virginia.

— C'est un plaisir, dit Luther et il tendit la main à Virginia.

Une infime hésitation se fit sentir, avant qu'elle ne la secouât.

— Enchantée de te rencontrer aussi, Luther.

— Alors, tu es une Gardienne de la Nuit, dit Luther. Invisible et tout, hein ?

Virginia acquiesça d'un signe de tête.

— Tu as manqué ma démonstration dans les bureaux de Scanguards.

— J'en ai bien peur, mais des routes étaient emportées dans les contreforts. Il a beaucoup plu récemment. La circulation était infernale, expliqua Luther.

— Je suis content que vous soyez tous arrivés. Wesley m'a raconté beaucoup de choses sur sa famille.

Luther jeta un regard en biais à Wesley.

— Je suis sûr que oui.

Wes inclina légèrement la tête.

— Juste les mauvaises choses, tu sais.

— C'est logique, grogna son beau-frère.

— Allons, allons, vous deux, dit Katie d'un ton doux. Ne donnons pas à Virginia une mauvaise impression.

Elle adressa un doux sourire à Virginia.

— Ne pas avoir de nouvelles de Wes depuis si longtemps nous a vraiment mis sur les nerfs.

— Eh bien, maintenant je suis de retour, déclara Wes. Et tout s'est bien passé comme tu peux le voir.

Luther sourit.

— On dirait bien.

Wesley bailla soudain de façon exagérée.

— Nous avons passé une longue journée, Virginia et moi, et nous avons besoin de nous reposer.

Luther passa son bras autour de Katie et inclina la tête vers elle.

— Je crois qu'on nous demande de partir.

Katie soupira.

— Autant dire que je me suis dépêchée de revenir de Grass Valley pour voir mon frère.

Wesley leva les yeux au ciel.

— Nous aurons tout le temps de rattraper le temps perdu dans les prochains jours. Je te le promets. Je n'ai pas l'intention de partir de sitôt.

Puis il fit signe à Luther.

— D'ailleurs, c'est ton mari qui a hâte de partir pour t'avoir pour lui tout seul.

Luther grogna.

— Oh s'il te plaît, Luther.

Wes fit claquer sa langue.

— Je te fais une faveur là.

Luther jeta un regard en biais à Virginia, puis de nouveau à Wes.

— Tout comme je t'en fais une. Je suppose que nous sommes quittes.

À peine Wesley referma-t-il la porte derrière Katie et Luther qu'il entendit Virginia lâcher un soupir. Il se tourna vers elle.

— Quoi ?

— Tu as une relation intéressante avec ta famille.

Il gloussa.

— Ne te méprends pas, nous nous aimons et nous nous battrions jusqu'à la mort pour nous protéger l'un l'autre, mais, parfois, je préférerais qu'ils me laissent tranquille. Il passa son bras autour de la taille de Virginia et l'attira à lui.

— Et maintenant, c'est l'un de ces moments. Parce que je pense que toi et moi avons quelque chose d'important à discuter.

Il remarqua la façon dont elle déglutit et reconnut que c'était un signe de nervosité.

— Hum...

— Logan m'a dit pourquoi Leila brillait d'un éclat doré.

— Je m'en doutais.

— Mais il ne m'a pas tout dit. Il a seulement dit qu'une femme Gardien de la Nuit pouvait faire la même chose à un homme. À quelqu'un comme moi.

— Mmm-hum.

Elle se mordit la lèvre.

— Mais il a dit que ça fonctionnait différemment pour un homme. Alors, tu vas me dire ce que Logan refusait de me dire ?

Elle évita son regard et concentra plutôt ses yeux sur sa poitrine.

— Wesley, je suis sûre... Je ne... C'est...

La sonnette de la porte l'interrompit. Elle soupira avec un soulagement visible.

— Tu n'es pas tirée d'affaire, dit-il et la relâcha.

Il ouvrit la porte d'entrée et se fit presque faucher par sa nièce Lydia, âgée de vingt et un ans.

— Oncle Wesley ! Tu es de retour ! Je suis tellement soulagée !

Elle le serra fort dans ses bras.

Cooper, âgé de presque dix-huit ans, se tenait juste derrière elle et lui tapotait l'épaule.

— Hé, oncle Wes. C'est cool que tu sois de retour. Il faut que tu me parles des démons. Papa vient d'appeler et de dire que tu étais allé dans les enfers. Waouh, c'est vraiment génial !

Wes relâcha sa nièce et sourit à son neveu.

— Eh bien, ce n'était pas si génial que ça quand on pensait qu'on ne sortirait jamais de là.

— Mais tu as réussi ! insista Cooper. Tu es le meilleur !

Wes ébouriffa les cheveux de son neveu et une autre personne apparut à la porte.

— Désolé, Wes, mais ils ont insisté, dit Yvette en entrant, portant quelques sacs de courses.

— Salut Yvette, c'est bon de te voir.

Wes se tourna vers Virginia et lui tendit la main.

— Je suppose que tu vas rencontrer toute ma famille aujourd'hui.

Il désigna les enfants.

— Ma nièce Lydia, mon neveu Cooper. Et voici Yvette, leur mère, et la compagne de Haven. Les gars, voici Virginia.

Cette fois, il n'ajouta pas ma petite amie. Parce qu'ils le savaient déjà.

Après un échange de salutations, Yvette dit :

— Nous ne voulons vraiment pas vous déranger longtemps. Je voulais juste apporter ceci pour Virginia.

Elle souleva les sacs de courses.

— Pour moi ? demanda Virginia, un air surpris sur le visage.

— On m'a dit que tu étais arrivée sans bagages. Alors, je suis allé te chercher quelques produits de première nécessité.

Virginia pressa sa main contre sa poitrine, visiblement touchée par le geste.

— Je ne sais pas comment te remercier.

Yvette lui tendit les sacs.

— Ne me remercie pas.

Elle lui lança un clin d'œil.

— J'ai utilisé la carte de crédit de Wesley.

Elle montra les sacs.

— Il y a de la lingerie, des produits de toilette, quelques hauts et quelques pantalons.

— Waouh.

Elle regarda dans les sacs et en sortit un jean.

— Il est à ma taille !

Yvette rit doucement.

— Mon mari a l'œil pour ce genre de choses.

Wes se pencha et donna à Yvette un baiser sur la joue.

— Tu es la meilleure des belles-sœurs.

— Je suis ta seule belle-sœur.

Puis elle se tourna vers ses enfants.

— Rentrons à la maison.

— Mais je veux entendre parler des démons ! protesta Cooper.

— Un autre jour, dit-elle, Yvette.

— Pourquoi ne viens-tu pas demain après-midi et je te raconterais tout ? demanda Wes.

— En plein jour ? demanda Virginia en le fixant du regard.

— Je suis un hybride, s'exclama Cooper. Moitié vampire, moitié humain. Je ne brûle pas au soleil comme un vampire de sang pur.

— Oh, c'est bien ça.

Elle secoua la tête.

— Je me demandais pourquoi ton aura et celle de ta sœur étaient un peu différentes de celles d'un vampire.

Cooper la regarda avec de la fierté dans les yeux.

— Oui, on est plutôt cool, n'est-ce pas ?

Puis il lui fit un signe de tête.

— Mais toi aussi, tu es cool. Papa dit qu'il t'a vu te rendre invisible et traverser un mur. J'aimerais bien apprendre ça.

Virginia rit.

— J'ai bien peur que ce ne soit pas quelque chose que quelqu'un puisse t'apprendre. C'est génétique.

— C'est nul !

— Eh bien, peut-être, couvrit Wesley en jetant un regard en biais à Virginia. Virginia te fera une démonstration demain si tu viens nous rendre visite.

Les yeux de Cooper s'illuminaient.

`— Ouais !

Yvette lui sourit.

— Merci, Wes. Bonne nuit, Virginia. Je suis certaine qu'on se reverra bientôt.

Puis elle poussa ses enfants dehors, et le silence retomba sur la maison. Wesley se tourna lentement, faisant face à Virginia.

— Je crois qu'on nous a interrompus au moment où tu allais m'en dire plus sur ce miroitement doré.

VIRGINIA SENTIT son cœur battre à tout rompre dans sa gorge. Wesley méritait une réponse. Après tout, il s'était montré franc avec elle ; il avait avoué avoir subi la morsure d'un vampire lors d'un rapport sexuel. Alors pourquoi hésitait-elle encore ? Était-ce parce qu'une fois qu'elle lui aurait raconté comment ça lui ferait, Wes lui demanderait-il de lui faire l'amour de cette façon ? Et que se passerait-il alors ? Est-ce qu'elle était prête à cela ? Est-ce qu'elle était prête à lui en donner autant ?

— C'est la virta, notre force vitale, qui te fait scintiller d'or. C'est une connexion que nous ne recherchons qu'avec ceux que nous aimons. Personne ne pratiquerait ce rituel avec une simple connaissance, ou un coup d'un soir.

Elle remarqua que l'expression de Wesley devint soudain sérieuse.

— Je comprends. C'est bon.

Il laissa tomber ses bras, se préparant à s'éloigner, mais elle saisit son biceps.

— C'est très intime. C'est comme si tu partageais ton âme avec un autre être. Et cela intensifie l'expérience sexuelle. Logan t'a sans doute dit que lorsque Leila scintille d'or, Aiden n'a qu'à la toucher pour qu'elle atteigne à nouveau l'orgasme.

Wes acquiesça en silence.

— C'est différent pour les hommes. Si une gardienne verse sa virta dans un homme, n'importe quel homme, quel qu'il soit, il se mettra à briller d'un éclat doré, tout comme Leila. Et quand cette même femme le touchera à nouveau alors que sa peau brille –

Elle rougit un peu.

— Il aura une érection instantanée.

Le menton de Wesley s'abaissa et ses yeux s'écarquillèrent.

— Tu te moques de moi !

— Non.

— Combien de temps dure l'éclat ?

— Des heures, en fonction de la quantité de virta. Six, huit, voire dix heures, ça arrive souvent.

— Putain ! murmura-t-il en la fixant, ses yeux maintenant pleins d'intérêt, pleins d'impatience. Tu veux dire que si toi, par hypothèse, tu versais ta virta en moi, j'aurais une érection pendant dix heures ?

Elle se racla la gorge.

— Eh bien, hypothétiquement, oui. Mais bien sûr, si nous devions faire l'amour encore et encore, tu aurais un orgasme à chaque fois. Et ensuite, tu redeviendrais instantanément dur, parce que je serais toujours en train de te toucher. C'est un cercle vicieux qui ne s'arrête que lorsque le chatoiement s'estompe.

Un large sourire se répandit sur le visage de Wesley.

— Je n'appellerais pas ça un cercle vicieux. Je dirais plutôt que c'est un paradis.

— Tu le ferais, n'est-ce pas ?

Wes releva le menton.

— Donc, tu dis que c'est seulement pour ceux qui ont une relation sérieuse.

Elle hocha la tête.

— Tu m'as demandé tout à l'heure si ce que j'ai dit dans le garage était vrai.

— Oui ?

— Je crains que lorsque j'ai dit que je tombais amoureux de toi, je n'aie pas été tout à fait sincère.

Son souffle se coupa et son cœur s'arrêta. Elle savait que c'était trop beau pour être vrai. Elle se prépara à recevoir le coup, sa poitrine se resserra.

— Je suis déjà tombé amoureux très fort.

Il glissa ses bras autour d'elle et l'attira plus près.

— Virginia, je suis désespérément amoureux de toi. Aucune demi-mesure, aucun doute. Je me trompais moi-même en pensant pouvoir encore exercer un peu de contrôle sur mon cœur. Ce n'est plus le cas. Il t'appartient. Que tu le veuilles ou non. Et je n'abandonnerai pas tant que tu ne ressentiras pas la même chose. Je me fiche du temps que cela prendra, ou de ce que je dois faire. Mais je ne te mettrai jamais la pression pour que tu fasses quelque chose pour laquelle tu n'es pas prête. Tu n'es pas obligée de partager les éclats d'or avec moi. Fais-moi simplement l'amour comme la nuit dernière. Je ne veux rien d'autre. Juste toi dans mes bras.

Elle sentit les larmes lui monter aux yeux. Elle n'aurait pas pu espérer une déclaration d'amour plus sincère de la part de Wesley. Son cœur avait envie d'exploser sous l'effet des émotions qu'elle n'aurait jamais cru pouvoir exprimer. Mais Wesley lui donnait du courage.

— Wesley, et si je voulais verser ma virta en toi ? Me laisserais-tu faire ?

Une larme roula sur sa joue.

— Te laisser faire ? Ce soir ?

Elle acquiesça, trop étouffée pour dire quoi que ce fût d'autre.

Il la souleva dans ses bras et les fit tourner tous les deux en rond jusqu'à ce qu'elle pense que le monde entier tournait autour d'eux. Ses yeux brillaient d'un bleu vibrant, plus vibrant qu'elle ne les avait jamais vus. Lorsqu'il s'arrêta de tourner, il rapprocha sa tête de la sienne.

— Tu en es certaine, bébé ?

— Je n'ai jamais été aussi certaine de quelque chose dans ma vie.

Tout comme elle avait confiance en ses sentiments à présent.

— Je t'aime, mon merveilleux sorcier.

— Dis plutôt sorcier insatiable.

Elle rit, mais Wesley lui coupa l'herbe sous le pied en l'embrassant.

31

Nu, Wesley s'adossa à la tête de son lit et regarda la porte de sa salle de bains attenante s'ouvrir. Sa bouche s'ouvrit. Virginia entra dans la chambre à coucher avec l'air d'un ange. Elle portait une robe de chambre en soie blanche de style kimono avec une ceinture vaguement nouée à la taille. Ses cheveux rouges, mis en valeur par le tissu blanc, pendaient librement sur ses épaules, des mèches caressant ses seins comme des flammes léchant sa peau.

Il souleva ses paupières pour regarder le visage de Virginia et vit le même genre de feu dans ses yeux.

— Rappelle-moi de remercier ma belle-sœur de t'avoir acheté ces vêtements.

Virginia se dirigea vers le lit, son regard errant sur lui.

— On dirait qu'elle sait ce que tu aimes.

Ses yeux se concentrèrent sur son entrejambe, où sa queue attendait déjà au garde-à-vous.

Wes se pencha en avant et attrapa sa main, la tirant sur lui pour qu'elle s'installe à califourchon sur lui.

— J'aime beaucoup de choses. En particulier, j'aime te voir nue, mouillée et haletante.

Il détacha sa robe de chambre, qui tomba ouverte, révélant que Virginia ne portait rien sous la soie. Lentement, il glissa sa main entre ses jambes et caressa sa chatte. La chaleur et l'humidité l'accueillirent.

— Eh bien, deux sur trois, ce n'est pas un mauvais début.

Virginia tira sa lèvre inférieure entre ses dents.

— Ceci non plus.

Elle enroula sa main autour de sa queue et la serra.

Un gémissement lui échappa.

— J'aime les femmes qui savent ce qu'elles veulent. Je me réjouis de leur rendre service.

Un sourire se dessina sur ses lèvres.

— J'espère que tu diras encore ça demain matin.

Wes glissa ses mains sur ses seins et les caressa.

— Ne t'inquiète pas pour ça.

Il se pencha pour capturer un téton dur entre ses lèvres et le suça doucement, et sentit les mains de Virginia sur ses épaules, l'agrippant pour l'équilibrer. Puis elle frotta sa chatte contre sa queue, en exécutant des mouvements circulaires.

Il laissa son mamelon sortir de sa bouche, puis passa à l'autre sein et lécha le bouton dur qui s'y trouvait, tout en massant la chair ferme avec ses mains. Il avait toujours été un homme à seins, mais encore plus avec Virginia. Les siens étaient parfaits en taille et en fermeté, comme deux pamplemousses géants, juteux et débordants dans ses paumes. Il lécha plus avidement maintenant et les pressa l'un contre l'autre, puis passa sa langue le long du milieu.

— J'aime tes seins, bébé.

Il leva les yeux vers elle et croisa son regard.

— Tu veux les baiser ?

Elle se débarrassa complètement du peignoir.

— Putain, ouais.

Plaçant ses mains sur ses hanches, il la souleva de lui et la fit descendre pour l'allonger sur la couette. Ses cheveux se déployèrent autour de sa tête comme des flammes. Les lèvres écartées, elle restait là, à l'attendre. Il plongea sa tête dans son décolleté et le lécha généreusement, avant de se déplacer sur elle, un genou de chaque côté de son torse.

Sans avoir besoin d'aucune instruction, Virginia plaça ses mains sur l'extérieur de ses seins et les serra l'un contre l'autre. Cette vision provoqua des spasmes dans sa queue. Il prit son érection dans sa main et la guida jusqu'à son décolleté, la poussant entre ses seins, là où sa salive avait créé un chemin lisse.

Avec un gémissement, il s'enfonça entre ses magnifiques seins et sentit Virginia les serrer autour de lui.

— Putain !

Virginia se lécha les lèvres.

— Tu aimes ça, hein ?

Wes se retira puis se replongea dans l'abri moelleux qu'elle avait créé pour lui.

— Bébé, tu es si sexy.

Un sourire pécheur incurva ses lèvres vers le haut.

— Tu n'as encore rien vu.

— Ah oui ?

Il commença à glisser d'avant en arrière en augmentant le rythme, ses bourses se resserrant, tandis qu'il promenait son regard sur elle. Son visage rougissait, ses yeux s'élargissaient, ses lèvres s'écartaient. De doux soupirs roulaient sur ses lèvres, confirmant qu'elle appréciait également leurs préliminaires passionnés. Mais ce n'était qu'un apéritif avant le plat principal de ce soir, et il ne devait pas se montrer trop gourmand.

Avec une autre poussée, il s'arrêta et se retira, donnant un coup de coude vers l'arrière et glissant le long de son corps.

— Je pense que je dois te remercier pour cette gâterie sexy, dit Wes en écartant ses cuisses pour se glisser dans l'espace qui les séparait.

Il baissa la tête et l'écarta davantage, exposant ses plis humides à son regard affamé.

— Oh mon Dieu, tu es mouillée !

— C'est ta faute, murmura Virginia, la voix remplie de passion.

— Dans ce cas, je ferais mieux de lécher tout le désordre créé.

— Tu devrais.

Wes approcha sa bouche de ses lèvres inférieures et fit glisser sa langue sur sa fente, recueillant son jus.

— Mmm.

Il passa ses mains sous ses fesses, bascula son bassin vers le haut pour un meilleur accès, puis recommença, cette fois en léchant tout le chemin jusqu'à ce que la pointe de sa langue touche son clitoris.

Virginia gémit, et il remarqua que ses mains griffaient la couette.

Il appréciait son goût, alors il continua à la lécher et à la sucer. Ses doigts l'aidèrent à la caresser, en glissant un dans son canal serré et en sentant ses muscles se resserrer autour de son doigt. Bientôt, elle ferait la même chose à sa queue. Bientôt, elle lui ferait beaucoup de choses, des choses qu'il avait hâte d'expérimenter. Mais il voulait d'abord lui montrer à quel point il la vénérait, à quel point il brûlait de désir qu'elle prenne du plaisir.

Wes lécha amoureusement son centre de plaisir, sentant comment le petit organe se gonflait de sang, et comment Virginia commençait à se tortiller sous lui. Il serra ses mains sur ses hanches, la retenant pour pouvoir continuer à l'amener de plus en plus près de son point culminant.

— Wes, s'il te plaît ! s'étouffa-t-elle, sa respiration s'accompagnant de lourds halètements.

Il aspira son clitoris entre ses lèvres et appuya dessus.

Un gémissement étranglé s'arracha de la gorge de Virginia et, une seconde plus tard, son corps se mit à trembler. Wes sentit les vagues de son orgasme atteindre ses lèvres et grogna. Il la relâcha lentement et releva la tête.

De minuscules perles de sueur coulaient sur la poitrine de Virginia, qui se soulevait et s'abaissait en respirations régulières maintenant.

— J'aime quand tu jouis, dit-il.

Elle ouvrit les yeux et tendit la main vers lui.

— J'ai besoin de te sentir. Maintenant. Au plus profond de moi.

Il ne perdit pas un instant. Il roula sur elle, ajusta sa queue et plongea en elle.

— Comme ça ? murmura-t-il en la fixant dans les yeux.

— Juste comme ça, dit-elle et tira sa tête vers le bas pour l'embrasser.

Au moment où il écarta les lèvres pour accepter son baiser et où il sentit sa langue se glisser dans sa bouche pour jouer avec lui, tout changea autour de lui.

Les lampes de chevet clignotaient comme des ampoules sur le point de griller. Le sol sous eux tremblait comme si un tremblement de terre frappait San Francisco. L'air commençait à s'agiter autour d'eux comme si une tempête se préparait. Le brouillard emplit la pièce comme si les fenêtres s'étaient ouvertes et avaient laissé entrer l'air humide de l'océan. Pourtant, les éléments qui se déchaînaient autour d'eux semblaient plutôt chauds et agréables. Au contraire, ils formaient un cocon qui les balayait, les faisant flotter comme sur un lit d'ouate.

Mais ce qui se passait autour d'eux n'était rien en comparaison de ce qui se passait en lui. Virginia se partageait avec lui, le remplissant de sa force vitale, de sa virta, l'énergie qui constitue un Gardien de la Nuit. Bien qu'elle l'eût prévenu de l'intimité de cet acte, il n'y était pas préparé. Cela le frappa comme une avalanche. Une avalanche de désir, de passion, de bonheur, mais c'était bien plus que cela.

Chaque cellule du corps de Wesley était imprégnée d'une nouvelle vie, d'une nouvelle force et d'une nouvelle énergie. Et d'un nouveau sens de l'objectif, d'une nouvelle compréhension. Ses sens s'emballèrent, il sentait, voyait, entendait plus intensément que jamais. Au fond de lui, un feu s'alluma et fit jaillir des flammes dans ses veines. Sa peau commença à picoter, les petits poils se dressant sur tout son corps. Sous lui, Virginia se tortillait, accueillant sa queue en pleine poussée. Une queue qui semblait maintenant prendre sa propre vie, s'enfonçant plus profondément et plus fort, poussant plus rapidement, plongeant avec plus de puissance. Indomptable et débridée.

Les lèvres de Virginia fusionnèrent avec les siennes, tout comme leurs corps semblaient fusionner, se fondre en un seul être. Pourtant, deux cœurs battaient, deux paires de mains se touchaient.

Pour Wesley, la notion de temps et de lieu s'évanouit. Tout ce qui restait, c'était eux deux. S'aimant l'un l'autre. Se délectant du plaisir charnel. Baignant dans une mer de luxure. La source de cette luxure semblait intarissable. Comme si la force vitale de Virginia était infinie. Tout comme son amour pour elle n'avait pas de limites.

Et maintenant, il pouvait lui montrer son amour : avec son esprit, son corps, ses moindres gestes.

Chaque poussée le rapprocha du bord. Plus près du point d'extase. Quelques secondes de plus et il aurait basculé dans l'abîme.

Wes arracha ses lèvres des siennes et croisa son regard.

— Je t'aime, Virginia. De tout mon cœur.

Son contrôle craqua, et sa semence jaillit de sa queue. Il continua à bouger en elle, incapable de s'arrêter. C'était à ce moment-là qu'il sut que c'était en train de se produire. Il jeta un coup d'œil à ses bras et le vit : sa peau brillait d'un éclat doré. Et comme leurs corps se touchaient toujours, sa queue ne se ramollissait pas. Malgré sa libération, il se montrait aussi dur qu'avant. Et tout aussi excité.

Mais même si sa queue réclamait un autre orgasme, il se retira du fourreau trempé de Virginia et plutôt frotta sa queue sur son clito. Quelques instants suffirent pour qu'elle entrât en éruption, jouissant pour lui.

— Gentille fille, la félicita-t-il, avant de replonger en elle et de continuer à la chevaucher.

Il commença lentement, doucement, lui laissant le temps de profiter de son orgasme, mais dès que ses spasmes se calmèrent, il augmenta son rythme et la baisa plus fort.

Leurs corps couverts de sueur s'entrechoquèrent, envoyant des sons de passion rebondir contre les murs de sa chambre. Des murs qu'il ne pouvait même pas voir à cause du brouillard et de l'air qui s'agitaient autour d'eux, les enveloppant encore d'un bouclier protecteur. Et même s'il la baisait comme une bête sauvage, Virginia le dominait. C'était elle qui commandait, qui tenait les rênes, qui faisait tourner son monde.

Il s'abandonna à elle, tomba, cessa tout contrôle et lui donna ce qu'ils désiraient tous deux : la confiance.

Virginia le regarda alors, les yeux écarquillés par l'émerveillement, les lèvres entrouvertes.

— Oh Wes...

Il caressa ses doigts sur sa joue.

— Je suis à toi.

Lorsqu'une larme coula sur sa joue, sa queue se contracta à nouveau, et un autre orgasme le submergea comme une vague océanique ininterrompue. Pourtant, sa queue restait dure et prête à en recevoir davantage.

— Je ne sais pas comment te remercier pour ça, murmura-t-il sur ses lèvres. C'est mieux que n'importe quelle morsure de vampire, mieux que tout ce que j'ai connu.

Il l'embrassa longuement et profondément, puis appuya son front sur le sien.

— Dis-moi que tu ne te lasses pas de ça.

— Jamais.

Elle souleva son bassin en guise d'invitation.

— Je suis faite pour ça. Pour toi.

— Alors je ne m'arrêterai pas.

Parce que, même s'il le voulait, il doutait de ses capacités. Virginia avait allumé quelque chose en lui. Ce n'était pas seulement l'éclat d'or qui le poussait à rester connecté à elle. Ce n'était pas son érection constante qui le poussait à lui faire l'amour encore et encore. C'était le besoin de consolider leur amour et leur confiance.

Il avait enfin trouvé sa compagne.

32

––––––––

Virginia remua et sentit quelque chose de dur glisser le long de ses fesses. Un bras lourd était passé en travers de son ventre et se resserrait maintenant autour d'elle.

— Bonjour, bébé, murmura Wes dans sa nuque et l'attira dans la courbe de son corps, son érection glissant entre ses cuisses.

— Oh mon Dieu, tu ne peux pas être encore au garde-à-vous, dit-elle incrédule et ouvrit les yeux.

— Je ne le suis pas, gloussa-t-il. C'est juste moi quand je me réveille.

La main sur sa hanche, il changea d'angle et s'enfonça lentement en elle.

— Oh, tu es si douce.

— Tu n'en as toujours pas eu assez ?

`Elle avait perdu le compte du nombre de fois où ils avaient fait l'amour avant de s'endormir enfin.

— Tu te moques de moi ?

Il se retira et s'enfonça à nouveau en elle, lui donnant instantanément envie d'en redemander. Elle aimait la sensation de sa queue épaisse et longue qui la remplissait et l'étirait.

— J'ai créé un monstre, le taquina-t-elle et repoussa ses fesses contre son entrejambe pour s'empaler complètement.

— Si c'est toi qui protestes, c'est que tu ne t'y prends pas bien.

Il saisit sa hanche et commença à la pousser à un rythme facile. Moins frénétique que la veille, il n'en demeurait pas moins excitant.

— Ne devrions-nous pas nous lever et retourner à Scanguards ?

— Il fait encore jour, dit Wesley.

Il commença à lui caresser les seins, tout en plongeant la tête dans son cou et en l'y embrassant.

— Pratiquement personne ne sera au bureau.

Elle jeta un coup d'œil à l'horloge. C'était le début de l'après-midi, encore à quelques heures du coucher du soleil, alors elle se cala contre la poitrine de Wesley et bougea en rythme avec lui.

— Je suppose que nous avons un peu de temps.

— Je ferai en sorte que cela en vaille la peine.

Elle n'en doutait pas et soupirait de joie.

Le bruit de la sonnette de la porte la fit se figer.

— Oh merde, maugréa Wes.

Il se glissa hors d'elle et se tourna de son côté du lit.

— C'est Cooper.

Elle se retourna et regarda par-dessus son épaule. L'écran du téléphone posé sur la table de chevet affichait une image provenant de la caméra située à la porte d'entrée. Le jeune hybride se tenait près de la caméra, attendant impatiemment.

Wesley la regarda.

— J'ai une idée qui nous fera gagner quelques minutes.

Il appuya sur le bouton de l'interphone.

— Salut, Cooper.

— Salut, Oncle Wesley.

— Peux-tu nous rendre un service ? Virginia et moi avons dormi trop longtemps. Peux-tu aller au magasin et nous ramener de la nourriture pour le petit déjeuner ? Mon réfrigérateur est vide. Je vais te laisser entrer. Il y a de l'argent dans le premier tiroir de la cuisine.

— D'accord, acquiesça Cooper, et Wesley appuya sur le bouton pour ouvrir la porte d'entrée.

Puis il se retourna vers elle.

— Maintenant, où en étions-nous ?

Elle rit et sauta du lit.

— Je crois qu'on allait se lever et prendre une douche, pour que ton neveu mi-vampire, mi-humain ne sente pas l'odeur de nos activités des huit dernières heures.

Virginia arracha le kimono de soie blanche qui se trouvait sur le sol et l'enfila.

Wes grogna et se leva du lit.

— OK, alors nous avions parlé de sexe sous la douche. Tes désirs sont des ordres.

Elle regarda par-dessus son épaule et secoua la tête en riant.

— Je n'ai rien dit à propos du sexe sous la douche.

Il pointa du doigt sa queue, qui se tenait érection et se courbait vers son nombril.

— Tu lui diras ça. Je ne pense pas qu'elle écoutera.

Elle rit et courut dans la salle de bains, mais Wes la rattrapa au niveau du lavabo et l'entoura de ses bras par-derrière. Elle croisa son regard dans le miroir. Bon sang, cet homme pouvait l'exciter d'un seul regard. Lorsqu'il souleva sa robe de chambre et ramena ses fesses vers son entrejambe, elle se laissait faire et se pencha sur le lavabo. Un instant plus tard, sa queue dure s'enfonçait profondément en elle.

— Tu en as autant besoin que moi, affirma Wes. Admets-le.

Elle releva la tête.

— J'en ai envie.

Pendant les quelques minutes qui suivirent, plus aucun mot ne fut prononcé, et les gémissements et les soupirs résonnaient dans la salle de bains.

Moins d'une demi-heure plus tard, Wesley, douché et habillé, descendit les escaliers pour accueillir à nouveau son neveu, tandis que Virginia se rhabillait, les jambes encore tremblantes de son dernier orgasme, la chatte sensible au toucher. À chaque souvenir de ses ébats avec Wesley, une autre flamme brûlante jaillissait au fond d'elle. Elle se regarda dans le miroir. Ses joues rougissaient encore, et tout son corps dégageait de la chaleur. Il était impossible de cacher au jeune hybride ce qui se passait en elle. Elle était une femme amoureuse.

Entièrement habillée, les cheveux séchés, Virginia descendit les escaliers quelques minutes plus tard. Elle entendit des voix provenant de l'arrière de la maison et découvrit la cuisine, où Wesley et Cooper s'affairaient à préparer le petit déjeuner.

Cooper tourna la tête lorsqu'elle entra et lui sourit.

— Salut, Virginia. On fait des crêpes.

— Bonjour, Cooper. Merci d'être allé faire les courses pour nous, dit-elle en se glissant sur un tabouret du bar.

Pour un célibataire, Wesley disposait d'une grande cuisine bien équipée. Cuisiner pour les gardiens du complexe n'avait visiblement pas été un simple acte pour gagner leur confiance. Il semblait aimer cuisiner. Elle lui jeta un regard, il tourna la tête et lui sourit.

— J'espère que tu as faim.

Il lui lança un clin d'œil.

Bien sûr, elle avait faim. Elle était même affamée. Rien d'étonnant après la quantité de calories qu'elle avait brûlées la nuit précédente. Mais elle s'abstint de le mentionner devant l'adolescent impressionnable qui se trouvait en leur compagnie.

— Je vais manger un morceau.

— Alors, mon père a dit hier soir que tu as montré à tout le monde à Scanguards comment tu peux traverser les murs et te rendre invisible.

Virginia réprima un petit rire. Le jeune hybride avait décidément une idée derrière la tête. Elle ne pouvait pas vraiment le blâmer. Quand elle avait son âge, elle s'intéressait à beaucoup de choses.

— Alors, tu veux le voir ?

Il hocha la tête avec enthousiasme.

Wes lui jeta un regard depuis la cuisinière.

— Je dois te prévenir : si tu le laisses faire, tu ne pourras jamais t'en débarrasser.

— Ça doit être de famille alors, répondit-elle.

Wesley lui lança un clin d'œil.

Virginia sauta du tabouret de bar et se dirigea vers le mur intérieur le plus proche. Elle posa sa main dessus, puis la poussa à travers, si bien qu'une partie de son bras disparut comme si on l'avait coupé juste à l'endroit où il touchait le mur.

La bouche de Cooper s'ouvrit.

— Waouh !

— Regarde, s'exclama-t-elle, en levant une jambe, en faisant un pas et en traversant le mur.

Elle se retrouva dans la salle à manger, une pièce douillette aux boiseries sombres.

Depuis la cuisine, elle entendit Cooper dire :

— Waouh, c'est trop cool !

Elle fit demi-tour et retourna dans la cuisine.

Wesley lui sourit et empila plusieurs crêpes dans une assiette.

— Merci de lui montrer.

Puis il posa l'assiette sur le comptoir.

— Et devenir invisible, comment fais-tu ? demanda Cooper.

— Cooper, laisse-la manger d'abord, s'il te plaît, demanda Wes.

— C'est bon, Wes, déclara Virginia. Je peux faire les deux en même temps.

Elle se glissa à nouveau sur le tabouret de bar, puis, sous le regard avide de Cooper, s'occulta.

Lorsqu'elle vit l'air stupéfait de Cooper, elle attrapa une fourchette et commença à manger une crêpe. Elle savait ce que Wesley et le jeune hybride allaient observer : des morceaux de crêpe disparaissant tout simplement au fur et à mesure qu'elle les mettait dans sa bouche et les mangeait.

— C'est génial !

Virginia rit, mais la sonnerie de son téléphone portable interrompit ce moment d'insouciance. Elle devint visible en un instant et sortit le téléphone de sa poche arrière. Elle appuya sur le bouton de conversation.

— Oui ?

— C'est Logan. Deirdre se déplace. Nous venons d'apprendre qu'elle se trouve à l'aéroport de Portland. Elle est sur le point d'embarquer dans un avion pour San Francisco.

— San Francisco ?

Wes lui jeta un regard interrogateur, et elle appuya sur le bouton du haut-parleur.

— Logan, je suis ici avec Wesley. Tu es sur haut-parleur.

— Hé, dit Logan rapidement. Deirdre atterrira à l'aéroport international de San Francisco dans environ une heure et demie. Je t'enverrai par texto les détails du vol. Tu sais à quoi elle ressemble, n'est-ce pas, ou tu veux que je t'envoie une photo ?

— Je connais son visage grâce aux dossiers, mais envoie une photo pour Wesley.

— Je le ferai.

— As-tu la moindre idée de ce qu'elle fait à San Francisco ?

— Aucune. Il n'y a pas eu d'appels téléphoniques ni de conversations avec qui que ce soit. Nous n'avons aucune idée de ce qui l'a poussée à réserver ce vol si soudainement.

— D'accord, nous allons nous rendre à l'aéroport et la suivre à son arrivée pour voir ses agissements.

— Fais attention.

— Merci, Logan.

Elle déconnecta l'appel et fixa Wesley du regard.

— Mange. Je vais appeler Scanguards pendant ce temps pour obtenir des renforts.

Elle pointa du doigt la fenêtre.

— Le soleil ne sera pas couché quand elle atterrira.

— Ça n'a pas d'importance. Ils possèdent des camionnettes occultantes.

Puis il regarda Cooper.

— Désolé d'écourter notre visite. Tu ferais mieux de rentrer chez toi.

— Je ne peux pas venir ? Je suis un hybride. Je peux t'aider.

Wesley secoua la tête.

— Et donner à ta mère une raison de m'arracher la tête ? Aucune chance, mon pote.

— Ça craint. Je ne fais jamais rien d'excitant !

Il grogna de mécontentement et, pour la première fois, Virginia put voir le bout de ses crocs qui descendaient lentement.

— J'ai hâte de pouvoir enfin rejoindre le programme d'entraînement des gardes du corps.

— Je sais, mais en attendant, ce sont tes parents qui décident. Alors, sors d'ici.

Wes tapota l'épaule de l'adolescent.

Cooper leur jeta à tous deux un regard souffrant, fit ses adieux et s'en alla.

Lorsque la porte se referma derrière lui, Wes soupira.

— Eh bien, tant pis pour un petit déjeuner paresseux, hein ?

— Finissons-en avec ça.

Peut-être qu'ils sauraient bientôt qui avait donné la position de l'enceinte du conseil aux démons.

33

Assise sur le siège passager de la voiture de Wesley, Virginia désigna du doigt le trottoir au niveau des arrivées de l'un des six terminaux domestiques de l'aéroport international de San Francisco.

— La voilà.

Wesley dirigea son regard vers la femme qui traversait à présent la rue. Il ralentit encore plus la voiture, faisant mine de chercher un endroit où se ranger le long du trottoir pour prendre un passager, puisque le stationnement et l'attente n'étaient pas autorisés ici. Heureusement, le traceur contenu dans le sac à main de Deirdre fonctionnait toujours, et Pearce avait pu leur envoyer des mises à jour en temps réel sur sa position. Ainsi, ils ne la manqueraient pas lorsqu'elle sortirait du hall des arrivées.

Deirdre regarda autour d'elle comme si elle cherchait quelque chose. Elle était habillée de façon décontractée avec un pantalon et une veste légère, son sac à main surdimensionné en bandoulière.

— Elle a l'air plus jeune que sur la photo, commenta Wes.

— Elle est plus âgée que moi.

— Être immortel présente des avantages.

— Elle a perdu son immortalité. Elle va commencer à vieillir maintenant.

— Où va-t-elle ? En taxi ?

— Elle ne prendra pas de taxi, déclara Virginia. Regarde.

Deirdre avait atteint l'autre côté de la rue et se dirigeait maintenant vers un arrêt de navette.

— Elle a dû réserver une voiture de location, dit Wes.

Derrière lui, un klaxon retentit. Il regarda dans le rétroviseur. Un employé de l'aéroport lui faisait signe d'avancer.

— Je ne peux pas rester ici plus longtemps.

— L'arrêt où elle attend ne propose que des voitures de location Hertz. Sais-tu où se trouve leur parking ?

Wes acquiesça.

— Oui.

— Bien. Rejoins-nous là-bas.

Avant qu'il pût répondre, Virginia s'était occultée et, à en juger par le bruit de tissu bruissant provenant du siège passager, passait à travers la portière fermée de la voiture.

— Pas de parking ici, circulez, cria quelqu'un à travers un porte-voix.

Wesley soupira et se remit sur la voie extérieure, s'éloignant lentement, confiant que Virginia avait atteint l'endroit où Deirdre attendait la navette de la voiture de location. Il ne pouvait rien faire pour l'instant, à part se rendre à l'agence de location de voitures.

Il fallut une dizaine de minutes avant que la navette n'arrivât au centre de location Hertz, sur North McDonnell Road. Wesley la regarda se garer sur le parking, laissant les passagers débarquer devant le bureau. Seule une poignée de passagers sortit, et Deirdre était facile à repérer. Elle n'avait que son sac à main.

Wesley était garé et attendait près de la sortie du parking des voitures de location. Personne ne le remarqua. Il observait chaque voiture qui sortait, vérifiant qu'il ne manquait pas Deirdre. Soudain, il entendit un bruit à l'intérieur de la voiture.

— Je suis de retour, déclara Virginia.

Il soupira de soulagement et tourna la tête, alors qu'elle apparaissait à côté de lui sur le siège passager.

— Elle a loué une Toyota Corolla. Elle est blanche. Elle devrait être la prochaine à sortir. J'ai mémorisé la plaque d'immatriculation au cas où.

— Bien. A-t-elle senti que tu la suivais ?

— Non. Elle est devenue entièrement humaine. Il ne lui reste plus aucun de ses sens de Gardien de la Nuit. C'était facile de la suivre. Reste juste assez loin pour qu'elle ne se rende pas compte qu'une voiture la suit.

— Ne t'inquiète pas, je suis formé.

Après tout, Scanguards l'avait bien formé à toutes sortes de disciplines, y compris la surveillance.

— La voilà qui arrive.

Après s'être brièvement arrêtée à la cabine de sécurité située à l'entrée, la Toyota blanche quitta le terrain de location de voitures et s'inséra dans la circulation. Wesley démarra la voiture et la suivit.

Il échangea un rapide coup d'œil avec Virginia.

— On dirait qu'elle se dirige vers San Francisco.

La Toyota blanche s'engageait sur la I-380. Wes recula un peu et ne quittait pas des yeux la voiture de Deirdre. L'Interstate 380 était une courte liaison avec l'Interstate 280. À sa grande surprise, Deirdre s'engageait sur la voie d'extrême gauche, qui menait non pas à l'I-280 Nord, mais à l'I-280 Sud.

— Elle se dirige vers San Jose.

Il jeta un coup d'œil à Virginia.

— Il y a quelque chose là-bas qui te vient à l'esprit ?

— Rien.

— Eh bien, nous allons rester collés à elle.

Il attrapa son téléphone portable, qu'il avait fixé sur le tableau de bord, et tapota dessus.

Un instant plus tard, la voix de Blake résonna dans la voiture.

— Hé, elle est arrivée ?

— Nous sommes à ses trousses. Voiture de location Toyota Corolla blanche. Plaque d'immatriculation californienne 7KL895G. Elle se dirige vers le sud sur la I-280 en direction de San Jose.

— J'ai compris. Je suis connecté à ton GPS. Nous t'avons à l'œil.

— Super.

Il tapota une nouvelle fois sur le téléphone pour se déconnecter.

— Sont-ils prêts ? demanda Virginia.

— Ils le seront, lui assura Wesley.

Il jeta un coup d'œil sur sa droite.

— Le soleil va bientôt se coucher.

— As-tu remarqué l'absence de bagages de Deirdre ?

— Ouais. Je suppose que ce voyage n'a pas été planifié longtemps à l'avance, n'est-ce pas ?

— Et elle n'a pas l'air de rester longtemps, où qu'elle aille, ajouta Virginia.

Il quitta la route des yeux pendant un instant.

— Ne t'inquiète pas, quoi qu'elle manigance, on trouvera une solution.

Virginia hocha la tête, puis pointa du doigt le pare-brise.

— Où va-t-elle maintenant ?

Wes remarqua que la Toyota blanche s'engageait sur la voie la plus à droite.

— Une sortie arrive, dit Wes.

Il traversa deux voies pour se mettre sur la même voie que Deirdre et continua à la suivre. La Toyota blanche quitta l'autoroute à la sortie suivante. Wesley fit de même, en prenant la sortie Skyline Boulevard/Highway 35.

— Je suppose qu'elle n'ira pas à San Jose après tout, murmura Wesley.

— Où mène le boulevard Skyline ?

— Nulle part vraiment. C'est juste une autoroute mineure qui serpente à travers les collines qui s'étendent entre l'autoroute et la côte. Elle est également reliée à l'autoroute 92, qui mène directement à la côte.

— La côte ?

Virginia tourna la tête dans sa direction.

— Quelle ville ?

— Half Moon Bay.

— Merde ! jura Virginia.

Alarmé, Wesley la regarda fixement.

— Qu'y a-t-il à Half Moon Bay ?

— Le bastion privé de Cinead. C'est un peu au nord de Half Moon Bay, juste avant El Granada.

— Tu crois qu'elle y va ?

— C'est le seul bastion de Gardiens de la Nuit dans la région.

Virginia serra sa main en un poing.

— Et c'est logique. Elle vend son demi-frère pour ne pas l'avoir défendue, pour avoir voté en faveur de son exil.

— Tu crois qu'elle mène les démons là-bas ? Je n'ai remarqué personne qui la suivait. Crois-moi, je l'aurais fait.

— J'en suis convaincue, insista Virginia. Nous ne pouvons pas la laisser s'approcher davantage. Nous devons l'arrêter maintenant.

— OK, des travaux sur un gouffre sont en cours à environ cinq kilomètres devant nous. Les ouvriers du bâtiment seront partis pour la journée, et les habitants évitent la route en ce moment à cause des retards. Nous avons peut-être de la chance. Je vais essayer de lui couper la route sur le chantier.

Wesley accéléra et rattrapa la Toyota de Deirdre. Il s'arrêta au milieu de la route pour regarder devant lui. Au loin, il aperçut une voiture qui vint vers eux. Il appuya sur l'accélérateur et dépassa la Toyota, puis se rangea à nouveau sur la droite quelques secondes avant que la voiture en sens inverse ne les atteignît. Ne ralentissant pas la voiture, il fonça, laissant la Toyota derrière lui.

Alors qu'il filait sur la route mouillée, la bruine se transformait en pluie, Wes se connecta à nouveau avec Blake.

— Nous empruntons la CA-92. Je coupe la route à Deirdre avant les travaux du gouffre autour de Nuff Creek. Elle se dirige vers le bastion d'un membre du conseil. Nous pensons qu'elle pourrait y mener les démons.

— J'ai compris.

— Merci !

Il déconnecta l'appel.

— C'est là, dit Virginia en montrant les panneaux qui signalaient aux automobilistes le lieu des travaux.

Des travaux avaient bloqué un côté de la route, transformant l'autoroute en une route à une seule voie. Wes ralentit la voiture, et à l'endroit où la route se rétrécit à une seule voie, il s'arrêta et alluma ses feux de détresse, tout en mettant la voiture en position de stationnement.

— D'accord, jusqu'ici tout va bien, dit-il en regardant Virginia. Est-ce que Deirdre te reconnaîtra ?

— Oui, c'est fort probable. J'ai amené de nombreux suspects devant le conseil lorsqu'elle en était membre. Elle saura qui je suis.

— Eh bien, je pense que c'est une bonne chose. Elle saura que la fête est finie quand elle te verra.

Il regarda dans le rétroviseur.

— La voilà qui arrive.

VIRGINIA REGARDA par-dessus son épaule et vit la Toyota blanche avec Deirdre au volant s'arrêter derrière elles. Virginia ouvrit la portière et sortit. Wesley fit de même du côté du conducteur.

La pluie s'intensifiait, mais Virginia l'ignora et marcha vers la voiture de location blanche. Au moins, la pluie empêcherait Deirdre de la reconnaître de loin. Elle se dirigea vers le côté passager et essaya la portière. Elle était verrouillée. Deirdre tourna la tête dans sa direction. Ses yeux s'écarquillèrent. Elle avait reconnu Virginia.

Virginia franchit la porte fermée et entra dans la voiture.

Deirdre poussa un cri et attrapa la poignée de la porte. Elle réussit à pousser la porte et Virginia se laissa faire. Deirdre sortit précipitamment de la voiture, tandis que Virginia tournait la clé dans le contact et arrêtait le moteur. Puis, lentement, elle sortit et regarda par-dessus le toit en direction du côté conducteur.

Wesley tenait les mains de Deirdre derrière son dos, et cette dernière se débattait contre lui. Sans succès. Lorsque Virginia s'approchait, Deirdre lui lança un regard effrayé.

— Toi !

Elle se débattit contre Wesley, mais ne parvint pas à se libérer.

— Lâche-moi !

Encore quelques pas, et Virginia se retrouva face à l'ancien membre du conseil.

— Alors, tu te souviens de moi. C'est bien.

— Qu'est-ce que tu veux de moi ? cracha Deirdre, le défi jaillissant de ses yeux, le venin dans sa voix.

— Qu'est-ce que tu fais en Californie ?

— Je ne vois pas en quoi cela te regarde !

— Oh, tu ne vois pas ?

Virginia se rapprocha d'un pas.

— Eh bien, c'est là que tu te trompes, Deirdre. Qui t'envoie ?

Deirdre serra les lèvres et lui lança un regard noir, tout en essayant de libérer ses bras de l'emprise de Wesley.

— Tu sais que je peux te faire parler, menaça Virginia.

Deirdre leva le menton en signe de défi.

— Cinead se trompait à ton sujet, dit Virginia. Tu n'as jamais vu l'erreur de ton comportement. Tu ne t'es jamais repentie. Même un an dans une cellule de plomb ne t'a pas fait comprendre à quel point tu avais tort. Traître un jour, traître toujours.

— Je ne suis pas un traître !

Deirdre protesta en haussant la voix, ses cheveux maintenant emmêlés sur sa tête par la pluie qui continuait de tomber.

— Mais tu ne comprendrais pas cela.

— Oh, je comprends. Tu débordes tellement de haine pour ton demi-frère et le conseil que tu essaies de nous exterminer, n'est-ce pas ?

Les yeux de Deirdre s'agrandissaient.

— Oui, je te surveille. Ta première tentative a échoué. Les démons n'ont réussi à tuer aucun d'entre nous. Et nous avons détruit le fief du conseil avant qu'ils ne puissent atteindre le portail.

— Quoi ?

Stupéfaite, Deirdre s'immobilisa.

— Alors, quel est le plan cette fois-ci ? poursuivit Virginia. Entrer dans le bastion de Cinead et ensuite appeler les démons ? C'est ton plan ?

— Tu te trompes ! Je n'aiderai jamais les démons. Jamais !

— Menteuse !

Deirdre secoua la tête et lutta contre l'emprise de Wesley.

— C'est toi qui es avec les démons. Cinead m'a prévenue de ne faire confiance à personne.

C'était maintenant au tour de Virginia d'être surprise.

— Tu as parlé à Cinead ?

Elle jeta un coup d'œil devant elle à Wesley qui avait l'air tout aussi stupéfait.

Mais Deirdre pressa de nouveau ses lèvres l'une contre l'autre, ne voulant pas répondre.

— Bon sang, Deirdre, réponds-moi ! Cinead n'aurait jamais pris le risque de te contacter après l'attaque du fief du conseil.

Deirdre plissa les yeux.

— Tu peux dire ce que tu veux, mais je ne vais pas te croire. Il a dit que des traîtres se trouvaient parmi les gardiens. Et qu'ils essaieront de m'empêcher de l'atteindre.

— C'est des conneries ! siffla Wesley aux oreilles de Deirdre.

Elle sursauta et tourna la tête vers lui, comme si elle avait presque oublié qu'il la retenait encore. Elle le regarda longuement.

— Tu es un démon, n'est-ce pas ?

Wesley secoua la tête.

— Pas d'yeux verts. Désolé.

Elle ricana.

— Alors, tu les as déguisés avec des lentilles de couleur. Je connais tes astuces.

Virginia écarta de son visage plusieurs mèches humides de ses cheveux et poussa un juron.

— Écoute-moi, Deirdre. Wesley n'est pas un démon. C'est un sorcier, et aucun de nous n'est de mèche avec les démons. Alors n'essaie pas de nous détourner de la vérité. C'est toi qui conduis les démons dans le bastion de Cinead.

Elle en avait assez des tactiques dilatoires de Deirdre. D'un seul geste, elle saisit l'autre femme à la gorge.

— Et maintenant, tu vas me dire tout ce que tu sais sur le plan des démons, ou je te jure que je t'écrase la trachée.

Virginia resserra sa main autour du cou de Deirdre pour lui faire comprendre qu'elle était sérieuse. Une expression de panique sr répandit sur le visage de Deirdre. Elle commença à s'étouffer.

— Non. S'il te plaît, insista Deirdre, et Virginia relâcha sa prise. Il n'y a pas de plan.

Lorsque Virginia serra à nouveau, Deirdre dit à bout de souffle :

— Mon téléphone.

Ses yeux se posèrent sur sa veste.

Virginia lui lâcha le cou.

— Je peux prouver que Cinead m'a demandé de l'aide. Dans ma poche droite. Mon téléphone portable. Tu verras le message texte.

Virginia fouilla dans la poche de Deirdre et en sortit un téléphone portable.

— Déverrouille-le, ordonna-t-elle à Deirdre et fit signe à Wesley de relâcher ses bras.

— Tiens, dit Deirdre et, après avoir déverrouillé le téléphone, naviqua jusqu'aux textos.

— C'est le message que je reçois de Cinead, qui me demande de venir.

Virginia le lut.

— J'ai besoin de ton aide. Viens chez moi immédiatement. Il n'y a pas de temps à perdre. Je suis en danger. Ne fais confiance à personne. Nous avons un traitre parmi nous. Sois prudente.

— C'est de la part de Cinead, dit Deirdre en montrant le haut de l'écran. C'est son numéro. Je le connais par cœur. Et je l'ai programmé quand il m'a installée à Portland.

Virginia secoua la tête.

— Ce n'est pas de lui. Ce n'est pas possible. Il ne prendrait jamais le risque de convoquer une humaine dans son enceinte. Une humaine que des démons peuvent suivre.

Deirdre pointa de nouveau du doigt le téléphone portable.

— Mais c'est lui. Bon sang, il a besoin de moi. Il est en danger.

Un sanglot s'échappa de sa poitrine.

Virginia échangea un regard avec Wesley.

— Ils se servent d'elle, déclara Wesley.

— Je sais, mais je suis pratiquement certaine que c'est le numéro de Cinead, dit Virginia.

Puis elle secoua la tête.

— Il va falloir que je demande à Pearce ou à Logan de vérifier, par contre. J'avais son numéro, mais mon téléphone a explosé avec le complexe, alors...

Au moment où elle le dit, ses yeux se verrouillèrent sur ceux de Wesley, et elle sut qu'ils pensaient la même chose.

— Merde ! jura Wes. À l'extérieur de la salle du conseil. Tous ces téléphones.

Virginia acquiesça.

— Les démons ont dû récupérer les téléphones. Les membres du conseil ont tous pris leurs jambes à leur cou. Je n'ai vu personne essayer d'attraper son téléphone. Je suis certaine que non.

La bouche de Deirdre s'ouvrit.

— Tu veux dire que ce texto ne vient pas de Cinead ?

L'incrédulité et la peur s'entrechoquèrent sur son visage.

— Oh non ! Qu'est-ce que j'ai fait ?

Elle regarda par-dessus son épaule, la panique rejoignant maintenant sa peur.

— Les démons, ils peuvent être n'importe où. Nous devons nous éloigner d'ici. Loin de Cinead. S'il lui arrive quelque chose...

Un autre sanglot s'échappa de sa gorge.

Virginia posa une main sur son épaule.

— Nous allons nous en occuper.

Elle se tourna vers Wesley, cherchant à se rassurer, lorsqu'elle vit des lumières vaciller derrière lui.

— Oh merde, la police.

Wes regarda par-dessus son épaule. Une voiture de police, dont les feux bleus et rouges clignotaient, s'arrêta à quelques mètres derrière la Toyota blanche de Deirdre. La porte du conducteur s'ouvrit, montrant l'emblème de la police de San Mateo, et un policier de grande taille en sortit.

Wes se retourna vers Virginia.

— Laisse-moi m'occuper de ça. Nous serons sortis d'ici dans quelques minutes. Reste calme. Nous ne voulons pas éveiller les soupçons.

34

Wesley colla un sourire sur son visage et s'approcha de la voiture de patrouille. Le policier, vêtu d'un uniforme de police noir et de lunettes de soleil Aviator, se dirigeait déjà vers eux. Sa veste de pluie était ouverte sur le devant, le large bord de son chapeau protégeant son visage de la pluie.

— Qu'est-ce qui se passe ici ? demanda le policier d'une voix tonitruante, une main sur sa ceinture où son arme était rangée.

Wes écarta les bras sur les côtés, s'assurant ainsi que le policier sut qu'il n'était pas armé.

— Je suis vraiment désolé, monsieur l'agent, nous sommes déjà en route. Nous nous sommes perdus et avons dû demander notre chemin.

Le policier regarda au-delà de Wesley, jusqu'à l'endroit où se tenaient Virginia et Deirdre. Il inclina son menton dans leur direction.

— Êtes-vous avec ces deux femmes ?

— Euh, oui.

— Dans deux voitures ? À qui demandiez-vous votre chemin ?

Il jeta un coup d'œil autour de lui, sans doute pour voir si quelqu'un d'autre se trouvait dans les parages.

— Oui, notre amie nous suivait, mais je crois que nous nous sommes trompés de direction. Nous nous sommes donc arrêtés pour nous concerter sur la direction à prendre.

— Vous ne pouvez pas vous garer au milieu de la route, le réprimanda le policier. Il n'y a qu'une seule voie ouverte.

— Je comprends. Et je suis vraiment désolé. Nous allons nous mettre en route.

Wesley était sur le point de se retourner et de s'en aller, quand le policier lui dit :

— Je n'ai pas dit que vous pouviez partir. Je vais devoir vous dresser une contravention.

À ces mots, les poils de la nuque de Wesley se dressèrent. Il avait eu affaire à beaucoup de policiers dans sa vie, et un petit braquage ne lui avait jamais valu de contravention. Apparemment, ce policier était de mauvaise humeur et prêt à s'en prendre à lui.

En soupirant, il dit :

— Très bien.

— Attendez ici, dit le flic et se tourna lentement pour retourner vers sa voiture de police.

Wes soupira et regarda par-dessus son épaule. Virginia et Deirdre se tenaient toujours à côté de la Toyota et attendaient. Il haussa les épaules, puis reporta son regard sur la voiture de patrouille. C'était là qu'il se rendit compte de la chose : l'officier de police ne lui avait pas demandé son permis et sa carte grise. Il avait déjà participé à des contrôles routiers et la première chose que faisait un policier était de lui demander ses papiers, afin de vérifier qu'il n'avait pas affaire à un criminel en fuite.

Les battements de cœur de Wesley s'accélérèrent. Quelque chose n'allait pas. Il regarda le flic se retourner pour entrer dans la voiture, son profil apparaissant maintenant. Il n'y avait rien d'inhabituel – sauf le fait que même sous la pluie et avec un coucher de soleil imminent, l'homme portait des lunettes de soleil foncées. Qui ferait une chose pareille ?

— Merde, maugréa Wes à voix basse.

Le policier, dont le corps était protégé par la portière ouverte, pencha la tête vers Wes et se figea. Au même moment, un gros camion apparut sur la route derrière la voiture de police et se rangea à côté d'elle en s'arrêtant.

Wes se retourna.

— Des démons ! cria-t-il en direction de Virginia et de Deirdre. Montez dans ma voiture !

Sans attendre la réaction de Virginia, Wes tourna sur lui-même. Le flic fonçait vers lui, brandissant un poignard, tandis que les portes du camion s'ouvraient et que plusieurs autres hommes en sortaient. Eux aussi étaient armés de poignards et d'épées. Mais contrairement au faux flic, ils n'avaient pas pris la peine de porter des lunettes de soleil. Aussi clairs que le jour, leurs yeux verts indiquaient ce qu'ils étaient : des démons. Le flic démoniaque avait attendu les renforts, faisant patienter Wesley avec des questions sans intérêt. Eh bien, ils étaient là maintenant.

— Putain !

Wes poussa un juron et leva les mains, appelant ses pouvoirs à lui. Le soleil étant encore à quelques minutes de se coucher, il allait devoir tenir les démons à distance suffisamment longtemps pour que l'aide des Scanguards arrivât. Il savait que ses amis devaient être proches. Mais à quel point ?

Les bras levés, il commença à psalmodier en latin :

— *Aqua undaliquidum...*

Un mur d'eau se dressa devant lui, coupant l'approche des démons.

— Tuez-les ! Ordonna le flic démoniaque, visiblement leur chef. Amenez-moi l'humaine vivante !

Wes poussa le mur vers eux, le laissant s'écraser contre eux et s'effondrer. La force de l'eau jeta plusieurs démons au sol, mais les autres s'approchèrent, y compris le faux flic. Ils poussèrent des cris de guerre féroces et la fureur brilla dans leurs yeux.

Trois démons se précipitèrent sur lui, leurs dagues visant son cœur. Une fois de plus, Wesley fit appel à ses pouvoirs, à l'aide d'une autre incantation, et créa une lance d'eau. Il la lança sur l'un de ses assaillants et le frappa en pleine poitrine. Elle le projeta en arrière sur le trottoir. Mais les deux autres continuèrent à venir.

— Merde !

Wes sortit la dague dont les Gardiens de la Nuit l'avaient équipé et quadrilla sa position, prêt à se battre. Le démon qui se dirigeait vers lui était énorme. Pourtant, il n'avait pas le choix. Il devait s'assurer que Virginia et Deirdre s'en sortent.

— C'est l'heure de mourir, enfoiré ! Hurla-t-il, quand soudain, un poignard lui passa sous le nez et se logea dans la gorge du démon.

Les yeux du démon s'écarquillèrent. Il tendit la main vers le poignard qu'il avait dans la gorge et le retira. Du sang vert jaillit de son cou comme du soda d'une fontaine. Il avança de quelques pas en titubant.

— Baisse-toi à gauche, Wesley ! cria Virginia de quelque part derrière lui.

Sans se poser de questions, il suivit son ordre, et une deuxième dague passa en trombe devant lui, frappant l'autre démon, l'abattant comme un arbre mort.

— Bon sang, Virginia, cours, sauve Deirdre et toi-même !

Mais elle ne l'écoutait pas, elle ne répondit même pas.

D'autres démons se précipitaient vers eux, ceux qu'il avait temporairement mis hors d'état de nuire avec son mur d'eau. Ils avaient récupéré et couraient pour aider leurs frères.

— Putain ! jura Virginia.

Wesley le vit aussi : de l'arrière du camion, d'autres démons émergeaient, une véritable armée s'abattait sur eux.

— On est baisés ! lâcha Wes.

Tout autour d'eux, des démons s'approchaient, certains essayant de percer leur flanc droit, d'autres chargeront droit devant eux.

Un cri lui fit tourner la tête. À côté de la Toyota, le faux flic avait attrapé Deirdre.

Wes envoya une lance d'eau vers lui, lui faisant perdre son emprise sur la femme, mais un instant plus tard, le démon retrouva son équilibre. En ricanant, il s'empara à nouveau de Deirdre.

— Plus de dagues, cria Virginia à côté de lui.

Du coin de l'œil, il la vit disparaître, se camoufler alors qu'elle s'élançait vers les démons au sol pour récupérer ses armes. Malgré son pouvoir, la pluie rendait sa silhouette visible.

Un démon lui sauta dessus. Wesley se jeta vers eux et enfonça sa dague dans le dos du connard, puis le repoussa d'un coup de pied, libérant Virginia. Mais d'autres démons leur arrivaient dessus comme un flot ininterrompu.

Le bruit des motos gronda soudain au-dessus des cris et des grognements des démons.

Wesley tourna la tête et vit quatre silhouettes sur des motos qui chargeaient vers eux. Il reconnut immédiatement trois d'entre elles. Les hybrides : Les jumeaux d'Amaury, Damian et Benjamin, et Grayson, le fils de Samson. Le quatrième motard était vêtu d'un épais équipement en kevlar et d'un casque sombre qui, contrairement à un casque ordinaire, couvrait non seulement son visage, mais aussi sa gorge et sa nuque des rayons UV : il ne pouvait s'agir que de Luther, dans son uniforme de garde de prison.

Tous les quatre chargèrent dans la mêlée, leurs moteurs tournant à plein régime, attaquant les démons par derrière en les fauchant tout simplement. Grayson et l'un des jumeaux se glissèrent au sol, laissant leurs motos percuter un groupe de démons, tandis qu'ils roulaient et sortaient leurs armes de leurs étuis, visant la foule. Pourtant, leurs armes ne faisaient que peu de dégâts. Les balles pouvaient blesser les démons, mais elles ne pouvaient pas les tuer, et malgré leurs blessures, beaucoup continuaient à se battre.

Le second jumeau et Luther foncèrent dans la foule et faisaient un écart pour rejoindre Wesley, puis ils laissèrent glisser leurs vélos au sol et dégainèrent eux aussi leurs armes.

— Il était temps ! grogna Wes.

— Désolé, mon frère, un peu d'accident derrière la rampe de sortie, répondit Luther et fonça vers un démon en lui tirant dessus.

— Les balles ne peuvent pas les tuer ! cria Wesley après lui.

Virginia était à nouveau sur pied, ayant récupéré ses dagues. Elle reprit sa position de combat, prête à réengager l'ennemi, lorsqu'un autre cri retentit derrière eux.

Wes tourna la tête dans la direction du cri.

— Merde, il a Deirdre.

— Je m'en occupe ! hurla Virginia en écartant un démon de son chemin d'un coup de pied, avant de charger en direction de la Toyota.

Wesley tenta de la suivre, mais le démon que Virginia avait neutralisé se dressa à nouveau devant lui et attaqua furieusement.

— Putain de démon, commence par mourir !

Wesley serra plus fort sa dague et s'élança vers son agresseur. Mais un autre s'approcha de lui par le côté.

— Merde !

Luttant maintenant contre deux démons, Wes repoussait ses assaillants du mieux qu'il pouvait, puisant dans sa magie chaque fois qu'il le pouvait pour lancer des murs d'eau afin de les distraire et de les désorienter. Pendant un moment, cela semblait fonctionner. Mais les démons continuaient d'arriver.

— Arrachez-leur la tête ! cria Wes en direction de Luther et des hybrides.

Les hommes de Scanguards étaient de vaillants combattants, mais ils étaient en infériorité numérique. Cependant, avec la vitesse des vampires de leur côté, ils pourraient au moins retenir les démons, blessant et même tuant plusieurs de leurs adversaires.

Le sang vert giclait partout. Les hybrides commençaient à prendre le dessus, utilisant leurs griffes acérées pour infliger des dégâts aux démons. Mais ils étaient maintenant repoussés. Et Luther, gêné par son lourd uniforme en kevlar, ne pouvait même pas utiliser ses griffes pour se battre. Il devait s'en remettre à la force brute pour combattre ses assaillants.

Puis, tout à coup, d'autres hommes entrèrent en masse. Il fallut une fraction de seconde à Wesley pour les reconnaître à travers la pluie : les hommes de Scanguards.

Le soleil s'était enfin couché.

Les vampires se lancèrent dans la bataille : Amaury arriva derrière l'un de ses fils jumeaux et arracha la tête d'un démon, s'aspergeant de sang vert de démon au passage. Zane, le vampire chauve et la machine de combat la plus méchante d'entre eux, allait encore plus loin. Il fonça sur un démon et lui enfonça ses griffes dans la poitrine, coupant à travers les nerfs et les muscles. Avec un grognement féroce, il arracha le cœur du démon de sa cage thoracique. Sans surprise, plusieurs des démons les plus proches de lui paniquaient et se mettaient à courir, mais Zane, Gabriel et Samson à ses côtés, se lancèrent à sa poursuite. Pendant ce temps, Haven, John et Amaury chargèrent à travers la bataille, se dirigeant directement vers les démons qui entouraient Wesley.

— Besoin d'aide, petit frère ? cria Haven.

Il n'avait jamais été aussi heureux de voir son frère. Ou le reste des Scanguards.

— T'as pris ton temps, bon sang !

Wes continua à utiliser tous les pouvoirs à sa disposition pour repousser ses assaillants.

Le bruit d'un autre moteur de voiture se fit entendre. En poussant un cri, Wes vit Thomas, Eddie, Blake et Quinn sauter de la voiture et se lancer dans la bagarre. Avec l'arrivée soudaine de quatre autres vampires, d'autres démons tournèrent les talons et s'enfuirent.

Haven, Amaury et John ayant combattu les démons qui entouraient Wesley, il était enfin libre de venir en aide à Virginia. Il se retourna, mais lorsque son regard trouva l'endroit où il avait vu pour la dernière fois Deirdre et le flic démoniaque, ils avaient disparu.

— Virginia ? appela-t-il, mais il n'obtint pas de réponse.

Oh mon Dieu, les démons l'avaient-ils attrapée avant que les vampires n'arrivent ? Il tournoya sur son axe, cherchant, espérant, priant. La bataille faisait rage, et les vampires profitaient pleinement de leur vitesse supérieure, désarmant les démons et utilisant leurs propres armes contre eux. D'autres démons s'enfuyaient, et au loin, Wesley les voyait lancer leurs vortex et disparaître.

Pour la première fois depuis le début du combat, Wesley commença à paniquer. Terrifié à l'idée que quelque chose de grave fût arrivé à Virginia, Wes courut à travers les adversaires qui se battaient, esquivant les coups accidentels et sautant par-dessus les cadavres.

Puis un cri familier le fit tourner sur la gauche. Là, de l'autre côté de la Toyota, Virginia se battait contre deux démons, dont l'un était le démon flic. Elle essayait de protéger Deirdre contre eux, mais elle était à deux doigts de perdre le combat.

— Zane ! Amaury ! N'importe qui ! Virginia a besoin d'aide. Derrière la Toyota blanche !

Wes cria à l'aide, chargeant déjà vers la scène. Avant qu'il ne l'atteigne, un autre démon le frappa sur le côté et il s'écrasa sur l'asphalte mouillé. Il perdit sa dague sous l'impact et se retrouva la tête sur le côté. Affolé, il s'en saisit, parvenant à attraper la poignée, mais le démon était déjà sur lui, sa dague visant la poitrine de Wesley.

— Putain !

Avant que le poignard n'atteigne sa cible, deux mains aux griffes acérées s'enroulèrent autour du cou du démon, le transpercèrent et lui arrachèrent la tête. Une pluie de sang vert s'abattit sur Wesley, l'aveuglant un instant.

— De rien, dit Zane avec un presque sourire et l'aida à se relever.

Connaissant Zane, ce genre de combat était tout à fait dans ses cordes.

— Virginia ? réussit à dire Wes, encore essoufflé avant de tourner la tête en direction de la Toyota.

Amaury et John fonçaient vers les deux femmes. Mais deux autres démons s'étaient joints au combat, et maintenant le faux flic reculait devant les vampires, entraînant Deirdre avec lui, tout en laissant ses démons se battre contre Virginia et les vampires. Virginia essaya de suivre, mais les démons l'empêchaient de s'en prendre à Deirdre. Elle ne pouvait pas les dépasser.

— Putain ! siffla Wesley.

Il ne pouvait pas laisser Deirdre tomber entre les mains des démons. Elle savait tout sur les Gardiens de la Nuit, et la torture finirait par lui faire cracher ses secrets.

Wesley contourna l'autre côté de la voiture et se lança à la poursuite du flic démoniaque et de Deirdre qui se débattait. Il les atteignit juste au moment où le démon lança un vortex. Désespéré, Wesley sauta vers eux et parvint à pousser Deirdre sur le côté. Le démon perdit son emprise sur elle et elle dégringola sur le sol.

Le démon jeta un rapide coup d'œil à Wesley, et à en juger par l'expression de son visage, il savait qu'il avait perdu la bataille. Il sauta dans le vortex.

— Pas si vite, mon pote !

Wes s'élança à sa suite, et le vortex l'engloutit.

Les ténèbres l'entouraient, mais ses mains trouvèrent un point d'ancrage : il attrapa la jambe du démon et l'arracha en arrière, le faisant trébucher.

Ensemble, ils tombèrent, se battirent, donnèrent des coups de poing et des coups de pied.

Wes se concentra sur ses pouvoirs de sorcier et poussa contre le démon, l'expulsant d'un coup de pied. Mais le démon n'abandonnait pas, ne cédait pas.

— Putain de sorcier ! Je vais t'apprendre à te mêler de tes putains d'affaires !

Soudain, une douleur semblable à des éclats de verre perçants lui assaillit la tête. Wes pressa ses mains contre sa tête pour l'empêcher d'exploser, tandis que les pensées du démon pénétraient son esprit comme des poignards. La douleur était aveuglante, atroce.

Les images et les mots tourbillonnaient ensemble dans une attaque mentale vicieuse alors que le démon cherchait à le dominer. Alors que la douleur s'intensifiait, il sentit une dague se rapprocher et sut que c'était la fin. Mais au lieu de sentir la lame transpercer sa chair, il entendit un claquement explosif lorsqu'elle heurta quelque chose de dur. L'arme se brisa, se sépara en deux parties, la lame et la poignée.

Tout était en train de tourner autour de Wesley. Il dégringolait, s'agrippant aveuglément à l'air libre. Il essayait de s'accrocher à quelque chose.

— Wesley, ne me laisse pas !

La voix n'était pas celle du démon.

— Virginia...

Une main saisit son épaule, puis une autre s'accrocha sous son aisselle. Soudainement et avec force, il eut tiré vers l'arrière. Pendant un instant, il y eut un éclair de lumière.

Puis tout devint sombre. Silencieux.

35

Aidée par John, Virginia finalement réussit à arracher Wesley au tourbillon du démon. Au moment où son corps était libéré du brouillard tourbillonnant et de la brume sombre, la force de son action la fit trébucher en arrière et perdre pied sur le sol humide. Rapidement, elle retrouva son équilibre et regarda Wesley, couché sur l'accotement boueux de la route. Du sang suintait d'une blessure à la tête et ses yeux étaient fermés. Il ne bougeait pas.

— Oh non ! Wesley, non !

Était-elle arrivée trop tard ?

Paniquée, elle se précipita vers lui, la peur lui faisant monter les larmes aux yeux. Elle s'agrippa à ses épaules.

— S'il te plaît, Wesley ne me laisse pas ! Tu ne peux pas me faire ça !

À côté d'elle, John s'approcha et posa sa main sur la poitrine de Wesley, puis il s'assit sur ses talons.

— Virginia, il est vivant.

Elle tourna la tête vers lui, mais à travers ses larmes, elle le voyait à peine.

— Sa tête, il saigne.

— C'est une blessure étrange.

— Qu'est-ce que tu veux dire ?

John haussa les épaules.

— Je ne sais pas. Ça a juste l'air bizarre, presque comme si ça venait de l'intérieur.

Puis il s'arrêta et secoua la tête.

— Je vais faire en sorte que ça s'arrête. Fais-moi confiance.

John se pencha au-dessus de la tête de Wesley et approcha sa bouche de la plaie ouverte.

Virginia poussa un cri et le poussa en arrière.

— Non !

John lui arracha la main et la maintint immobile.

— Écoute-moi : Je vais refermer sa blessure avec ma salive. Ça arrêtera l'hémorragie.

En tremblant, elle croisa le regard de John. Lentement, elle acquiesça. Elle devait lui faire confiance.

John approcha sa bouche de la tête de Wesley et lécha sur la blessure le sang qui en suintait. Puis il se retira. Quand il se retourna vers elle, elle remarqua ses crocs. Ils s'étaient allongés et dépassaient de ses lèvres.

Elle haleta à cette vue, mais se força à se détendre et regarda plutôt Wesley.

— Il saigne encore, dit John, l'inquiétude transparaissant dans sa voix. Je dois lui donner du sang de vampire pour qu'il guérisse.

— Ça ne va pas le transformer en vampire ?

— Non. Son cœur bat fort. Il devrait être à l'article de la mort pour se transformer.

John porta son poignet à ses lèvres et piqua la peau avec ses crocs.

— Tiens-lui la bouche ouverte.

Elle suivit les instructions de John et le regarda faire couler du sang dans la bouche de Wesley. Pendant un instant, tout semblait calme, puis elle vit Wesley, toujours inconscient, déglutir.

— Il va s'en sortir, dit John calmement.

Virginia allait laisser échapper un soupir de soulagement, lorsqu'un cri retentit derrière elle. Elle se retourna et, à sa grande horreur, vit un démon gravement blessé s'élancer vers elle, une dague scintillant dans sa main. Dans sa position accroupie, elle ne pouvait pas bouger assez vite, elle ne pouvait que lever les bras pour parer au pire.

Mais avant que le poignard du démon n'atteignît son cœur, une femme se jeta entre elle et son agresseur. Deirdre. C'était son cri qui avait alerté Virginia. Maintenant, Deirdre hurlait à nouveau, cette fois-ci de douleur. Le poignard du démon l'avait touchée à la poitrine. Virginia la rattrapa et fixa le démon. Ses yeux verts scintillaient de haine. Virginia attrapa sa propre dague, mais n'eut jamais l'occasion de s'en servir.

Derrière le démon, le vampire chauve, Zane, apparut et saisit la tête du démon, la tordit si fort qu'un bruit de claquement se fit entendre, puis la tira dans la direction opposée. Enfin, il utilisa ses griffes acérées pour trancher la tête directement du cou du démon.

Du sang vert gicla partout. Zane lui fit un signe de tête comme pour saluer les remerciements tacites de Virginia. Il n'y avait plus de temps pour les mots.

— Deirdre, reste avec moi, exhorta Virginia à l'ancien membre du conseil qui gisait maintenant dans ses bras, saignant abondamment d'une blessure à la poitrine.

Elle émit un gargouillement. Ses yeux étaient ouverts, mais la lumière semblait s'y atténuer.

— Non, Deirdre, tu ne peux pas mourir.

Des larmes jaillirent dans les yeux de Virginia. Deirdre lui avait sauvé la vie. Elle ne pouvait pas la laisser mourir. Désespérément, elle pressa sa main sur la plaie, essayant d'arrêter le saignement, mais le liquide rouge et collant continuait à couler.

— S'il te plaît, Deirdre.

Elle croisa le regard de la mourante.

— Je n'ai jamais voulu faire de mal à personne... murmura Deirdre.

— Ne parle pas maintenant. On va te trouver un médecin.

Ou un vampire pour la guérir.

— Trop tard... Veille sur Cinead... garde-le en sécurité...

— Deirdre, non, tu ne peux pas nous quitter.

Elle leva les yeux vers Zane.

— Aide-la. Guéris-la.

Le vampire s'accroupit.

— Elle est en train de mourir. On ne peut pas la guérir. On ne peut que la transformer.

Virginia sentit une main sur son épaule et tourna sa tête sur le côté. John la regarda.

— Je vais le faire, si c'est ce que tu veux. Je ferai d'elle un vampire.

Virginia fixa de nouveau son regard sur Deirdre. Ses yeux commençaient à se fermer.

— Tellement fatiguée, murmura-t-elle de façon presque inaudible.

— John, fais-le. Je ne laisserai plus jamais personne mourir sous ma surveillance.

Trop de personnes étaient mortes par le passé à cause de ses erreurs.

— Sauve-la.

— Je vais la tenir, proposa Zane qui prit délicatement Deirdre des bras de Virginia.

Puis il fit un signe vers Wesley.

— Reste avec Wes.

Virginia se déplaça aux côtés de Wesley, lui prenant la main, et regarda vers l'endroit où la bataille avait eu lieu. Les combats avaient cessé. Les corps des démons étaient éparpillés dans toute la rue. Des traînées de sang vert peignaient le sol, le faisant ressembler à de l'herbe fraîche. Au moins deux douzaines de vampires étaient occupées à vérifier les corps des démons, s'assurant qu'ils étaient vraiment morts, tandis que d'autres chargeaient des corps dans leur camion.

On pouvait également voir du sang rouge parmi le vert. Certains de ses sauveteurs avaient été blessés. Elle chercha les blessés et en trouva quelques-uns assis au bord de la rue, engloutissant des bouteilles de liquide rouge, tandis qu'une femme aux longs cheveux noirs et à la sacoche de médecin s'occupait d'eux.

— C'est Maya, dit Haven.

Elle leva les yeux. Il se dirigeait vers elle.

— C'est notre médecin interne.

Haven s'accroupit à côté de Wesley, en face d'elle.

— Il a sauté après le démon. Ils se sont battus dans le vortex, dit-elle à Haven.

— Il va s'en sortir.

Haven passa sa main sur la tête de Wesley, là où la blessure se refermait déjà.

— John lui a donné son sang.

Haven hocha la tête.

— C'est en train de le guérir. Il sera comme neuf.

Haven eut un petit rire inattendu.

— Il joue probablement les inconscients pour ne pas avoir à participer au nettoyage.

Virginia croisa le regard de Haven, et malgré la légèreté des paroles, elle y vit de l'inquiétude.

— Je ne sais pas comment vous remercier tous. Tes collègues et toi avez fait plus que ce à quoi je m'attendais.

Il sourit et jeta un coup d'œil à son frère.

— La famille est tout pour nous.

Il leva la main pour saluer quelqu'un.

Virginia regarda par-dessus son épaule. Samson se dirigeait vers eux. Des éclaboussures de sang vert et rouge tachaient sa veste, mais il semblait indemne.

Virginia se leva et lui tendit la main.

— Merci, Samson. Tu nous as sauvé la vie. Sans ton peuple, nous n'aurions pas survécu.

Samson lui serra la main et jeta un coup d'œil devant elle.

— Est-ce que Wes va bien ?

— Il va bien, déclara Haven. Nous allons demander à Maya de le vérifier au QG.

Samson acquiesça, puis fit pivoter son regard vers Virginia.

— Désolé que nous ayons mis autant de temps à arriver. La pluie a entrainé quelques accidents sur l'autoroute, dont un juste au niveau de la bretelle de sortie. La voiture des hybrides s'est retrouvée coincée à cet endroit, alors nous avons dû les envoyer en avant sur des motos. Avec Luther.

— C'était Luther ? Dans ce costume sombre ? Mais le soleil brillait encore quand il est arrivé ici.

— C'est une combinaison spéciale en kevlar qu'ils utilisent à la prison des vampires. Elle les protège du soleil, expliqua Samson.

Puis il fit un signe vers l'endroit où John et Zane s'occupèrent de Deirdre.

— C'est l'humaine que tu suivais ?

Virginia hocha la tête.

— Puisque tu l'as sauvée, je suppose qu'elle n'était pas une traîtresse ?

— Ils se sont servis d'elle. Elle ne le savait pas. Lors de la destruction du fief de notre conseil, les démons ont emporté le téléphone portable d'un membre du conseil et l'ont utilisé pour lui envoyer un message. Elle pensait qu'il venait du membre du conseil, son frère. Sans le savoir, elle les a conduits directement vers son bastion.

Virginia déglutit difficilement.

— Les téléphones portables ; nous ne savons pas combien de noms et de numéros les démons ont encore. Je dois appeler le bastion de Baltimore.

Samson acquiesça d'un signe de tête.

— Fais-moi savoir ce qui te manque encore, d'accord ?

— Merci.

Elle sortit son téléphone portable de sa poche et appuya sur le seul numéro qui y était programmé.

Il sonna une fois, puis on répondit à l'appel.

— Virginia, c'est Logan.

— Écoute bien, j'ai besoin que tu agisses rapidement.

Elle espéra qu'il n'était pas déjà trop tard.

— Les téléphones portables des membres du conseil ont été compromis. C'est ainsi qu'ils ont atteint Deirdre. Ils ont utilisé le portable de Cinead pour lui envoyer un message. Elle était en route pour son bastion en Californie du Nord.

— Putain ! jura Logan. Il va bien ?

— Je pense que oui. Mais je n'ai pas pu le confirmer. C'est trop risqué de s'y rendre maintenant. Nous avons pu intercepter Deirdre avant qu'elle ne s'approche de son bastion, mais les démons ont attaqué.

— Merde ! Qu'est-ce qui s'est passé ?

— Je te raconterai tout plus tard. Mais j'ai besoin que tu fasses quelque chose tout de suite. Les téléphones portables. Les démons qui ont attaqué le fief du conseil ont mis la main sur celui de Cinead. Nous devons supposer qu'ils possèdent aussi les téléphones des autres membres. Tout numéro programmé dans ces appareils est compromis. On doit les décon-necter. Tu dois contacter chaque bastion et leur demander de mettre en place de nouvelles lignes sécurisées pour toutes les personnes concernées. Peux-tu t'en charger ?

— Nous allons nous y mettre tout de suite.

— Ma ligne est-elle sûre ?

— Je pense que c'est le cas, mais nous ne pouvons pas l'affirmer à cent pour cent. As-tu un autre numéro auquel nous pouvons te joindre ?

Elle jeta un coup d'œil à Samson, qui acquiesça immédiatement.

— Samson, le propriétaire de Scanguards, te donnera un numéro sécurisé dans une minute. Je me trouverai au siège de Scanguards dans une heure. Une fois que nos lignes de communication seront à nouveau sécurisées, je dois parler à Cinead et aux autres membres du conseil. Merci, Logan.

Elle tendit le téléphone à Samson et se retourna vers Wesley. Haven était en train de le soulever.

— Où l'emmènes-tu ?

— Nous allons le transporter au QG dans l'une des camionnettes.

Il fit signe aux grandes camionnettes garées derrière le camion des démons.

— Et les voitures ? Nous ne pouvons pas les laisser ici et bloquer la rue. La police...

— C'est en cours, interrompit Haven. Nos gars vont ramener les voitures au QG.

— D'accord.

Son regard se porta sur Deirdre. John et Zane étaient en train de la soulever et de l'emmener. Son cœur se serra. Deirdre avait sacrifié sa vie pour celle de Virginia.

— Nous saurons bientôt si le traitement fonctionne, dit Haven comme s'il avait senti sa question tacite.

Elle le regarda.

— J'espère qu'elle me pardonnera quand elle se réveillera.

— Te pardonner ?

— Deirdre déteste... euh détestait, les vampires. Comme beaucoup d'entre nous, elle pensait que des qualités comme l'honneur et le bien leur faisaient défaut.

Elle laissa tomber ses paupières, honteuse d'avoir émis ces hypothèses sans connaître tous les faits, sans même avoir rencontré un vampire face à face.

— Nous n'en savions pas plus.

— Elle découvrira très vite que nous ne différons pas beaucoup des gens de ton espèce. Nous nous battons pour ceux que nous aimons aussi férocement que vous.

Haven baissa les yeux sur son frère tandis qu'il le portait vers la camionnette.

— Peu importe leur espèce, sorcier, vampire, humain ou Gardien de la Nuit. L'amour nous lie.

L'espoir se répandit dans sa poitrine.

— Cela fait de nous une famille.

36

Z oltan poussa un juron.

— Des vampires !

Il claqua la porte de ses appartements privés, furieux de ce nouvel échec. Comment les Gardiens de la Nuit avaient-ils pu s'assurer l'aide des vampires ? Ces suceurs de sang ne s'alliaient à personne. Ils restaient entre eux, ne s'occupaient même pas les uns des autres en tant qu'espèce. Et soudain, ils venaient à l'aide des gardiens ?

— C'est quoi ce bordel !

Toujours vêtu de l'uniforme du policier qu'il avait d'abord nourri, puis tué pour prendre sa voiture, Zoltan commença à se déshabiller. Il jeta les vêtements tachés de sang et de boue dans un coin. Voilà pour son plan infaillible ! Tout avait parfaitement fonctionné au début. L'humaine avait suivi le texto sans le remettre en question, son inquiétude pour l'expéditeur transparaissait clairement dans sa réponse. Il s'était attendu à ce que quelques Gardiens de la Nuit se présentent, qu'il s'y soit préparé, amenant avec lui une abondance de démons pour écraser toute tentative de déjouer son opération bien planifiée.

Mais ses démons n'avaient pas fait le poids face à l'apparition inattendue des vampires. Des vampires qui, malgré leur absence d'armes forgées pendant les jours sombres, avaient pu infliger des blessures mortelles grâce à leur vitesse, leurs crocs et leurs griffes.

Il avait assisté à l'arrachage de la tête de plusieurs de ses sujets. Un vampire avait même été jusqu'à leur arracher le cœur, jetant le démon sur le côté comme une poupée de chiffon. Bien que les démons se soient vaillamment battus, ils n'avaient pu infliger aucune blessure mortelle. Seul l'argent pouvait tuer un vampire, et aucune des armes des Jours Sombres n'avait été forgée dans ce métal. Même Zoltan s'était avéré incapable d'en tuer un seul. Il devait se procurer de nouvelles armes pour ses hommes, maintenant qu'ils devaient combattre deux ennemis très différents.

Et puis ce sorcier ! Il avait eu le culot de sauter dans le vortex avec lui. Mais Zoltan l'avait vu et avait déchaîné un barrage de décharges mentales sur son ennemi. Cela aurait dû transformer son cerveau en bouillie immédiatement, mais le sorcier s'était montré redoutable, trop fort, et quelqu'un l'avait aidé. Il l'avait sorti de là juste avant que Zoltan ne pût conjurer davantage de son pouvoir pour détruire le sorcier une bonne fois pour toutes.

Mais ce ne serait pas leur dernière rencontre. Maintenant qu'il savait quels types d'alliés les Gardiens de la Nuit avaient réussi à enrôler, il serait mieux préparé pour le prochain combat. La force brute ne suffirait plus. Il devait trouver un autre moyen d'atteindre les Gardiens de la Nuit. Les attaquer de l'intérieur.

UNE DOULEUR sourde fit gémir Wesley qui se redressa brusquement. Des lumières stériles brillaient autour de lui et lui firent mal aux yeux. Il lui fallut une seconde ou deux pour s'habituer et réaliser où il se trouvait : dans le centre médical des Scanguards, une petite aile du QG comprenant des salles d'examen, une salle d'opération, un laboratoire, une salle de radiographie et une grande chambre forte réfrigérée contenant du sang et des médicaments pour diverses maladies, dont la plupart étaient destinés aux membres du personnel humain.

Wesley était allongé sur un brancard dans l'une des grandes salles d'examen.

— Virginia ?

C'était la première pensée qui lui venait à l'esprit.

— Eh bien, voilà notre patient.

La voix appartenait à Maya, qui contournait maintenant le rideau qui séparait les zones de soins dans la pièce. Elle tira le rideau vers l'arrière.

— Où est-elle ? Est-ce qu'elle va bien ?

Maya sourit.

— Elle va très bien. Mais nous étions un peu inquiets pour toi.

Elle tendit son poignet et tâta son pouls.

— Je vais bien. Où est-elle ?

Maya soupira.

— Elle est avec Samson et Gabriel.

Elle sortit son téléphone portable de sa poche et tapa un message rapide.

— Je viens de leur faire savoir que tu es réveillé. Maintenant, laisse-moi t'examiner. Je veux m'assurer que tu n'as pas subi de commotion cérébrale.

— Je suis un sorcier, Maya.

Elle leva les yeux au ciel.

— Cela ne te rend pas invincible.

Elle pointa sa tête, lui rappelant la douleur sourde qu'il pouvait encore ressentir d'un côté de son crâne.

— Tu peux remercier John d'avoir refermé la plaie et de t'avoir donné du sang de vampire. Tu aurais pu perdre beaucoup plus de sang que tu en as perdu grâce à son intervention rapide.

— Je ne manquerai pas de le remercier.

Il lui en éprouvait de la gratitude, mais pour l'instant, son désir de voir Virginia prévalait sur son inquiétude pour ses blessures. Il devait s'assurer qu'elle allait bien. Après l'expérience qu'il avait vécue dans le vortex, en combattant le démon, il avait besoin de voir de ses propres yeux que Virginia était indemne. Et il refusait qu'elle le voit allongé sur un brancard comme un minable.

Il fit basculer ses jambes du lit d'hôpital et se leva. Instantanément, il se mit à osciller.

— Waouh !

Maya le rattrapa et le repoussa vers le lit.

— Les blessures à la tête constituent une menace sérieuse.

Wes pressa sa main à l'endroit où la douleur se faisait le plus ressentir, mais il ne pouvait pas sentir de véritable blessure ou cicatrice. Le sang de vampire avait fait en sorte qu'il guérisse parfaitement. Alors pourquoi sa tête lui fit-elle encore mal ?

— Ce démon a dû m'avoir avec sa dague, murmura-t-il.

Maya secoua la tête.

— Pas d'après John. Il a dit que la lame n'avait pas causé ta blessure à la tête. Il a dit qu'on aurait plutôt dit que quelque chose avait éclaté de l'intérieur.

— Quoi ?

— Tu sais, comme un oiseau qui essaie d'éclore d'un œuf, en frappant la coquille de l'intérieur.

— C'est impossible. Il doit se tromper.

Maya haussa les épaules.

— Je ne peux pas le vérifier puisque la blessure est déjà guérie. Mais il s'en tient à son histoire. Est-ce que ça fait encore mal ?

— Je me suis déjà senti plus mal.

— Hmm. Alors, qu'est-ce qui s'est produit dans ce vortex ?

La porte s'ouvrit sans prévenir et Virginia se précipita à l'intérieur.

— Tu es réveillé.

Elle se dirigea vers le brancard et l'entoura de ses bras.

Wesley l'attira contre sa poitrine et l'embrassa.

— Et toi ? Tu n'as pas été blessée ?

— Je vais bien.

— Et les autres ?

Il jeta un coup d'œil à Maya, mais savait qu'il l'aurait vu sur son visage si quelqu'un de Scanguards avait été blessé.

— Juste quelques égratignures, confirma Maya.

Se tournant vers Maya, Virginia le libéra.

— Il va vraiment bien ?

Maya secoua la tête, et Wesley voulut protester, mais elle lui coupa la parole.

— Il a encore mal à la tête. Il ne devrait pas, pas après le sang que John lui a donné. Alors, je ne peux que supposer que ce qui lui est arrivé dans le vortex a un effet durable.

— Tu ne peux pas savoir ce que c'est ? Tu ne peux pas lui donner quelque chose ? demanda Virginia, son inquiétude transparaissant.

— Hé, mesdames, je suis là. Pas besoin de parler de moi comme si je ne vous entendais pas.

L'ignorant toujours, Maya poursuivit :

— J'essayais juste de savoir ce qui lui était arrivé dans le vortex.

Les deux femmes tournèrent leur regard vers lui.

— Oh, maintenant vous voulez me parler.

Les deux levèrent les yeux au ciel comme si elles avaient répété cela une centaine de fois.

— Qu'est-ce que le démon t'a fait ? demanda Virginia.

— C'était différent cette fois-ci.

— Qu'est-ce que tu veux dire ?

— Tu sais que nous avons pu lire dans l'esprit de l'autre démon quand nous nous sommes branchés sur son vortex ?

Elle hocha la tête.

— Ce n'était pas vraiment comme ça. C'était douloureux. Il m'a lancé un barrage de pensées et d'images. Je ne peux pas vraiment le décrire. Ce n'était rien de concret. J'ai essayé de le combattre. J'ai utilisé ma sorcellerie, mais cela n'a fait qu'empirer les choses, comme si cela lui permettait d'entrer dans mon esprit. J'ai eu l'impression que quelque chose m'envahissait.

Un air soucieux sur le visage, Virginia dit :

— Les démons peuvent influencer les autres avec leur esprit. Ils tentent de nous pousser à agir, de nous manipuler avec leurs pensées. Plus leur personnalité se révèle faible, plus ils peuvent facilement les amener de leur côté.

Elle secoua la tête.

— Mais tu n'aurais pas dû le ressentir aussi intensément. Tu aurais pu le combattre. De le repousser hors de ton esprit.

Wesley contempla les paroles qu'elle venait de prononcer.

— Je pense que... quand j'ai essayé d'utiliser ma sorcellerie... je pense que ça m'a rendu vulnérable.

— Comment ?

— J'ai dû ouvrir mon esprit pour rassembler mes pouvoirs et...

— ... le démon s'est glissé à l'intérieur, Virginia termina sa phrase. Oh mon Dieu.

Elle lui serra les mains.

— Mais c'est fini maintenant. Il faut que ça le soit.

Il croisa son regard inquiet.

— Je ne suis pas sûr.

— Wes... c'est peut-être juste les séquelles de la blessure.

— Il y a autre chose.

Il hésita, parce qu'il n'était pas sûr lui-même.

Virginia retint sa respiration.

— On a l'impression qu'il a laissé quelque chose derrière lui.

Virginia et Maya haletèrent toutes deux et le regardèrent fixement, paniquées.

— Je pense que certains de ses souvenirs persistent.

Il tapota son crâne.

— Quelque chose d'important se cache quelque part là-dedans. Quelque chose que j'ai compris dans le vortex.

Il soupira.

— Mais je n'arrive pas à m'en souvenir. Je sais juste que c'est important.

Le téléphone portable de Virginia sonna. Elle le sortit de sa poche, mais avant de répondre, elle dit :

— On va se débrouiller.

Puis elle connecta l'appel.

— Oui ? Un instant plus tard, elle dit :

— Nous arriverons dans deux minutes.

Elle déconnecta l'appel et rangea le téléphone portable.

— Qu'est-ce que c'est ? demanda Wesley.

— Cinead et Barclay sont arrivés.

— Les membres du conseil ? Ils sont ici ? Aux Scanguards ?

— Je devais dire à Cinead ce qui était arrivé à Deirdre. Je l'ai convaincu de venir.

Se souvenant de la bataille effrénée, Wes retint son souffle en demandant :

— A-t-elle été blessée ?

Il jeta un rapide coup d'œil dans la pièce, mais personne d'autre n'y était.

— Oh mon Dieu, elle est morte ?

— Je te mettrai au courant en montant, lui promit Virginia en l'aidant à se relever.

37

Toujours inquiète que l'expérience de Wesley avec le démon du portail puisse avoir un effet durable, Virginia ouvrit la porte de la petite salle de conférence où se déroulait la réunion avec ses collègues du conseil.

Tout le monde était déjà rassemblé lorsque Wesley et elles entrèrent.

Samson, Amaury et Gabriel se tenaient près du bout de la table, tandis que Cinead et Barclay attendaient près de la porte. Ils eurent l'air soulagés en la voyant.

— Cinead, Barclay, je me réjouis tellement de votre présence, les saluat-elle.

Barclay acquiesça et jeta un coup d'œil à Wesley.

— Nous n'avions pas vraiment le choix. Je suis heureux de voir que tu vas bien.

Il fit un signe aux trois vampires.

— Nous avons été présentés. Tes, euh, nouveaux amis nous ont donné plus de détails sur ce qui s'est passé.

Cinead semblait à bout de nerfs, sa voix tremblait légèrement, lorsqu'il prit la parole.

— Je n'arrive pas encore à comprendre tant de choses. Deirdre... elle doit avoir peur...

— On s'occupe d'elle, lui assura Virginia.

— Elle n'est pas encore réveillée, ajouta Samson. Nous en saurons plus dans quelques heures. Mes collègues s'assurent qu'elle dispose de tout ce dont elle aura besoin lorsqu'elle reprendra conscience.

Cinead hocha la tête avec reconnaissance. Puis il fit un pas en direction de Wesley.

— Je suppose que je te dois, à toi et à tes amis, une dette de gratitude.

— Vous ne nous devez rien, dit rapidement Wesley. Tout ce que nous voulons, c'est une chance de vous rencontrer et de vous présenter notre proposition.

— On s'assoit ? demanda Samson en désignant la table et les chaises.

Cinead se tourna vers la table quand Wesley posa soudain la main sur son épaule.

— Conseiller ?

Cinead regarda par-dessus son épaule, un air surpris sur le visage.

— Oui ?

Wesley pointa du doigt la hanche de Cinead.

— Cette dague. Je l'ai déjà vue.

Virginia suivit le regard de Wesley. Sur la hanche de Cinead, une ancienne dague cérémonielle reposait dans son fourreau.

— J'en doute fort. Seuls les conseillers possèdent un tel poignard. Et la dernière fois que tu m'as vu, nous étions tous assis. Tu n'aurais pas pu voir les poignards. Tu dois te tromper.

Wes secoua la tête.

— Non, je l'ai vu. Je me souviens des neuf anneaux entrelacés sur la poignée. On dirait qu'ils sont faits de coquillages avec des incrustations d'or. Je suis certain d'avoir déjà vu une dague comme celle-là.

Virginia posa sa main sur le bras de Wesley et l'obligea à la regarder.

— Comme l'a dit Cinead, ce n'est pas possible. On compte seulement neuf de ces dagues. Le Conseil des Neuf les a fait fabriquer spécialement pour ses premiers membres, puis les a transmises de conseiller en conseiller.

Il soupira, l'air confus et presque déçu.

— Alors j'ai dû te voir avec une lorsque tu m'as arrêté et amené devant le conseil. C'est tout.

Il se tourna vers la table, mais Virginia l'arrêta.

— Je n'ai jamais possédé la même dague que Cinead, Barclay et les autres membres du conseil.

— Mais...

— Elle a raison, admit Barclay en s'approchant un peu plus. On n'a jamais retrouvé la dague du prédécesseur de Virginia.

— C'était Finlay ? demanda Wes.

Barclay haleta.

— Comment sais-tu pour Finlay ?

— Ça n'a plus d'importance maintenant. Mais, si Virginia ne portait pas la même dague, je n'ai pas pu la voir sur elle. Mais je sais que je l'ai vue. Quelque part. En morceaux.

Il détourna le regard de Barclay et chercha les yeux de Virginia.

— Tu dois me croire. J'ai vu cette même dague.

Il leva la main vers la blessure cicatrisée sur sa tête.

— Elle est ici. Je le sais.

Elle le dévisagea, se remémorant ses paroles de tout à l'heure.

— Le démon...

— Je pense que oui, déclara Wesley.

— Mais tu ne te souviens pas de l'endroit où elle se trouvait ? demanda-t-elle.

— Non, mais je l'ai vu se briser. Le démon l'a vu.

Il se tourna vers les trois vampires.

— Quand j'étais dans le vortex avec le démon, j'ai vu des choses. J'ai senti et entendu des choses que je n'aurais pas pu voir, entendre ou sentir. Mais je l'ai fait. Quelque chose est arrivé quand le démon a essayé d'envahir mon esprit. J'ai essayé de le repousser avec de la sorcellerie, mais d'une manière ou d'une autre, j'ai dû accéder à ses souvenirs à la place.

Les trois vampires se regardèrent, l'inquiétude et le souci parcourant leurs visages.

— Tu le sens encore ? demanda Amaury.

— Non. Je ne suis plus connecté à lui, si c'est ce qui t'inquiète, dit rapidement Wesley. Mais je sais que j'ai vu quelque chose d'important. C'est juste que je n'arrive pas à m'en souvenir. La blessure, tu sais. Peut-être que Maya a raison et que je souffre d'une commotion cérébrale.

— Ou peut-être que tu as juste besoin d'aide pour te souvenir, interrompit Gabriel.

Virginia vit Wesley et Gabriel échanger un regard.

— Je pense que oui. Le ferais-tu ?

— Si tu penses que c'est important.

Wesley acquiesça.

Les poils de la nuque de Virginia se dressèrent.

— Qu'est-ce qui se passe ?

Wes lui prit la main.

— Gabriel a un don. Il peut débloquer la mémoire des gens et les aider
à se remémorer les évènements oubliés.

Elle aspira une bouffée d'air.

— Comment ?

Son regard se porta sur le vampire à l'allure effrayante, avec la queue de
cheval et la grande cicatrice qui entachait un côté de son visage.

— Ne t'alarme pas, Virginia, dit Gabriel. Ce n'est absolument pas inva-
sif. Wesley ne sentira rien, mais ça l'aidera à comprendre ce qu'il a oublié.

Elle se retourna vers Wesley.

— Fais-moi confiance, déclara Wesley.

Elle avait fait beaucoup de choses ces derniers jours : faire confiance à
Wesley, faire confiance à ses amis. Lentement, elle acquiesça.

— Ça ne prendra que quelques minutes, promit Gabriel et se dirigea
vers Wesley, s'arrêtant à seulement un pied de lui. Ferme les yeux et
détends-toi.

Virginia observa, le souffle coupé, Wesley suivre les instructions du
vampire et Gabriel poser ses mains sur la tête de Wesley. Du coin de l'œil,
elle remarqua que Cinead et Barclay échangeaient un regard dubitatif. Elle
ne put s'empêcher d'être d'accord avec eux. Qui avait déjà entendu parler
d'un vampire qui restaurait les souvenirs ?

Mais lorsqu'elle regardait Samson et Amaury, elle ne lisait aucun
doute de ce genre sur leurs visages. Ils attendaient simplement,
convaincus à cent pour cent que leur compagnon vampire pouvait tenir
ses promesses.

Lorsque Wesley haleta soudain, Virginia ramena ses yeux sur lui. Les
mains de Gabriel étaient toujours posées sur la tête de Wesley, et lui aussi

fermait les yeux, mais tous deux semblèrent tressaillir à plusieurs reprises, comme s'ils revivaient quelque chose d'effrayant.

Soudain, tous le deux reculèrent en trébuchant, coupèrent la connexion, et ouvrirent les yeux.

— C'était intense, lâcha Wesley.

Gabriel bougea la tête d'un côté à l'autre.

— Je n'ai jamais rien vécu de tel. Tu avais raison à propos du démon. Tu as réussi à extraire une partie de ses souvenirs alors que tu essayais de le combattre avec ta sorcellerie.

— Il s'en est fallu de peu.

— Quelques secondes de plus dans son esprit et tu ne serais pas là, dit Gabriel. Tu as eu de la chance.

— Quoi ?

Le cœur battant, Virginia saisit le bras de Wesley et l'obligea à la regarder.

— Qu'est-ce que Gabriel veut dire par là ?

Wesley lui prit la main et la serra.

— Je crois qu'il me dit que, si John et toi ne m'aviez pas sorti à ce moment-là, Zoltan aurait transformé mon cerveau en bouillie.

Un souffle tremblant s'échappa de sa gorge.

— Alors, tu sais que c'était Zoltan, leur souverain ? s'interposa Barclay, en se rapprochant.

— Oui, Gabriel m'a aidé à me souvenir.

Wesley toucha son crâne.

— Et mon mal de tête est parti. Il n'y a pas eu de commotion cérébrale après tout. C'était juste les souvenirs de Zoltan qui essayaient de percer.

— Dis-nous ce que tu as vu, exigea Cinead.

Wesley pointa du doigt les dagues de Cinead et de Barclay.

— C'était la même dague. J'en suis sûr. Elle était en possession de Zoltan. Je l'ai vu se briser en deux morceaux. Le manche s'est détaché. Elle était creuse, et une image se trouvait à l'intérieur. Ancienne. En noir et blanc.

Cinead haleta.

— Une photo ?

— Qu'est-ce que ça montre ? demanda Barclay.

— Un couple, habillé dans le style du début des années 1900. Ça correspondait à l'aspect de la photo, expliqua Wes. Vous savez, comme une de ces vieilles photos sépia ?

— As-tu reconnu le couple ? demanda Barclay.

— Non. Mais j'ai remarqué autre chose. Au dos, on pouvait lire quelque chose : Premier jour au conseil.

Virginia échangea un regard alarmé avec Cinead et Barclay, mais Wesley continua :

— Mais ça n'a aucun sens, parce que la photo ne montrait aucun bâtiment. Juste un tas de vieilles pierres.

— Des pierres ? demanda Cinead.

— Oui, un peu comme Stonehenge, mais différemment. Ce n'est pas aussi bien rangé que Stonehenge, et les pierres étaient de tailles différentes.

— Oh mon Dieu, murmura Virginia en croisant le regard de Cinead.

— J'ai besoin d'un ordinateur, rapidement, exigea Barclay en regardant les trois vampires.

Amaury en prit un sur une table d'appoint et le démarra.

— Voilà.

Barclay se glissa sur la chaise et lança un navigateur, tandis que tout le monde se pressait autour de lui. Ses doigts volèrent sur le clavier pendant qu'il tapait quelque chose dans la barre de recherche. Virginia n'avait pas besoin de regarder ce qu'il avait écrit, car elle savait ce qu'il cherchait.

Des images remplirent finalement l'écran. Barclay cliqua sur l'une d'elles pour l'agrandir et regarda Wesley par-dessus son épaule.

— C'est ce que tu as vu sur l'image ?

Stupéfait, Wesley fixa l'image, puis Barclay.

— C'est ça. Comment l'as-tu su ?

Barclay pivota sur sa chaise.

— Ce sont les pierres de Callanish. Dans notre langue maternelle, nous les appelons Clachan Chalanais. Un anneau de pierres situé sur l'île de Lewis, dans les Hébrides extérieures, en Écosse.

Il regarda Wesley droit dans les yeux.

— Tu étais là.

— Crois-moi, je ne suis jamais allé en Écosse.

— Tu étais présent, parce que c'est là que se trouvait l'enceinte de notre conseil jusqu'à ce que les démons nous attaquent et que nous devions la détruire.

La bouche de Wesley s'ouvrit, et les trois vampires laissaient également échapper des halètements.

— C'est ainsi que les démons ont su. Zoltan a trouvé l'image dans la dague et a fait le rapprochement.

Cinead acquiesça.

— Cette dague ne peut avoir appartenu qu'à une seule personne.

— Finlay, dit Virginia. Et à cause de sa trahison, Zoltan savait que Finlay était membre du conseil, et à quoi il ressemblait. Il aurait facilement pu comprendre que la photo montrait Finlay et sa femme non loin de l'enceinte.

Barclay acquiesça d'un signe de tête.

— Finlay a rejoint le conseil en 1903. Je peux faire envoyer une photo de Finlay pour que Wesley puisse l'identifier.

Cinead acquiesça et sortit son téléphone portable de sa poche.

— Je vais contacter le conseil.

Puis il regarda Virginia.

— Ne t'inquiète pas, c'est un nouveau téléphone avec un nouveau numéro.

— Bien.

Virginia déplaça son regard vers Barclay.

— Il n'y a donc pas eu de fuite à ce moment-là. C'était plutôt les retombées de la trahison de Finlay.

Barclay hocha lentement la tête.

— Il semblerait que ce soit le cas.

— Je l'ai, dit Cinead en tendant son téléphone et en faisant signe à Wesley. C'est lui ?

Wesley prit le téléphone des mains de Cinead et fixa l'écran.

— Sans aucun doute. Sur la photo, il avait l'air un peu plus jeune, mais pas de beaucoup.

Il rendit le téléphone portable à Cinead.

Cinead soupira et secoua la tête.

— Comment pouvons-nous nous assurer que Zoltan ne conserve pas d'autres biens de Finlay ?

— Zoltan était frustré, déclara Wesley.

— Quoi ? demanda Cinead.

— Quand je me trouvais dans le vortex avec lui et que je ressentais ses pensées, je savais qu'il n'avait rien d'autre. La dague avec la photo ne l'a mené qu'à l'enceinte du conseil. Il se serait arrêté là, si l'un de ses démons n'avait pas ramené ton téléphone portable. Je ne sais pas s'ils ont récupéré les autres, mais ça n'a pas d'importance. Nous avons déconnecté tous les numéros compromis. Même s'il a obtenu les téléphones des autres membres du conseil, ils sont devenus inutiles.

— Mais comment a-t-il trouvé Deirdre ? demanda Cinead.

— J'ai une théorie à ce sujet, s'exclama soudain Samson.

Tout le monde le regarda.

— Vas-y, dit Cinead.

— Si les démons se montrent intelligents, et nous devons supposer qu'ils le sont, ou que leur chef l'est, ils tiendront un registre des apparitions confirmées de Gardiens de la Nuit. Je tenterais d'isoler un modèle d'apparitions pour pouvoir anticiper où tu apparaîtras ensuite. Examiner ces rapports et les croiser avec les contacts de tes téléphones serait facile.

— J'ai aidé Deirdre à s'installer à Portland il y a quelques semaines. Je n'ai pas toujours été invisible, admit Cinead.

Samson acquiesça.

— Si quelqu'un t'a vu, il aurait pu facilement découvrir le nom de Deirdre et le tien aussi. Ils auraient pu surprendre une conversation. N'importe quoi. Et quand ils ont réussi à s'emparer de ton téléphone portable pendant l'attaque du complexe, ils n'avaient plus qu'à trouver ce nom et à envoyer un message à Deirdre dans l'espoir qu'elle vienne te voir. Ensuite, ils n'avaient plus qu'à la suivre pour t'atteindre.

Virginia hocha la tête pour elle-même. Tout cela avait du sens. Mais c'était aussi décourageant. Cela signifiait que, même s'ils faisaient preuve d'une grande prudence, les démons pouvaient toujours les trouver.

— Je crois que tu as raison, Samson, dit Cinead. C'était ma faute.

— Non, protesta Virginia. Ce n'était la faute de personne. C'est juste la nature du jeu. Les démons peuvent nous repérer grâce à notre aura, mais nous ne pouvons pas les repérer s'ils ne révèlent pas leurs yeux...

— ... ce qui nous amène à ce que Scanguards peut vous offrir, coupa

Wesley. Bien que cette menace soit terminée, ce ne sera pas la dernière. Zoltan n'abandonnera pas. Mais la prochaine fois, vous serez mieux préparés. Avec Scanguards à vos côtés.

Barclay et Cinead échangèrent un regard. Puis Barclay dit :

— Je suppose que ça ne ferait pas de mal de discuter d'une éventuelle collaboration.

Samson fit un signe vers la grande table de conférence.

— Prenons place à la table, mes amis ?

Lorsque Cinead et Barclay tous deux acquiescèrent, Virginia regarda Wesley et lui sourit. Il lui prit la main et s'approcha.

— Nous allons former une équipe formidable, lui chuchota-t-il.

— Une équipe parfaite.

Parce qu'ils se complétaient parfaitement.

38

Les négociations entre les vampires et les Gardiens de la Nuit se déroulaient bien, quand un coup retentit à la porte.

Wesley tourna la tête au moment où la porte s'ouvrit avec fracas.

Maya entra dans la salle.

— Nous avons un problème, annonça-t-elle. Deirdre ne veut pas boire de sang humain.

— Merde, jura Wesley en regardant Cinead, qui affichait une expression de panique.

Cinead se leva d'un bond.

— Combien de temps peut-elle survivre sans cela ?

— Quelques jours, mais nous ne pouvons pas laisser les choses en arriver là. Nous devons faire quelque chose, répondit Maya.

Wes était déjà debout.

— Cinead, viens avec moi.

Il fit signe à Maya.

— Où est-elle ?

— Nous avons dû l'enfermer dans l'une des cellules de détention. Elle devient violente.

— Oh mon Dieu, non ! s'étrangla Cinead.

Alors qu'ils s'élançaient vers la porte, Virginia cria :

— Je viens avec vous.

Wesley regarda par-dessus son épaule.

— Non, bébé, c'est trop dangereux. En tant que vampire nouvellement transformé, elle ne peut pas se contrôler. Elle risque de t'attaquer, et je ne peux pas prendre ce risque.

Pour protéger Virginia, il tuerait n'importe qui – même la femme qui lui avait sauvé la vie.

— S'il te plaît, reste ici.

Il n'attendit pas sa réponse. Au lieu de cela, il suivit Maya et Cinead.

— Y a-t-il quelqu'un avec elle ? demanda-t-il à Maya alors qu'ils se précipitaient vers l'ascenseur.

— John essaie de la calmer.

Les portes de l'ascenseur s'ouvrirent et ils montèrent à bord. Maya appuya sur le bouton du troisième sous-sol, où se trouvaient la salle d'interrogatoire et les cellules.

— Pourquoi un nouveau vampire refuserait-il le sang ? demanda Cinead en regardant Maya, son inquiétude pour sa demi-sœur étant évidente.

Maya soupira.

— On a observé des cas où le vampire a refusé le sang offert. Je fais partie de ces cas.

— Mais tu es en vie, dit Cinead.

— Parce que j'ai bu le sang d'un autre vampire. J'ai eu envie du sien, parce que son sang contenait quelque chose dont j'avais besoin.

— Et si c'était le cas avec Deirdre ?

Maya secoua la tête.

— Je ne pense pas que ce soit le cas. Dans mon cas et celui de Gabriel, c'est parce que nous n'avons jamais été complètement humains avant notre transformation. Nous possédons les gènes d'une autre espèce.

— Mais cela ne pourrait-il pas s'appliquer à Deirdre aussi ? Je veux dire, elle a été Gardienne de la Nuit pendant des siècles.

— Elle était pleinement humaine quand John l'a transformée. Je n'ai aucun doute à ce sujet. Je ne pense pas que ce soit quelque chose de physique qui l'empêche de boire du sang humain.

— Alors qu'est-ce que c'est ? demanda Cinead, sa voix était plus agitée maintenant.

— Elle rejette sa nouvelle nature. Je pense que la seule pensée de son identité actuelle la repousse.

En entendant les explications de Maya, Wesley dévisagea Cinead.

— Ta race déteste les vampires, n'est-ce pas ? C'est le cas de Deirdre ?

Les portes de l'ascenseur s'ouvrirent, ce qui entraîna une brève pause dans la conversation, tandis qu'ils s'avancèrent dans le couloir.

Cinead hésita et regarda Maya.

— Cela n'a rien de personnel, tu dois le comprendre. Tes collègues et toi n'avez montré que de la gentillesse, et nous avez apporté plus d'aide que nous n'aurions jamais pu l'espérer. Mais pendant si longtemps, nous avons cru que tous les vampires étaient violents et malfaisants. Nous ne les avons pas tout à fait jetés dans le même sac que les démons, mais nous ne les avons jamais tenus en haute estime et nous n'avons jamais cru que nous pourrions même vivre pacifiquement côte à côte.

Il soupira.

— Deirdre a eu de très mauvaises expériences avec eux. Elle les déteste avec passion.

— Elle se déteste elle-même maintenant, murmura Wesley.

Cinead croisa son regard.

— Je crois que oui.

— Est-ce que tu aimes toujours ta sœur, même en sachant ce qu'elle est devenue ?

— Comment pourrais-je ne pas le faire ? Elle est ma chair et mon sang, et ce qui lui est arrivé est ma faute, pas la sienne.

— Alors, tu dois la convaincre qu'elle mérite toujours d'être aimée, lui dit Wes. Sinon, elle se laissera mourir de faim.

Devant la cellule, ils s'arrêtèrent. Maya appuya sur l'interphone situé à côté de la porte de la cellule et dit :

— John ? C'est Maya. Je suis avec Wes et Cinead. Nous entrons.

L'interphone grésilla, puis la voix de John se fit entendre.

— Ok. Je la retiens.

Un cri aigu résonna, puis l'interphone se tut.

— Reste près de nous, prévint Maya à Cinead, puis déverrouilla la porte.

La pièce s'avérait plus spacieuse que la cellule de plomb dans laquelle Wesley s'était trouvé, mais pas plus accueillante. On y enfermait généralement les vampires hostiles et dangereux, et, dans ce cas, Deirdre représentait un danger pour elle-même.

John essayait d'empêcher Deirdre de s'élancer vers ses visiteurs, en la tenant par-derrière, une main retenant ses bras dans son dos, l'autre bras enserrant son torse comme un étau. Elle luttait contre son emprise, et, à en juger par son apparence, elle avait réussi à lui infliger quelques blessures : des coupures parsemaient le visage de John, ainsi que son avant-bras exposé. Du sang avait séché sur les blessures, que les griffes de Deirdre avaient très probablement causées.

Même maintenant, les doigts de Deirdre se recourbaient en crochets acérés et ses crocs étaient complètement déployés. Ses yeux brillaient d'une lueur rouge de rage et elle grognait comme une bête en cage.

Mais John se nourrissait bien, ce qui le rendait plus fort, tandis que Deirdre devait déjà ressentir les affres de la faim, ce qui l'affaiblissait.

— Deirdre, oh mon Dieu, s'étrangla Cinead qui tendit les bras vers elle comme s'il voulait l'embrasser, mais Deirdre lui siffla dessus et il recula d'un coup.

— C'est moi, Deirdre, c'est Cinead, ton frère, essaya-t-il encore.

Elle secoua violemment la tête de gauche à droite, faisant voler ses cheveux.

Sans se décourager, Cinead fit quelques pas vers elle. Deirdre s'arrêta de bouger soudain et fixa Cinead.

Ses yeux changèrent. L'éclat rouge se dissipa.

— Cinead ?

Elle respira un bon coup.

— Aide-moi. Ils m'ont enfermée. Ils essaient de me faire du mal.

— Ils sont là pour t'aider. Tu te sens mal en ce moment.

Deirdre jeta un coup d'œil à Wesley et à Maya, puis se retourna vers Cinead.

— Ne leur fais pas confiance. Ce sont des vampires. Ils veulent nous faire du mal. Sauve-toi.

Cinead continua à s'approcher jusqu'à ce qu'il se retrouvât à quelques mètres d'elle.

— Écoute-moi, Deirdre. Tout ira bien.

Il tendit la main et balaya quelques mèches de ses cheveux derrière son oreille.

— C'est un grand changement. Mais tu es vivante. Tu t'es tellement sacrifiée pour moi, pour nous. Tu as sauvé la vie de Virginia.

Wesley remarqua des larmes qui bordèrent les yeux de Deirdre, des larmes rouges.

— Je t'aime encore plus maintenant. Tu as prouvé que la rédemption existe vraiment. Tu t'es racheté à nos yeux à tous. Le conseil tout entier en entendra parler. Et je sais qu'ils te féliciteront.

Une larme rouge se délogea d'un œil et coula sur sa joue.

— Cinead, gémit-elle. Mais regarde-moi. Regarde ça.

Cinead passa doucement sa main sur la tête de Deirdre.

— Tu as du cran, ma petite sœur. Tu peux y arriver. Tu peux le devenir.

La voix de Cinead débordait d'émotion.

— Ces gens sont nos amis. Ils ont promis de te protéger maintenant. De t'aider à l'accepter. Et je serai présent aussi longtemps que tu auras besoin de moi. Je suis toujours ton frère, peu importe ta nouvelle apparence. Parce que je sais qu'à l'intérieur de ton nouveau corps, ton cœur est inchangé.

Des larmes roulaient maintenant sur le visage de Cinead, mais il ne semblait pas le remarquer, ou ne semblait pas s'en soucier.

— S'il te plaît, ne me laisse pas, Deirdre. S'il te plaît, n'abandonne pas.

Il fit signe à John.

— John va te libérer maintenant.

John hésita et regarda Wesley.

Wesley hocha la tête.

— Fais-le.

Lentement, John relâcha son emprise sur Deirdre. Au début, elle ne bougeait pas. Tout le monde dans la pièce retint son souffle.

Tout à coup, un mouvement si rapide que Wesley ne put même pas le suivre se produisit. Lorsqu'il cligna des yeux, Deirdre était enlacée à son demi-frère, sanglotant contre sa poitrine, et Cinead la tenait et caressait sa main dans son dos, comme s'il s'agissait d'un petit enfant.

— J'ai tellement faim, murmura-t-elle.

— On va te donner à manger, n'est-ce pas ? demanda Cinead en jetant un coup d'œil à John.

John se tourna vers la table où se trouvaient plusieurs bouteilles de sang, prit une bouteille et dévissa le bouchon.

L'odeur du sang sembla atteindre Deirdre, car elle lâcha soudain son frère et se retourna pour regarder John.

— Tout est pour toi. Autant que tu veux, proposa John en lui tendant la bouteille.

Les mouvements hésitants, elle la tendit et la prit. Comme si elle avait honte de son besoin, elle laissa tomber ses paupières et se détourna.

Quelques secondes plus tard, elle porta la bouteille à ses lèvres et but.

Cinead respira avec soulagement.

— Tout se passera bien, petite sœur. Tu verras.

Deirdre avait accepté sa deuxième chance dans la vie. Et Wesley savait que ses amis veilleraient à sa sécurité. Pas seulement parce qu'elle était devenue un vampire, ou parce qu'elle avait sauvé la vie de Virginia, mais aussi parce que, en tant qu'ancienne membre du conseil, Deirdre en savait trop. Ce savoir ne pourrait jamais tomber entre les mains des démons.

39

Il fallut plus d'une semaine aux Scanguards et aux Gardiens de la Nuit pour régler les détails de leur alliance et obtenir l'approbation des dirigeants des deux côtés. Mais finalement, chaque partie était heureuse et prête à travailler ensemble. Virginia et Wesley étaient choisis comme agents de liaison respectifs de leurs camps, ce dont Virginia ne pouvait pas être plus heureuse. Cela signifiait que malgré le fait qu'elle avait enfreint environ un million de règles en faisant confiance à Wesley, le conseil n'allait pas la punir. Au contraire. Ils l'avaient autorisée à poursuivre leur relation. En privé, cependant, le conseil l'avait encouragée à rendre l'union officielle. Mais comment une femme pouvait-elle approcher l'homme qu'elle aimait et lui demander de l'épouser ? N'était-ce pas la prérogative de l'homme ?

— J'aimerais lire dans tes pensées.

Virginia tourna la tête vers la porte de la salle de bains, où Wesley était appuyé contre le cadre, avec seulement une courte serviette couvrant son entrejambe. Sa respiration se bloqua instantanément et les battements de son cœur s'accélérèrent. Elle avait pensé qu'après plus de dix jours passés à le voir ainsi, elle serait habituée et que sa réaction serait moins explosive. Mais ce torse sculpté, ces abdominaux puissants et ces cuisses musclées saupoudrées de poils sombres lui envoyaient à chaque fois une vague de feu dans le corps.

Sous son déshabillé, ses mamelons se hérissaient, et plus au sud, la chair entre ses cuisses commençait à picoter par anticipation. Chaque jour depuis leur arrivée à San Francisco, ils avaient fait l'amour jusqu'à près de midi, puis dormi jusqu'au coucher du soleil, avant de retourner à Scanguards. Pendant tout ce temps, elle s'était abstenue de faire l'amour à Wesley à la manière des Gardiens de la Nuit, parce qu'ils devaient participer aux négociations et avaient besoin de se reposer, mais maintenant que tout était fait, il n'y avait plus d'excuses. Ce week-end, il n'y aurait pas de travail. Et à part une réunion de famille, Wesley et elle seraient seuls.

— Lire dans mes pensées, c'est loin d'être suffisant, dit-elle en tirant la couette vers l'arrière. Je préférerais faire un échange.

Wesley sourit et desserra la serviette autour de sa taille, puis la rejeta dans la salle de bains.

— Maintenant tu parles, bébé.

Il se dirigea vers elle sans se presser. Sa queue pendait lourdement entre ses jambes, se remplissant déjà de sang et devenant plus dure sous ses yeux. Elle aimait la façon dont il s'excitait si rapidement. Mais ce qu'elle aimait encore plus, c'était la façon dont Wesley la regardait : avec amour et passion. Et ce regard n'avait pas faibli une seule fois, mais semblait devenir plus intense chaque jour.

Le matelas s'affaissa à côté d'elle tandis que Wesley se glissait sous les couvertures pour la rejoindre. Ses mains avides la touchaient déjà, faisant passer son déshabillé blanc par-dessus sa tête pour l'en libérer.

— Je ne sais pas pourquoi tu t'embêtes à porter ça, alors que tu sais que je vais te déshabiller de toute façon.

Elle gloussa.

— Peut-être que j'aime la façon dont tu me déshabilles.

— J'ai compris.

Puis il l'rapprocha et la regarda dans les yeux.

— Il y a autre chose que tu aimes ?

— Oui, j'aimerais que tu sois à moi pour toujours.

Les mots étaient sortis avant qu'elle ne sût qu'elle les avait prononcés. Elle aspira une bouffée d'air.

Il y avait une lueur d'espoir dans les yeux bleus de Wesley.

— Est-ce que tu dis ce que je pense que tu dis ?

Prudemment, elle demanda :

— Qu'est-ce que tu crois que je dis ?

— L'éternité est une longue période pour un immortel. Alors, tu penses que tu aimerais m'avoir à tes côtés aussi longtemps ?

Il attira son bassin à lui et appuya son érection sur son ventre.

— Tu sais comment je suis ? A quel point je suis insatiable ?

— J'aime bien que tu le sois.

Il roula sur elle, écartant ses cuisses pour se faire de la place, tandis qu'il lui prenait les poignets et coinçait ses bras de part et d'autre de sa tête.

— J'espère que tu sais dans quoi tu t'engages.

Il plongea sa queue dans sa chatte d'une seule poussée parfaite.

Virginia laissa échapper un gémissement et inclina son bassin vers l'aine de Wesley, accueillant l'invasion.

— Je ne suis pas le sorcier aux manières douces que tout le monde pense que je suis.

— Je sais qui tu es. J'ai vu ce qu'il y a en toi. Et j'aime chaque partie de toi.

Il retira sa queue puis poussa à nouveau.

— Que penses-tu de cette partie ?

— Qu'est-ce que tu essaies de faire, me torturer ?

Il amena ses lèvres à planer sur les siennes.

— Juste un peu. Juste pour être sûr que tu le penses vraiment.

Il l'embrassa passionnément, puis sépara ses lèvres des siennes.

— Maintenant, dis-moi que ton espèce a un rituel d'union qui implique le sexe. Parce que j'ai bien peur que les sorciers n'en aient pas.

Elle lui sourit.

— Tu as de la chance.

— Parfait, murmura-t-il

— Je dois t'expliquer certaines choses.

Il posa son doigt sur ses lèvres, l'arrêtant ainsi.

— Surprends-moi.

— Cela pourrait être dangereux, le prévint-elle.

— Nous avons traversé beaucoup de dangers ensemble. Je pense que nous pouvons survivre à un rituel d'union, n'est-ce pas ?

— Tant que notre amour est vrai.

— C'est le cas.

Ils n'auraient alors rien à craindre.

Virginia attira sa tête vers elle et l'embrassa. Wesley lui répondit, faisant glisser sa langue contre la sienne, l'explorant comme elle l'explorait, la caressant. Plus bas, ses hanches bougeaient d'avant en arrière, sa queue glissant en elle et hors d'elle à un rythme régulier.

Grâce à ses pouvoirs, elle tissa un cocon autour d'eux. Le brouillard et la brume les engloutirent, les protégeant du monde et des dangers à l'extérieur de leurs quatre murs. Ils étaient invisibles pour tout le monde maintenant, comme s'ils n'existaient pas. Car en ce moment, ils n'existaient que l'un pour l'autre.

Virginia sentit sa force vitale remonter à la surface et sut qu'elle ne pouvait pas la retenir plus longtemps. Elle laissa sa *virta* s'écouler vers l'extérieur et s'infiltrer dans le corps de Wesley à chaque point où ils étaient connectés.

Ils flottaient maintenant. Pas sur l'air, mais sur leur amour, un amour qui était plus fort que n'importe quel pouvoir connu de l'humanité. Lui seul les soutenait, les soutenait, les gardait en sécurité.

Elle retira ses lèvres de celles de Wesley et le regarda dans les yeux. L'amour et l'adoration se reflétaient dans ses yeux.

— Es-tu prêt ? murmura-t-elle.

— Je suis prêt depuis le moment où je t'ai rencontrée.

Elle lui prit la main et la plaça sur son propre cœur.

— Est-ce que tu sens la *virta* en toi ?

— C'est comme le feu.

— Renvoie-la-moi. Laisse-la couler dans mon cœur.

— Je t'aime, Virginia, murmura-t-il, quand soudain une lueur visible le parcourut.

Elle atteignit son épaule, puis glissa le long de son bras vers son poignet.

Virginia retint sa respiration.

Les doigts de Wesley devenaient dorés, et de ses extrémités, des vrilles d'or s'écoulèrent vers l'extérieur et fusionnèrent avec sa peau. Un éclair d'électricité le traversa et lui transperça le cœur. Une vague de passion l'envahit, apaisant la douleur. Elle laissa derrière elle un lien si puissant que seule la mort pourrait le briser.

Virginia posa sa main sur le cœur de Wesley. Il battait dans sa paume. Et il battait pour elle. Il n'y aurait plus jamais de doute à ce sujet.

— Tu es à moi maintenant, murmura Virginia.

Un doux sourire se répandit sur le visage de Wesley et il lui caressa tendrement la joue.

— Je suis déjà à toi depuis longtemps, bébé. Il m'a juste fallu un peu de temps pour te trouver.

Les larmes nageaient dans ses yeux, le bonheur dans son cœur étant trop difficile à contenir.

— Oh, Wes...

— Maintenant, laisse ton mari sorcier te montrer ce qu'il entendait par insatiable.

Ses lèvres descendirent sur les siennes et l'emmenèrent dans un endroit où seuls l'amour et la passion existaient. Là où ils n'existaient que tous les deux. Là où ils ne faisaient qu'un.

40

—————

Zoltan suivit l'homme qui se tournait vers les fenêtres du sol au plafond de l'élégant appartement.

— La vue d'ici est la plus belle de la ville.

— En effet, dit Zoltan en s'arrêtant à côté de son hôte. Et vous êtes prêt à y renoncer, monsieur Vaughn ?

— Seulement pour quelques mois, répondit Vaughn en lui jetant un regard de travers. Comme je l'ai dit dans l'annonce, ce n'est qu'une location de courte durée. Je pars faire de la randonnée dans l'Himalaya, et le loyer m'aidera à financer le rêve de ma vie.

— Ah, je comprends. Alors, quatre mois seulement ? demanda Zoltan.

Vaughn acquiesça.

— Est-ce un problème ?

Rapidement, Zoltan répondit :

— Non, non. Ce n'est pas du tout un problème. C'est juste ce dont j'ai besoin. Et les meubles restent ?

Il jeta un coup d'œil autour de lui. L'homme avait bon goût. La plupart des pièces semblaient neuves et à peine utilisées, et la palette de couleurs, composée de tons sombres entrecoupés d'accents colorés, donnait à l'ensemble un aspect élégant. C'était très différent de sa demeure dans les Enfers.

— Oui, tout reste. Je devrai bien sûr prendre une caution, au cas où quelque chose serait taché ou cassé pendant ton séjour.

— Bien sûr. Je m'y attendais.

Il jeta à nouveau un coup d'œil autour de lui.

— Et pendant que vous randonnez, y a-t-il quelqu'un que je devrais contacter en cas d'urgence comme des toilettes qui débordent, un parent peut-être ? Ou un ami proche ?

— Je crains que vous ne soyez livré à vous-même. Je n'ai pas de parents dans la région. Quant aux amis, je n'ai emménagé ici que récemment.

Parfait.

— Alors, je devrais contacter le syndicat des copropriétaires ? Vous leur ferez savoir que je serai chez vous en votre absence ?

Un regard inquiet passa sur le visage de Vaughn.

— Euh, bien.

Il hésita.

— Le truc, c'est que le conseil syndical n'autorise pas les locations à court terme. Je ne l'ai découvert qu'après avoir acheté l'appartement. Alors, je préférerais que vous ne leur disiez pas que vous louez chez moi. Ils ne feraient que me causer des ennuis.

Zoltan le savait déjà. Après tout, c'était pour cela qu'il avait choisi cet immeuble. Quiconque louerait un appartement à court terme devrait le faire sans l'approbation des copropriétaires, et il n'y aurait donc aucune trace de Zoltan en tant que locataire.

— Je vois.

— S'il y a des problèmes qui concernent l'association des copropriétaires, comme une fuite d'eau ou quelque chose de similaire, disiez-leur simplement que vous êtes moi.

— Oh ? Ce n'est pas un peu risqué ?

— Ce bâtiment a un tel taux de rotation, personne ne connaît personne ici. Je suis sûr que vous n'aurez aucun problème.

Zoltan ne le pensait pas non plus. En fait, cet endroit était parfait, pour tant de raisons.

— Encore une chose, dit Zoltan.

— Oui ?

— Avez-vous peur ?

— Excusez-moi ?

Zoltan saisit l'homme à la gorge et le plaqua contre le mur.

— J'ai demandé : avez-vous peur ?

La panique roula sur l'homme, et il se débattit, essayant de donner un coup de poing à Zoltan. Mais l'humain était faible.

Zoltan se mit à rire.

— Il est temps de succomber à ta peur, humain.

Il plaqua l'homme au sol et l'y immobilisa, puis approcha son visage de celui de sa victime.

— Viens à moi, l'exhorta Zoltan. Donne-moi ta peur et rends-moi fort.

De la buée commença à s'échapper des narines et de la bouche de sa victime. Avec avidité, Zoltan l'aspira et l'avala. Et encore. Il prit tout, prit la peur, la douleur, l'angoisse.

Zoltan se leva et regarda par les fenêtres pour admirer la vue de sa nouvelle demeure. Ce serait sa cachette. Et pas seulement pour les quatre prochains mois, car Vaughn ne reviendrait jamais de sa randonnée pour exiger qu'on lui rendît son appartement. Il regarda par-dessus son épaule l'homme dont la coquille vide gisait immobile sur le parquet immaculé. Vaughn avait déjà quitté l'immeuble, pour ne plus jamais revenir.

Ordre de Lecture des séries Vampires Scanguards et Gardiens de la Nuit.

Les Vampires Scanguards

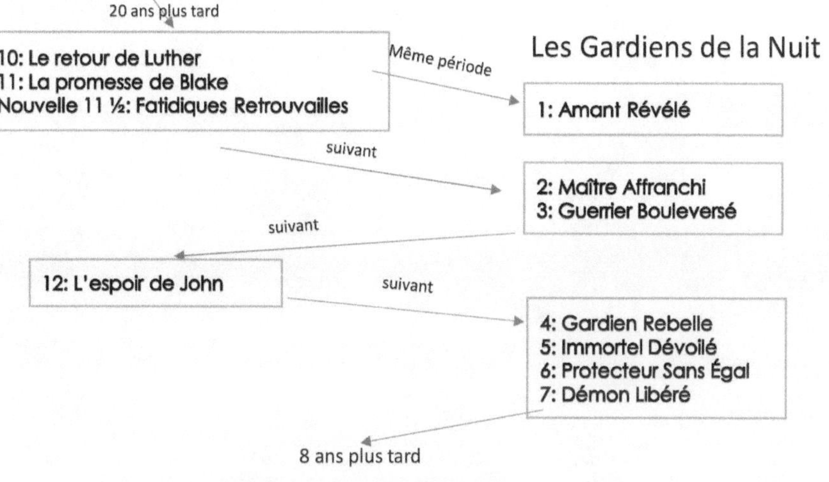

Les Gardiens de la Nuit

Hybrides Scanguards

Les Scanguards hybrides seront également numérotés dans la série des
Scanguards vampires (SV 13 = SH 1) afin de préserver la continuité.

À PROPOS DE L'AUTEUR

De nationalité allemande, Tina Folsom vit depuis plus de 30 ans dans des pays anglophones. Elle a d'ailleurs épousé un Américain et s'est établie en Californie en 2001.

Elle a toujours été attirée par les vampires. Depuis 2008, elle a publié 50 livres en anglais et plusieurs dizaines dans d'autres langues (français, allemand et espagnol). De plus, elle fait actuellement traduire l'ensemble de ses livres en français.

Tina apprécie recevoir des commentaires de ses lecteurs. Pour cela, vous pouvez lui écrire à l'adresse électronique suivante:

tina@tinawritesromance.com

https://tinawritesromance.com

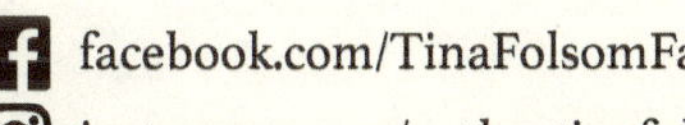
facebook.com/TinaFolsomFans

instagram.com/authortinafolsom